LA FONTAINE OBSCURE

DU MÊME AUTEUR

AUX MÊMES ÉDITIONS

Nerval
coll. « Ecrivains de toujours », 1964

Eluard
coll. « Ecrivains de toujours », 1966

La Vive
roman, 1968

Pour Gabrielle
Introduction aux
Lettres de prison
de Gabrielle Russier
1970

Les Deux Printemps
roman, 1971

La Ligne 12
récit, 1973

La Poétique du désir
(Nerval, Lautréamont, Apollinaire, Eluard)
1974

La Femme attentive
roman, 1974

CHEZ ALBIN MICHEL

Les Ruines de New York
roman, 1959

La Conférence
roman, 1961

Les Grilles
roman, 1963

Le Village
roman, 1966

La Littérature et le Réel
essai, 1965

AUX ÉDITIONS DE LA FARANDOLE

Hélène et les Oiseaux
livre pour enfants, 1965

RAYMOND JEAN

LA FONTAINE OBSCURE

UNE HISTOIRE D'AMOUR
ET DE SORCELLERIE
EN PROVENCE, AU XVIIe SIÈCLE

roman

ÉDITIONS DU SEUIL
27, rue Jacob, Paris VIe

ISBN 2-02-004460-9

Sur le bûcher aussi quelquefois des hommes qui avaient eu le malheur de laisser vivre et parler le féminin en eux.

XAVIÈRE GAUTHIER, *Sorcières, n° 1*

Nous donnons la parole à la « féminité » du monde. Nous délivrons le monde.

FRANCIS PONGE, *Pour un Malherbe*

I

1

A Beauvezer, en haute Provence, la montagne est à la fois noire et pelée. Noire à l'est, parce que les coulées de pins et de mélèzes la hachurent de traînées sombres. Pelée au nord, parce que la neige dénude les calottes des sommets, érode la pierre et le roc. Le soleil calcine tout cela, l'été. Paysage de luxuriance et de combustion. La nature y est chaleureuse, protectrice, mais aussi menaçante, enserrante, emmurante. Les gens de ce pays n'ont qu'une hâte : partir vers les plateaux et les plaines, *descendre*. C'est ce qui dut arriver très tôt à Louis Gaufridy.

A huit ans, il était déjà berger. Il escortait chaque soir un maigre troupeau de moutons et de chèvres jusqu'aux pentes qui bordent la forêt de Malubac. Assis sous un arbre, il regardait les bêtes arracher à petits coups de dents les touffes nichées entre les pierres, herbes, tiges, fleurs mêlées. De temps en temps une chèvre s'arrêtait, tournait sa tête triangulaire vers lui. On lui avait dit qu'elle ressemblait au Diable. Il lui trouvait un air doux, quelque chose comme une expression amicale, allumée dans ses yeux gris-vert. Mais il se levait tout de même pour aller la rappeler à l'ordre avec son bâton. Il tapait doucement sur ses cornes ou sur ses jarrets, et elle se remettait à brouter. Les bêtes descendaient peu à peu vers le Verdon, comme entraînées par la déclivité naturelle du site. De pierre en pierre, elles atteignaient l'eau. Louis venait les rejoindre et suivait avec elles le cours de la rivière. Il posait ses pieds nus alternativement sur les cailloux tièdes et dans le courant frais. Cailloux qu'il connaissait presque tous, un par un. Il lui arrivait parfois de les compter, comme par jeu. Mais il fallait que leur nombre, en certains endroits, ne varie pas, qu'il y en eût toujours douze entre ces deux racines, sept sous cette branche, ou dix à ce petit gué. Si cela était changé, il allait chercher d'autres pierres dans l'eau ou sur la rive et reconstituait le chiffre. Il vérifiait soigneusement, du pied ou de la main. Il lui semblait que, si le compte n'était pas exact, quelque chose risquait de se modifier dans l'ordre du ciel et de la terre, dans l'ordre des montagnes qui l'entouraient, vers lesquelles il levait un regard anxieux. Les moutons piétinaient autour de lui dans le torrent. Ils trempaient, pour boire, leur cou dans l'eau claire, et la laine de leur toison frisait, mouillée, sous leur ventre. Il les rassemblait à petits coups de bâton, évitant qu'ils ne se dispersent, les obligeant à se serrer les uns contre les autres, à se grouper en pelote, visant toujours aux jarrets. Quand la cloche sonnait au village, annonçant la prière du soir, il se hâtait de les faire remonter vers l'herbe, de leur faire regrimper les talus. Les portes de bois de l'église devaient grincer, laissant entrer les formes noires de vieilles femmes, de paysans courbés. Il fallait remonter là-haut sur la place, se mettre à genoux sur les marches de pierre. C'était comme un appel du village à tous ceux qui étaient encore dans la vallée, au bord de la rivière, au fond des forêts, au bout des terres, aux confins des champs, aux pentes des montagnes. Un appel à cesser le travail et à finir la journée. Un appel de l'église, seul centre, seul foyer. Louis se sentait libre et heureux, dans cette vie rythmée par le battant des cloches, mais il lui arrivait, comme à tous les enfants de son âge, de regarder anxieusement vers les montagnes dès qu'un bruit de bottes s'y faisait entendre. Des pillards, en compagnies armées, surgissaient quelquefois des bois, brûlant et saccageant les métairies. Pour se donner une raison, ils se situaient par rapport aux guerres de Religion : les uns se disaient procatholiques et se faisaient appeler *razas,* parce qu'ils portaient la barbe rase (ou se sentaient prêts, disait-on, à tout *raser*), les autres se voulaient huguenots et catholiques mêlés, et se dénommaient, pour cette raison, *bigarras.* Leur férocité était égale. S'ajoutaient à ces bandes des paysans affamés comme des loups, des hommes d'armes déserteurs ou fuyards et toutes les épaves des interminables combats entre ligueurs et royalistes qui avaient ravagé la contrée. De quoi faire grandir un enfant dans l'angoisse. Et l'inciter à prendre plus vite encore le chemin des villes. Mais Louis plaçait sa confiance dans la nature et dans les bêtes. Il s'efforçait de vivre sa vie de berger, comme un travail quotidien qui le protégeait de la peur et de la servitude, lui apprenait à déchiffrer le monde qui lui était donné.

A dix ans, il faisait les mêmes gestes, passait par les mêmes sentiers, comptait les mêmes pierres. Simplement, le bâton qu'il tenait à la main était plus gros, plus noueux. Et le troupeau se composait maintenant d'une bonne trentaine de têtes, parmi lesquelles il y avait cette énorme brebis aux mamelles distendues que l'enfant certains jours ne pouvait plus quitter des yeux. C'était un matin d'avril, à l'heure chaude — le soleil commençait à faire fondre la neige encore amoncelée sur le Grand Cordeuil au fond de la vallée —, qu'il avait eu envie de toucher, de palper cette poche de lait. Il avait pressé, caressé la peau élastique et gonflée, il avait serré ses doigts autour du pis, comme pour traire. Il sentait le sang, le lait battre. Il se demandait comment cette chose énorme, démesurée, pouvait être là, sous le ventre dilaté de la brebis, l'empêchant presque de marcher, comme une infirmité monstrueuse, la privant de la joie de grimper, de sauter, de se jucher sur les rochers. Sa main, presque sans qu'il s'en rendît compte, était remontée lentement en arrière et s'était arrêtée entre les pattes de la bête, presque sous sa queue : elle restait posée sur la vulve lourde et humide, comme aspirée par les bourrelets de chair chaude, dans le fourré du poil et de la laine. La brebis continuait à brouter. Louis avait fermé les yeux et était resté comme cela un long moment, le soleil qui se réverbérait sur la neige venant battre ses paupières, les frapper de mille petites escarbilles de feu. En bas, la rivière coulait toujours, bondissant de caillou en caillou, cassant à tout moment son cours torrentueux sur la pierre pour rejaillir en gerbes d'écume, mais par moments s'apaisant, s'étalant en étroits bassins verts, annonçant déjà le Verdon glauque des gorges. Il entendait ce bruit au fond de ses oreilles, au fond de sa poitrine.

Quand il était rentré le soir, son père lui avait trouvé la mine ensommeillée, le regard voilé. Mounet Gaufridy était lui-même un rude berger, rompu à toutes les habitudes de la montagne, et des journées de solitude lui avaient appris à lire tous les signes de la terre, du ciel et de l'homme. Il lisait donc aussi dans les visages et notamment celui de son fils. L'enfant d'ordinaire était d'une gaieté et d'une vivacité marquées. La beauté de ses traits, ses yeux rieurs, ses cheveux noirs annonçaient une espèce d'intelligence impatiente qui promettait autre chose qu'un destin de petit montagnard. Ce jour-là, il paraissait lointain, absent, comme engourdi d'une tristesse brumeuse. Mounet le regardait sur la chaise de paille où il s'était laissé tomber, près de la cheminée de leur maison de terre et de bois, bâtie à flanc de coteau. Lui ne levait pas les yeux du sol. Il écoutait le pas traînant de sa mère qui transportait un seau de lait, emplissait une jatte. Le père finissait par se demander certains jours si la solitude ne lui tapait pas à la tête, s'il n'allait pas sombrer lui aussi dans cet hébétement que tous, bergers de père en fils, ils connaissaient tôt ou tard et qui leur fermait la bouche, leur éteignait les yeux, leur nouait le cœur. Dommage pour ce petit Louis tout de lumière et de grâce. Il continuait à ne pas bouger, les yeux maintenant fixés sur les flammes de l'âtre. Elles s'enroulaient autour d'une grosse bûche noire et, pointues, fourchues, se lançaient toujours plus haut, avec une violence folle. On aurait dit que rien ne pouvait les empêcher de bondir, de monter. Le bois craquait, éclatait au milieu de ce rideau de feu qui passait devant son regard. Mais la main de son père s'était posée sur son épaule, s'y était arrêtée un moment, et Mounet de sa voix grave lui avait conseillé d'aller se coucher.

Louis avait obéi. A peine étendu sur son lit de paille, il s'était endormi. Mais une chose étrange s'était passée cette nuit-là. Sans doute parce qu'il s'était couché plus tôt, il s'était réveillé vers les onze heures avec le sentiment qu'une force le soulevait de son lit, le faisait presque flotter et l'obligeait à sortir de la pièce. Peut-être la simple fatigue de la journée ou quelque bouillonnement nouveau dans son corps : un besoin de respirer, de sentir la fraîcheur de l'air. Il était monté sans bruit jusqu'au *solleiyaire* de la maison, une sorte de galerie, de balcon de bois, aménagé pour le repos au soleil, l'été. En cette nuit d'avril, la petite terrasse était traversée par un air vif. Mais le ciel était d'une pureté extraordinaire. On y voyait des constellations presque aussi brillantes qu'en août. Il s'était accoudé à la rampe de bois et avait longuement regardé ces signes scintillants, frissonnant dans sa mince chemise de toile mais heureux, gonflant sa poitrine, un peu ivre. La profondeur noire du ciel lui donnait le vertige, comme si elle tournait autour de lui, et il sentait que la rampe n'était pas solide, qu'elle vacillait sous son poids. Il savait que le bois était vermoulu partout et que plusieurs barreaux du vieux balcon manquaient. Peut-être même là, sous ses jambes, sous ses genoux. Et tout d'un coup, en effet, il s'était senti comme tiré par les pieds, il avait glissé, était passé entre deux barreaux et s'était retrouvé sur la petite place d'herbe qui bordait la maison, étourdi par sa chute, évanoui. Il était resté comme cela jusqu'au matin. Son père l'avait découvert en se levant. Il était revenu à lui tout de suite. Il n'avait rien de cassé. Ni fracture ni blessure. Même pas de traces de choc bien sérieuses. Il est vrai que le *solleiyaire* n'était pas très haut, et que la chute n'avait pas été très grave. En tombant plus mal, il aurait pu pourtant se briser les reins, ou au moins un bras, une jambe. On remercia le ciel et on demanda à Louis ce qui lui était arrivé. Il ne donna pas beaucoup d'explications, se contentant de dire que tout cela s'était passé presque sans qu'il s'en fût aperçu, qu'il avait marché comme en rêvant, que l'air de la nuit avait dû le saouler.

Le lendemain, d'ailleurs, il reprenait son travail de berger. Et aussi ces marches, ces promenades qu'il aimait faire dans les bois : pour ramasser des fleurs, poursuivre des papillons, mais surtout pour repérer les endroits, entre les mousses et les lits d'aiguilles de mélèze, où il serait le premier, dans les mois à venir, à cueillir les fraises, les framboises, les myrtilles. De temps en temps, il s'arrêtait à une source qu'il connaissait bien, mettait ses mains en conque sous le mince filet d'eau fraîche, se mouillait les bras, le visage. Ses yeux se plissaient, sa bouche s'entrouvrait. Il retrouvait son habituelle envie de s'amuser, de rire.

C'est en cette année de 1582 qu'il quitta Beauvezer pour aller à Pourrières où son oncle paternel, Christophe Gaufridy, était curé. Pourrières, au pied de la Sainte-Victoire, dans le pays d'Aix, c'était la plaine, la campagne, un monde ouvert. Louis sans doute y vivrait mieux, et y aurait la possibilité d'apprendre, de travailler, d'étudier. Comme il manifestait des dons d'esprit indiscutables, on ne pouvait que faire de lui un prêtre. Ses parents avaient dû y songer très tôt et, en l'envoyant à Pourrières, ils lui donnaient une chance de se former. Car l'oncle avait une réputation de sagesse et d'expérience. Christophe Gaufridy — plutôt connu, semble-t-il, sous le nom de Christol Gaufred — était en réalité un simple abbé de village, animateur d'une petite cure où rien ne se passait, sinon les naissances, les mariages, les morts. Il les enregistrait au fil des jours. Un cahier conserve les traces de son écriture un peu tremblante. Louis dut apprendre de lui les gestes de la liturgie, de l'administration des sacrements. Il le suivait, l'escortait dans ses offices. Il l'écoutait. Il découvrait, à son côté, la vie d'un autre village.

On se préoccupait surtout de vendange à Pourrières. Les vignes descendaient par rangées régulières autour du bourg, formant comme un amphithéâtre au centre duquel se serraient quelques maisons de pierre brune ou rousse. Il y avait bien des montagnes de plusieurs côtés, le bloc de la Sainte-Victoire un peu en arrière et le mont Aurélien au sud, mais elles ne donnaient pas l'impression de borner l'horizon, elles étaient plutôt comme de tranquilles repères accusant l'étendue de la plaine, ouvrant davantage ce panorama de vignes. Louis descendait quelquefois au bord de l'Arc : il ne retrouvait là qu'une eau maigre. Ce pays sec ne lui offrait plus la protection, l'intimité fraîche, un peu sauvage, des paysages de sa première enfance, mais il était toujours capable de s'isoler, d'observer pendant des heures la vie du bord du ruisseau : la libellule qui crissait des ailes, l'araignée qui tissait sa toile entre deux joncs, le mulot qui se glissait sous un tunnel d'herbe. Il préférait pourtant, quand il en avait le temps, s'asseoir sur le bord de la haute esplanade qui limitait la place du Château et d'où il découvrait un paysage qui lui paraissait sans limites : non seulement les labours, les oliviers, les vignes, mais, plus loin, après les monts, Marseille, la mer. Tout cela ondulant sous un soleil qui paraissait tendre l'air jusqu'à le faire trembler. S'il lui arrivait de détacher les yeux de ce spectacle et de regarder en arrière pour retrouver les remparts du village, les maisons de pierre, la haute tour carrée de l'église, il était pris comme d'une peur, d'une envie de fuir : celle qu'il avait toujours connue. Il revenait pourtant vers la cure, en passant sous les arceaux de pierre qui dominaient les ruelles, en longeant les murs ornés de treilles, et regagnait le petit jardin de son oncle.

Le vieux prêtre consacrait bien des soirées à lui raconter des histoires, à lui montrer des livres poussiéreux. Il l'avait même entraîné un jour, en grand secret, dans une arrière-salle du presbytère, tout contre le mur de fond de l'église, pour lui faire voir un bizarre livre composé de six feuillets, placé sur un grand pupitre de bois. A la façon dont il touchait ce livre, l'entrouvrait, en manipulait les pages, on pouvait penser qu'il lui accordait un grand prix. De fait, c'était un cahier de vieux parchemin, plein de décorations et d'enluminures, qui ressemblait un peu, aux yeux éblouis de Louis, à ces livres de cantiques qu'il avait déjà vus dans les églises (et à Pourrières même). Mais la différence était que les caractères qui couvraient les pages n'étaient ni des lettres ni des notes de plain-chant, mais plutôt des signes obscurs dont les formes pointues et irrégulières avaient quelque chose de peu rassurant. Des signes cabalistiques peut-être. Ou plus simplement les pleins et les déliés d'une écriture hébraïque. Mais il y avait aussi des dessins, des symboles, des figures, dont le tracé rouge, comme formé au pinceau, avait la précision d'un filet de sang : d'ailleurs, le parchemin avait bu çà et là l'encre ou la peinture, et quelques gouttes s'étoilaient... Comment ce vieux volume de cabale juive était-il venu ici, et par quelle singularité le curé semblait-il l'associer aux livres de piété de son église, il était difficile de le dire. Mais il laissait clairement entendre à son neveu que c'était un objet de grande valeur, aux propriétés peut-être mystérieuses, et qu'à sa mort il le lui léguerait. L'enfant regardait le livre sur le grand pupitre, sans oser en approcher la main, ses yeux erraient sur des images, vives comme celles des tarots, représentant un cheval aux naseaux dilatés, un curieux petit personnage avec des grelots accrochés à ses habits, un singe à tête humaine, avec toujours, sur des pages entières, ces signes hérissés, grimaçants.

Louis passa deux ans à Pourrières, apprenant à lire et à écrire, se formant, réfléchissant. Puis vint pour lui le moment de s'engager plus résolument dans la carrière ecclésiastique. Il dut pour cela entreprendre de nouveaux voyages. Il alla à Grasse qui était alors une sorte de capitale économique, commerçant activement avec l'Italie, et où passaient toutes sortes de gens érudits et curieux. Il ouvrit son esprit aux influences romaines. Il revint ensuite à Pourrières où il demeura jusqu'à dix-huit ans. En 1590, il se rendit à Arles, décidé à y séjourner autant qu'il le faudrait pour parfaire sa formation : « étudiant aux humanités », il y apprit de latin et de théologie ce que devait savoir un prêtre et, après un passage à Marseille où il acheva ses études, y reçut son ordination. Arles était le carrefour de la latinité. Les invasions barbares et arabes y avaient sédimenté les races. Les guerres de Religion y avaient fait, tout récemment encore, fumer le sang. On y vivait dans un mélange de culture et de fanatisme, de bonne humeur provençale et de cruauté. De quoi former largement un homme. Gaufridy dut s'y forger un savoir nouveau. Et ce fut en homme transformé qu'il alla célébrer sa première messe à Beauvezer.

L'étonnant, en cette période, est la fréquence et la diversité de ses déplacements. Beauvezer, Pourrières, Grasse, Arles, Marseille : en 1590, il ne devait pas être très facile d'aller d'un de ces lieux à l'autre. Non seulement les montagnes barraient la plaine, rendant les communications lentes et rudes, imposant aux coches de durs cheminements sur des itinéraires poudreux et cahoteux, mais d'innombrables fléaux sévissaient partout, pesant sur la campagne : la peste, les épidémies, les destructions massives de récoltes, le brigandage, le pillage, le passage des bandes. C'est d'ailleurs ce qui faisait souffler partout un esprit de superstition, d'exorcisme, de conjuration des maux réels et imaginaires. Il était un recours contre le désespoir et la misère. Il était impossible qu'on n'en sentît pas les effets en voyageant de ville en ville, de village en village. C'est ce qui rend si étonnante cette mobilité de Gaufridy adolescent, n'hésitant pas à affronter toutes sortes de difficultés matérielles pour sortir de sa condition de petit montagnard des hautes terres, pour découvrir l'inconnu et le nouveau. Sans doute ce qui explique aussi, ou du moins rend probable, sa sensibilité à tout ce qui était alerte et angoisse dans le monde. Et peut-être même sa sensibilité érotique, comprise comme curiosité, jamais satisfaite, des choses et des êtres, besoin de ne pas séparer les risques de la connaissance de ceux du désir. Il est en outre vraisemblable qu'il était poussé par un certain contentement de soi, une aptitude à séduire et à se séduire qui pouvait prendre la forme de l'ambition. Ses déplacements, ses voyages semblent indiquer qu'il avait le goût de multiplier les essais avant d'assurer ses réussites, de tâter plusieurs terrains avant de trouver le bon, de jouer différentes chances avant de jeter le dé. Le fait est qu'il monta vite. Et ce fut Marseille qui lui parut la ville la mieux désignée pour l'accomplissement de ses talents ecclésiastiques. Il s'y fixa en 1595.

2

Marseille, à ce moment-là, changeait de mains. Elle était depuis plusieurs années sous la coupe d'un tribun populaire, Charles de Casaulx, consul, qui rêvait d'indépendance et menait la vie dure aux notables du grand négoce. Mais, en 1596, les choses rentraient dans l'ordre. Un capitaine corse, Pierre de Libertat, attirait Casaulx près des remparts, lui passait son épée à travers le corps et ouvrait les portes de la ville au duc de Guise, gouverneur de Provence. Ce coup d'épée bien ajusté mettait fin aux convulsions sanglantes des guerres de Religion ainsi qu'à l'indépendance marseillaise, rendait la cité à Henri IV et au catholicisme. Les négociants respiraient et reprenaient leurs affaires.

Restaient des dettes à payer, des entreprises commerciales à redresser. Deux ou trois familles puissantes s'y employaient, s'opposant, parfois violemment, sur les moyens à mettre en œuvre, se partageant en tout cas les richesses qu'elles contrôlaient, arbitrant de loin les conflits des marchands et des mariniers, sous l'œil bienveillant et inquiet de Guillaume Du Vair, premier président du Parlement, à Aix. C'est à cette époque que Gaufridy arrive, s'installe. Son premier séjour à Marseille l'avait déjà rendu familier de la ville. Il lui fallait trouver une assise définitive. Une année ou deux de tâtonnements furent nécessaires. Il fut successivement desservant aux paroisses de Saint-Loup et du Saint-Esprit avant de devenir curé en l'église des Accoules. Pourvu d'une « vicairie » d'abord, puis titulaire d'une cure, enfin bénéficier. Etapes vite franchies, vers la sécurité matérielle et l'autorité morale.

L'église des Accoules, alors, n'était pas seulement la première paroisse de Marseille, elle occupait dans la ville une position indiscutablement privilégiée. Dominant la rive droite du port, se juchant sur les escarpements où s'étageaient les quartiers les plus animés de la cité primitive, elle était au centre du bruit, de la vie, du travail. Son clocher effilé — surmontant une plate-forme octogonale et une tour de guet haute comme un corps de forteresse — se dressait (se dresse encore) au milieu d'un dédale de rues, de montées, de venelles bruyantes et colorées. Contre les murs des maisons, serrées les unes sur les autres, s'installaient des marchands, des artisans, des « revenderesses » apportant les produits de la campagne, des volailles, des œufs à pleins paniers. Tout cela entre l'église et l'hôtel-Dieu, avec ses pestiférés, ses lépreux et son cimetière : en cette époque, la proximité de la mort et de la vie était quotidienne et ne gênait personne. Plus bas, grouillait l'activité du port. Les scieurs de bois, les chevilleurs, les calfats, les cordiers, les taillandiers, les fabricants d'ancres, pesaient sur leurs outils, tapaient sur leurs enclumes. Les pêcheurs de Saint-Jean chaque jour rapportaient le poisson du golfe. Ils vidaient, salaient des sardines et de la morue, décapitaient des merlans à coups de tranchoir, jetaient les têtes au ruisseau, remplissaient des tonneaux d'anchois. Les galériens eux-mêmes, qui avaient parfois licence de quitter l'arsenal quelques heures par jour, ouvraient des boutiques improvisées où, sous la garde d'un pertuisanier, ils réparaient des serrures, ressemelaient des souliers, quelquefois même rédigeaient des lettres enflammées pour les amoureux et des faux papiers pour les escrocs.

Etre curé bénéficier des Accoules signifiait donc être de plain-pied avec le peuple et avec le « monde ». Ce n'en était pas moins une position assez retranchée, dans la mesure où elle impliquait une forme de vie communautaire pleine d'exigences. Les prêtres attachés à la paroisse, curés, vicaires, chanoines, étaient nombreux, et l'organisation économique de leur existence était fondée sur le système des *distributions* et des *ponctuations*. Les distributions consistaient à répartir les revenus de l'église — revenus en argent ou en nature obtenus par la célébration des messes, baptêmes, mariages, enterrements — selon les responsabilités de chacun. Il y eut des époques démocratiques où la répartition fut systématiquement égalitaire, d'autres où les jalousies s'affrontèrent sans vergogne. On remédia à ces difficultés par l'usage de la table commune, qui n'était pas du goût de tous, mais qui avait l'avantage de résoudre élégamment le problème des subsistances. Des débats eurent lieu là-dessus, et il semble que Gaufridy s'y montra toujours partisan des solutions individualistes : il n'aimait pas le réfectoire, il se prononça contre la table commune et pour que chacun fût pourvu selon son grade (lui qui voyait vite grimper le sien). Les ponctuations étaient une habitude plus curieuse. Il s'agissait de véritables punitions se traduisant par des privations (« ponctuelles ») de distribution. A lire les motifs pour lesquels elles étaient infligées, on reste songeur sur la discipline morale et spirituelle qui devait régner parmi les ecclésiastiques : « avoir causé pendant l'office », « avoir manqué de modestie aux processions », « avoir lu d'autres livres que le bréviaire pendant la messe », « avoir dit des injures au doyen », « avoir menacé les chanoines »... Mais cela n'était rien à côté des manquements aux mœurs, sanctionnés non seulement par des ponctuations, mais par des amendes de plusieurs écus. L'éventail des errements était grand, depuis le maraudage des raisins mûrs dans les vignes jusqu'à la fréquentation des tavernes, en passant par la déambulation nocturne armes à la main et la participation aux jeux de cartes dans les tripots. Il semble pourtant que l'interdiction la plus souvent enfreinte était celle de « faire entrer dans les chambres des femmes suspectes », ainsi d'ailleurs que celle de recourir aux « services des femmes qui demandent l'aumône à la porte de l'église ». Quel type de services ? Vraisemblablement des pauvresses équivoques rôdaient autour des Accoules. Certaines pouvaient avoir de l'attrait. Les portes s'ouvraient et se fermaient vite. On ne plaisantait pourtant pas là-dessus. En octobre 1604, deux bénéficiers furent privés de distribution pendant quinze jours pour cet écart. Gaufridy, lui, savait ne pas se faire prendre. Ou, en tout cas, se protégeait bien, et en remontrait aux autres sur ce *chapitre*.

Car il était de notoriété publique, vers 1608, qu'il « recevait » beaucoup, et sans trop se cacher. Pendant un temps, sa mère avait séjourné auprès de lui et il n'avait eu de relations précises qu'avec une certaine Lucrèce Bouchette. Puis, il s'était mis à vivre entouré de femmes. Par là même exposé à la malveillance jalouse de nombreux religieux qui partageaient ses convoitises mais non ses chances. Sans doute est-ce là ce qui les a beaucoup fait parler au moment de son procès. Témoignages non exempts d'ailleurs d'une certaine indulgence, dans la mesure où ils insistent sur certains traits de caractère qui paraissent expliquer sinon justifier les faiblesses de Louis. Il était naturellement de belle humeur : jovial (« jouvial »), comme disent la plupart de ceux qui ont partagé sa vie. « Homme fort jouvial », insiste le chanoine Jacques Bruni dans sa déposition, « gaudissant volontiers et *disant le mot* en compagnie [...], il se traitait volontiers et outre l'ordinaire de la table avec un petit pot ordinairement et potage à part, et quelquefois de petits bons mourceaux de pigeons ou autres qu'il disait venir de sa bourse, ce que toutefois le déposant et les autres jugeaient plutôt venir de la part de quelques siennes filles spirituelles ». On voit que la belle humeur s'étendait aux choses de la table. On voit surtout que, chez lui, les plaisirs de la chère s'associaient curieusement aux intrigues féminines. Il est question, dans une déposition du bénéficier Guiller Ganteaume, de deux femmes, l'une appelée Catherine la Bossue, l'autre porteuse du nom prédestiné de Pintade, qui venaient régulièrement dans sa chambre, comme si elles étaient ses sœurs, pour le pourvoir en « bons mourceaux de viandes fort exquises ». Ces viandes, ces morceaux de pigeon semblent avoir tenu une assez grande place dans ses goûts, au point même de se relever parfois de piments érotiques : un jour, invité à la maison de campagne de l'un de ses paroissiens, avec d'autres prêtres, il se laisse si bien entraîner par la gaillardise des propos de table qu'il trempe un « pied de pigeon » dans du vin et se met à le lancer sur ses voisines ; ou bien il crache ostensiblement sur un morceau de choix pour montrer qu'il le dédaigne, ce qui fait rire ses compagnes ; il lui arrive même une fois (déposition du chanoine Pierre Pistre, des Accoules), lors d'un repas, « de mêler dans une grande tasse de l'eau et du vin, d'y ajouter on ne sait trop quoi, et de se mettre à laper le breuvage à grand bruit à l'imitation des animaux, bientôt suivi, dans l'euphorie générale, par les autres convives ». Etranges conduites, qui laissent perplexe, même si l'on fait la part des habitudes de table du XVIIe siècle et de leurs délicatesses bien connues : on y décèle comme un besoin de souillure, infantile parfois, lié d'autres fois à de singulières pulsions libératrices. On en rencontrera d'autres exemples frappants dans la suite de la vie de Gaufridy. En tout cas, cette inclination de sa nature suffisait à teinter d'une nuance bizarre sa joyeuse humeur.

Sur le plan du sexe, c'était plus net et plus franc. Les femmes ne le quittaient point. Il s'agissait bien entendu de pénitentes. Il en avait beaucoup plus qu'aucun autre prêtre (au point qu'il combattit vivement l'idée, lors des discussions sur le règlement intérieur, que les bénéfices des confessions fussent répartis *également* entre tous les ecclésiastiques de la communauté — toujours l'échappatoire individuelle !). On les appelait alors « filles spirituelles ». Elles devenaient vite confidentes, amies et maîtresses. Mais la confession était le support. Pour se confesser à Louis Gaufridy, les femmes venaient de tous les coins de Marseille. Sans doute se donnaient-elles le mot. Ou bien s'agissait-il d'un de ces phénomènes collectifs, où une rumeur, une pratique, un engouement, se propagent à une vitesse incontrôlable. Il reste à expliquer ce qui rendait Louis Gaufridy si attirant, si séduisant et lui amenait tant de paroissiennes. Les fascinait-il par son abord ? Par sa parole et son talent de prédicateur ? Les déculpabilisait-il ? Les libérait-il ? Leur apportait-il simplement un commerce agréable ? Les atteignait-il plus profondément ? Sans doute y a-t-il là une donnée décisive de sa personnalité et de sa vie : elle demeure difficile à explorer. C'est d'ailleurs cette obscurité qui, de toute évidence, prêta le flanc aux accusations de magie et de sorcellerie. L'envie aidant, il fallait bien expliquer par une intervention surnaturelle ce qu'on renâclait à expliquer par le charme naturel. Gaufridy fut très vite accusé de « souffler » les femmes (avant d'en convenir lui-même avec une grande précision, quand il fut mis dans le cas de signer toutes les déclarations qu'on voulait). C'était un joli verbe qui signifiait : faire passer un souffle diabolique dans une personne pour la réduire à merci. Mais le mot a d'autres valeurs figuratives : escamoter, détourner. Un sens propre aussi, qui peut prêter à rêverie : on imagine Louis devisant avec une de ses compagnes, approchant son visage du sien, lui « soufflant » un peu d'air sur le nez, sur le front, soulevant une de ses mèches de cette brise amicale pour l'apprivoiser, ou alors allant jusqu'à cet échange de « souffles » — s'il en est — qu'est le baiser. Ce qui est certain, en tout cas, c'est que sa réputation était faite. On savait sa chambre et son cabinet très visités. On n'ignorait pas non plus qu'il avait un petit domicile en ville à l'angle de la Grand-Rue et de la rue de la Bonneterie dans le vieux Marseille : le lieu fut repéré et montré plus tard comme « la maison du sorcier ». Et d'inépuisables commentaires coururent sur lui quand il fut à terre. Il s'entretenait avec ses amies fort tard, dans l'église, dans la rue, la nuit, « conversant fort familièrement, [...] riant librement avec elles » (déposition de Jean-François Roulier, vicaire des Accoules). Il les raccompagnait « aulcunes fois après le *Salve,* et jusques à la nuit close » (déposition de Jacques Fournier). Il les retenait exagérément au confessionnal (déposition Roulier). Tant et si bien qu'une véritable légende s'est édifiée, transmise longtemps après sa mort et reprise par tous les écrits consacrés à son affaire qui, l'accablant ou s'apitoyant sur lui, ont tous en commun de ne pas mettre en doute son aptitude à la galanterie et son pouvoir sur les femmes. *Les Histoires tragiques de notre temps,* composées par François de Rousset (1742) : « Toutes les femmes les plus dévotes vont se confesser à lui. Cependant il exerce sur elles ses maléfices et en les soufflant jouit de toutes celles qu'il veut. O étrange et inouïe permission de Dieu ! » (version dévote). *Histoire générale de Provence,* livre XIII : « La sensibilité de son cœur l'égara bientôt dans un ministère qui offre tant d'occasions de chute ; Gaufridy avait de l'esprit, beaucoup de gaieté et un talent singulier pour donner un tour plaisant aux choses les plus simples » (version pudique). Fabre, *Histoire de Marseille :* « Gaufridy avait pour son malheur une imagination forte et vive, un cœur sensible et ardent, il unissait des manières séduisantes à des passions fougueuses, et il abusait, auprès des femmes, de l'ascendant que lui donnait le ministère de confesseur : c'était là toute sa magie » (version laïque, « éclairée »).

Qu'en fut-il en réalité ? Louis ne devait pas être le prêtre *débauché* qu'on pouvait imaginer. Pas plus débauché en tout cas que la bonne moyenne de ses confrères. Il est même probable qu'il n'avait rien d'un esprit fort et se bornait simplement à se laisser aller à cette pente de son caractère qui le portait au plaisir et l'amenait, selon cette piquante formule, à « donner un tour plaisant aux choses les plus simples », sans être toujours conscient des conséquences possibles de ses attitudes. Peut-être son comportement était-il d'abord marqué par la naïveté et le « naturel » dans la liberté des manières. Il allait là où il se sentait attiré, et le succès l'encourageait. Et dans sa conduite, sans doute, s'agissait-il moins de débauche que de non-conformisme. Non-conformisme qui a pu être plus prononcé qu'on ne le croyait. Un témoignage du chanoine Pistre rapporte une anecdote curieuse — il est vrai, de seconde main — selon laquelle un jour, à la campagne, en bonne société, « il s'habilla et attifa d'un habillement de femme et puis tout à coup sortit d'une chambre, servant de risée à toute la compagnie ». Cela intrigue. Ce « transvestisme » d'un moment est un détail supplémentaire à porter au dossier de ses attitudes ambiguës, à mettre à côté de son goût des facéties triviales ou douteuses, un signe qu'il y avait en lui des tendances assez provocantes jointes à un sens de la dérision des mœurs.

Mais tout cela pouvait prendre aussi bien une allure de galanterie mondaine. Il est clair que Gaufridy ne se cachait pas et bien des observateurs avaient eu l'occasion de le voir entouré, publiquement, de ses « filles spirituelles ». Ainsi, ce soir de fête estivale, sur le port où les galères peintes et redorées à neuf battaient leurs pavillons : des banderoles flottaient partout, les bateaux de commerce ornés d'oriflammes dessinaient un carrousel entre les deux rives, les rames frappaient le plan d'eau au milieu des mouettes, le canon grondait au loin sur le fort, envoyant des salves de fumée blanche. On commençait à danser. La population s'assemblait, formait des groupes bruyants. Et c'est là qu'un marchand avait aperçu Gaufridy, après les vêpres, sous la tribune installée en face de la chapelle Saint-Clair. Il était, selon son dire, « environné de quatre à cinq femmes, devisant assez familièrement avec elles, et tenant son bras en haut soutenant sa tête, et appuyant le coude sur la cuisse d'une des dites femmes ». Edifiant tableau. Dans l'air flottait cette odeur de l'huile et du poisson, dont on disait qu'ils étaient, à Marseille, des aphrodisiaques puissants.

3

Il y avait des paroissiens de haut lignage. Ils habitaient les maisons bourgeoises et élégantes qui s'élevaient sur la droite des Accoules. A ceux-là, Gaufridy apportait plus que son assistance religieuse ou son humeur sociable. Il intervenait dans leur famille en directeur de conscience, les conseillait dans leurs affaires domestiques, s'associait parfois à leur vie. C'est ainsi qu'il avait été conduit à fréquenter assidûment chez Antoine de Demandolx de la Palud, personnage de bonne noblesse, qui s'attachait d'autant plus volontiers ses services qu'il y avait dans sa demeure des biens matériels et spirituels à gérer, des alliances à consolider, des femmes à confesser. Notamment son épouse, Françoise de Glandevès, et ses deux filles, Claire et Madeleine. Antoine de Demandolx avait également deux fils : un légitime et un naturel. Gaufridy se trouvait bien, au milieu de ce monde. On appréciait sa conversation, son esprit, son enjouement, on respectait son ministère. Il se sentait accueilli, fêté, considéré. Comme il arrive souvent dans ces circonstances, c'était la maîtresse de maison qui se montrait la plus empressée à son endroit. Françoise de Glandevès, fille d'Ardouin, seigneur de Gréoulx, était de vieille souche provençale et de cœur chaud. Certains ont pu penser que Gaufridy était devenu très vite son amant. Quelques détails biographiques — révélés une fois encore par des dépositions en justice — laissent supposer en tout cas qu'elle avait eu avec lui des relations de familiarité assez singulières. C'est ainsi qu'elle raconta à l'instruction, surmontant probablement sa honte et son embarras, qu'un jour se trouvant à table, avec deux autres femmes, Jeanne et Catherine, un certain Jean Gay et Louis, elle avait été outrageusement barbouillée de « brousse » par ce dernier. La brousse (ou *broccio*) était un fromage blanc de brebis, préparé dans le faubourg du Rove, très réputé et apprécié à Marseille. On venait de le poser sur la table, au dessert. Et Louis, saisissant le fromage dans ses doigts, avait cru amusant de le jeter sur la figure et le décolleté de ses compagnes : « Lors, ledit Gaufridy print de ladite brousse en sa main et en jeta contre elle et contre les autres femmes, gaudissant et riant extraordinairement, si que elle-même fut sur le coup de luy en jetter aussi, et n'oserait affirmer si elle et les autres luy en jettèrent aussi. » Divertissement qui était bien dans sa manière. Il se confirme à tout le moins qu'il avait un goût marqué pour certains jeux et certaines hilarités. Mme de Demandolx de la Palud les partageait comme elle pouvait. Cette femme, mûre et respectable, probablement belle, avait bien le droit de vivre un peu.

Cela se passait dans la *bastide* de son père, où la famille se réunissait souvent, notamment le dimanche. Ces bastides étaient des résidences secondaires agréables, déjà relativement nombreuses dans la campagne marseillaise, bordant la vieille ville jusqu'à la mer : on s'y retrouvait avec les voisins, des amis, des serviteurs, toutes conditions mêlées. On y mangeait, on y buvait, on y devisait, on y faisait couler le vin blanc pour arroser des *oursinades*. La maison du seigneur de Gréoulx se trouvait dans la banlieue de

Saint-Barthélemy, quartier des Escaliers. Elle s'appelait Fontobscure : de grands ombrages y ménageaient une agréable fraîcheur. Gaufridy aimait beaucoup y venir et c'est là qu'il avait eu l'occasion à plusieurs reprises de converser avec Mme de Demandolx de l'avenir de sa plus jeune fille, qui semblait donner tous les signes d'une grande dévotion.

Cette petite Madeleine, blonde, douce, un peu maladive, paraissait, par sa réserve et sa timidité même, vouée à une vie de recueillement et de piété. Louis avait commencé à la confesser à l'âge de huit ans, il lui avait fait faire sa première communion à neuf ans, il suggérait maintenant de la faire entrer aux Ursulines, dont l'ordre s'auréolait d'un prestige et d'un rayonnement tout neufs. Elle avait d'ailleurs déjà été « petite pensionnaire » au couvent de Marseille, il s'agissait désormais de lui assurer une vraie place chez les Ursulines d'Aix. Pour cela il fallait une certaine somme d'argent — la pension était relativement coûteuse —, et Françoise de Demandolx comptait beaucoup sur Gaufridy pour la soutirer à son père (qu'il confessait aussi). La négociation se fit. On alla jusqu'à demander cent écus au vieux gentilhomme, il en fournit trente-six, et le marché fut conclu : avec cet acompte, Madeleine entrerait aux Ursulines. Elle avait à ce moment-là dix ans.

A vrai dire, elle avait remarqué Gaufridy depuis longtemps déjà. Non seulement parce qu'il s'occupait d'elle et de son éducation religieuse, mais parce qu'il avait des façons qui inquiétaient sa tête de petite fille. Elle le voyait trop souvent auprès de sa mère, trop souvent aller et venir dans la maison. C'est ainsi qu'un jour, à Marseille, son frère Esprit était tombé malade, secoué par une de ces fièvres infectieuses dont l'époque était prodigue, et Françoise de Demandolx, comme elle faisait toujours dans ces cas-là, avait couru appeler Gaufridy. Il était venu et avait visité Esprit. Le jeune homme, âgé alors de dix-sept ans, était étendu dans une alcôve sombre qui avoisinait la cuisine. Sa mère allait sans cesse d'une pièce à l'autre, passant de ses foyers au lit du malade. Madeleine était dans ses robes. Pendant la visite pourtant, elle avait dû rester seule à la cuisine. C'était une pièce aux « malons » bien astiqués, mais beaucoup d'objets y avaient une allure redoutable. L'*oulo,* la grosse marmite, pendue à la crémaillère au-dessus d'un feu crépitant où bouillonnait une soupe, les épais barreaux torsadés de la panetière accrochée au mur comme une cage, l'énorme *caufo-lié* de cuivre jeté sur la table, les bizarres têtes d'ail suspendues en tresses au plafond, les couteaux qui traînaient un peu partout. Madeleine, assise sur un escabeau, regardait tout cela, posant les yeux à droite, à gauche, en bas, en haut, essuyant de temps en temps ses mains à son petit tablier. Au bout d'un moment, n'y tenant plus, elle s'était levée et avait poussé doucement la porte. Elle n'avait d'abord vu que le noir, entendant le souffle de son frère qui semblait respirer avec peine. Puis, elle avait distingué à la flamme d'une chandelle nageant dans l'huile, à la tête du lit, les deux visages rapprochés de sa mère et de l'abbé qui parlaient à voix basse. Comme elle avait fait sans doute un peu de bruit malgré elle, l'abbé avait brusquement tourné la tête et, à ce moment-là, sa figure bizarrement éclairée d'en bas par la bougie avait eu une expression qui lui avait fait peur. Il lui avait semblé en outre que sa mère rabattait ses jupes dans l'ombre. A coup sûr, elle était venue vers elle avec un air sévère et l'avait reconduite rudement à la cuisine, en lui pinçant le bras.

Madeleine était remontée sur son escabeau et s'était mise

à trembler. C'était comme si tous ses membres étaient gagnés par la fièvre de son frère. On aurait dit que rien ne pourrait arrêter ces frissons, ces secousses. En même temps, elle revoyait une scène qui l'avait effrayée quand elle était très petite et qui tout d'un coup revenait avec violence à son esprit. Elle se promenait sur le port avec son grand-père qui la tenait par la main, et ils s'étaient arrêtés au bord d'un bassin pour regarder des ouvriers qui calfataient un vieux rafiot. Ils enfonçaient de l'étoupe à grands coups de maillet dans les fentes de la coque et, avec des torches de sarment de vigne, ils faisaient fondre un enduit grésillant sur les blessures du bois. Pour le préparer, ils mélangeaient dans un énorme brasier du suif, du goudron et de la résine. Cela répandait une fumée jaunâtre qui, au milieu du bruit des marteaux, avait quelque chose de terrifiant. Son grand-père essayait de lui expliquer la signification de ce travail, mais elle ne voyait que la fumée, n'entendait que les marteaux. Tout d'un coup, un des ouvriers avait fait avancer un énorme chien enchaîné près du brasier en disant que c'était le Diable. La bête, probablement enragée, qui avait un vilain pelage tacheté, s'était mise à aboyer de toutes ses forces en découvrant des crocs pointus sous ses babines baveuses. La plupart des badauds étaient partis en courant, terrifiés, se marquant le front, la poitrine, de signes de croix. Le grand-père n'avait pas bougé et sa main était restée serrée, ferme, sur celle de la petite fille. Elle s'était mise à trembler de tout son corps, comme aujourd'hui. Elle avait fermé les yeux pour ne plus voir cette tête de chien grimaçante, éclairée par la lumière basse des flammes du brasier.

Peu à peu maintenant, elle s'était calmée. Sa mère était revenue au bout d'un moment en disant que son frère allait mieux grâce à l'abbé. Mais au seul nom de l'abbé, Madeleine s'était enfuie et cachée dans un placard, refusant de lui parler, de faire la révérence devant lui. Mme de Demandolx s'était fâchée et l'avait sortie de là, lui reprochant vivement de ne pas rendre au prêtre « l'honneur que les filles de sa dévotion ont accoutumé rendre aux pères de l'Eglise » et lui demandant de faire en sorte qu'à l'avenir cela ne se reproduisît plus.

Non seulement cela ne se reproduisit plus, mais, quelques années plus tard, la situation s'était bien retournée. Nous sommes en 1608. Madeleine a maintenant quinze ans. Elle est toujours aussi blonde. Mais elle est devenue une jeune fille désirable, malgré les langueurs que fait naître en elle son séjour aux Ursulines. Elle commence à faire bonne figure à Messire Gaufridy. A Fontobscure, où il fréquente toujours, elle est heureuse de se promener avec lui sous les pins, sous les platanes. Ils voient la mer au loin entre les branches. Parfois ils s'arrêtent pour se mirer dans la fontaine sombre qui donne son nom au domaine. Il arrive même que leurs conversations prennent un tour plus privé. C'est ainsi qu'un jour de juin, Mme de Demandolx a une surprise.

Elle se préoccupe ce matin-là de régler un litige entre son mari et un voisin, le chanoine Tuzer, à propos de la bastide et de quelque délimitation de terrain : elle attend la visite du P. Jacques Bruni qui, chanoine lui-même, a proposé son entremise. Or Jacques Bruni lui a été présenté par Gaufridy et, ne connaissant pas la bastide, c'est avec Gaufridy qu'il arrive.

La visite de la propriété commence. Comme les deux hommes, pour venir de Marseille à Fontobscure, ont parcouru tout de même « une bonne grosse demy lieue », ils sont fatigués, essoufflés, un peu crottés, ils ont chaud, et on fait en sorte de ne pas les bousculer. Dans le grand jardin, on s'arrête souvent. Le soleil prend à revers les feuilles des oliviers, éclabousse les mottes de terre rouge entre les vignes. Les cigales chantent déjà dans les pins. Il faut trouver un peu d'ombre et souffler. Bruni et Gaufridy s'assoient sur un tronc d'arbre, près de la fontaine. C'est alors qu'ils remarquent, un peu à l'écart, Madeleine, qu'ils n'avaient pas aperçue tout d'abord. Elle est là, installée sur un petit tabouret, en train de lire un livre de dévotion posé sur ses genoux. Ses grands cheveux blonds descendent des deux côtés de son visage et effleurent les pages du livre. Elle a l'air si absorbée qu'on pourrait croire qu'elle n'a rien entendu, rien vu. Quand elle lève la tête, elle est toute rougissante de timidité et de surprise à la vue des deux hommes. Louis vient vers elle et l'embrasse, tandis que Françoise de Demandolx explique au chanoine ému et admiratif que sa fille est ainsi : toujours dans les prières. On se met à bavarder, on continue la promenade, on rencontre au détour d'un bosquet le frère de Madeleine et Claire, sa sœur (qui, mariée, n'était là que de passage et qui, de toute façon, devait se retirer assez vite de la scène de ces événements), le groupe chemine, puis se disperse, et au bout d'un moment Françoise se retrouve seule avec le P. Bruni. C'était l'occasion de ramener son attention sur la configuration des lieux et de lui faire poursuivre bon train la véritable expertise pour laquelle il a été mandé. Françoise lui fait découvrir les annexes de la propriété. Elle lui montre l'*hière,* c'est-à-dire en provençal l'aire à battre le blé, jonchée de fléaux et de débris de paille, à la limite des champs, derrière la maison. Puis la *prospective,* c'est-à-dire le meilleur point de vue, l'endroit un peu dominant d'où la vue embrasse toute l'étendue du domaine, aussi bien du côté de la mer que vers l'intérieur des terres. C'est le chanoine Bruni qui raconte tout cela dans sa déposition au procès. Il raconte même que, pendant la visite, il prenait des notes pour « tracer et remarquer sur le papier les endroits et situations de ladite bastide ». C'est alors que le vent venant à se lever, un coup de mistral éparpille ses feuillets et l'oblige à rentrer. Bien entendu, Françoise de Demandolx l'accompagne et lui propose de continuer l'inventaire à l'intérieur. Ce sera une occasion de recenser les pièces et de les parcourir. D'abord la *salle* et la cuisine, ensuite les chambres. On pousse les portes l'une après l'autre. Et c'est en arrivant à la chambre de Madeleine que la surprise a lieu. La petite dévote est là, mais elle est en compagnie de Gaufridy, assis à côté d'elle sur son lit et tenant une main posée sur son genou. Mme de Demandolx referme vivement la porte. Elle entraîne le chanoine vers les autres pièces, continuant ses explications et ses commentaires sur la disposition des lieux. Elle garde une contenance parfaite, mais une violente bouffée de chaleur est montée à son visage. De ce jour, quelque chose se révèle, se découvre à elle, dont elle n'attend rien de bon.

Louis Gaufridy est à ce moment-là au meilleur de lui-même. Il a trente-cinq ans. Son prestige est devenu considérable, aux Accoules aussi bien qu'en dehors de Marseille. On le connaît comme prédicateur de style, comme directeur de conscience éclairé. Il est de plus en plus sollicité comme confesseur. Son charme y est évidemment pour beaucoup. Il a gardé de son enfance ses yeux clairs, ses traits rieurs, ses boucles brunes autour de la tonsure. Mais au-delà de cette apparence physique, il y a en lui ce curieux dispositif secret qui lui donne prise sur les êtres, au plus intime d'eux-mêmes, notamment sur les femmes. « Elles sentirent une puissance, a écrit Michelet dans *la Sorcière* [...], et elles surent que ce n'était rien moins qu'une puissance diabolique. » Avec la maturité, cela s'est affirmé. Et on conçoit que Madeleine adolescente ait pu subir l'*empire* de cet homme plus âgé qu'elle de vingt ans. Empire sensuel aussi bien qu'intellectuel et moral. Avec, en outre, probablement, l'attrait incertain de ses conduites troubles. Mais on conçoit aussi que Madeleine, avec sa jeunesse, sa naïveté, sa maladresse apeurée, ait pu apporter à Louis quelque chose comme une respiration, un repos, une halte fraîche dans sa vie assez comblée mais brouillonne, qui oscillait de la comédie sérieuse à la farce. Une occasion de la jouer sur un registre différent.

4

Il fallait compter avec la partenaire. Probablement n'était-elle pas de tout repos, malgré ses apparences de modestie et de réserve. Madeleine de Demandolx de la Palud, autant que l'on puisse en juger, était le type même de ces jeunes filles de famille que l'on mettait vite au couvent, à la fois pour se décharger des soucis de leur éducation et les prémunir contre les agressions de la vie. Le résultat ne se faisait pas attendre : isolement, ennui, langueur, répression des désirs et des aspirations à vivre, refoulement sexuel, obsessions fantasmatiques. De Diderot à Freud, il existe une littérature sur le sujet.

Dans ce cas précis, il faudrait ajouter que les Ursulines offraient un cadre flatteur à la famille, dans la mesure où elles représentaient un ordre qui recrutait essentiellement dans la noblesse et la bourgeoisie et s'efforçait de concilier le respect de la « doctrine chrétienne » avec un exercice assez prosélytique de la foi. Ces jeunes filles d'ailleurs ne prononçaient point de vœux et se consacraient volontiers à des tâches pédagogiques. Un témoin assez inattendu, Nostradamus, les a décrites ainsi : « Des filles de haute et noble condition, et de moindre et plus humble sorte, qui, touchées d'un désir d'embrasser la chasteté virginale et ne se sentant assez constantes et faictes pour vaincre les solitudes et l'austérité des monastères reclus, sont en quelque plus douce tranquillité et bonasse d'esprit et de corps, et parmy la mer flottante et fière du monde, comme au calme d'une honneste et pudique liberté conforme à leurs forces et dévotion ; si qu'elles font une très singulière profession d'instruire les jeunes demoiselles et les filles de tout estat en toutes sortes d'ouvrages exquis, de civile honnesteté et chrestienne piété, cultivant ces tendres plantes avec tant d'amour et de soin qu'elles croissent à vue d'œil et font des fruits merveilleux. » En somme, de vraies *jardinières* d'enfants. Et, pour tout dire, un ordre un peu *en dessous*. Non en qualité, mais en rigueur. Plus ouvert, plus humain, plus adapté au monde et au temps. L'auteur de cet « aggiornamento » était le P. Jean-Baptiste Romillon. Né à l'Isle-sur-la-Sorgue et Provençal d'humeur batailleuse, il avait commencé par servir avec fougue dans les rangs protestants, puis, l'âge venant, il avait changé son fusil d'épaule et s'était découvert, avec son cousin César de Bus, une vocation de fondateur d'ordre. Devenu prêtre, il opérait à Aix, tandis que César opérait à Avignon. C'était une sévère mise en coupe de toute la Provence. Transformation, expansion, propagation, conquête. Style audacieux. Ouverture d'établissements nouveaux. Notamment, à Aix, les frères de la Doctrine chrétienne et les Ursulines. Pour ces dernières, l'intervention d'une femme de caractère devait être décisive : Mme de la Fare, veuve, riche, d'une piété offensive. En 1600, le P. Romillon, fort de son assistance, triomphait. La congrégation s'installait à Aix avec pour premières animatrices Françoise et Catherine de Bermont. Les novices pouvaient arriver.

En réalité, l'ordre essaima très vite à Marseille. Et entre les Ursulines d'Aix et celles de Marseille, de nombreuses et constantes communications s'établirent. A tel point que les jeunes religieuses donnaient parfois l'impression d'être ballottées d'un couvent à l'autre (même s'il s'agissait, pratiquement, d'une seule maison). Ce fut, semble-t-il, le cas de

Madeleine qui, dès sa petite enfance, fut placée à Marseille, puis transférée à Aix, ramenée à Marseille, reconduite à Aix. Il s'agissait probablement de réaliser chaque fois les meilleures conditions d'adaptation, mais ce manège était sûrement beaucoup plus préjudiciable à la jeune novice qu'on ne l'imaginait : ne se sentant fixée ni ici ni là, elle n'était « sécurisée » nulle part. Pourtant l'expérience marseillaise avait assez bien commencé. Trop bien peut-être. Madeleine, dès huit ans, donnait tous les signes d'une extrême soumission à la vie conventuelle. Elle voulait une cellule « fort écartée des autres ». Elle se consacrait aux pratiques religieuses avec une ferveur fébrile. Elle allait « plusieurs fois sans chemise », selon un témoignage de sa mère, pour se mortifier. Il n'est pas exclu qu'il y ait eu très tôt, dans tout cela, une légère part de mise en scène : la sœur de Gaumer, régente avisée, n'hésitait pas à noter qu'elle « remarquait bien de l'hypocrisie en elle et n'approuvait pas les ravissements qui la surprenaient souvent en public ». Naturellement ces *ravissements* inquiètent et l'on y voit percer des indices prometteurs d'orages.

Il reste que Madeleine avait bien le loisir de s'essayer très jeune à l'extase, puisqu'on avait choisi de la faire vivre en religion, et plus encore, si elle en avait les moyens, de « surpasser les autres en vertu ». Ce qu'elle fit. Le résultat fut que rapidement elle s'attira de la part de ses compagnes des sentiments mêlés. Amour et défiance. C'est ce qui arriva au moins avec la sœur Honorée de Lascours et surtout avec la sœur Désirée d'Anthoine. On les voyait toutes les trois dans le couvent de la rue du Petit-Puits, s'agenouiller à tout propos, se prosterner sur le carreau à la moindre occasion, serrer avec fièvre des crucifix sur leur poitrine naissante, égrener des litanies en balbutiant, appeler en elles la présence du corps du Christ. C'étaient en attendant leurs jeunes corps qui bouillonnaient. Et entre elles s'échangeaient des confidences, des tendresses, des élans. Madeleine aimait surtout Désirée. Selon toute vraisemblance, elles furent unies par une de ces amitiés de fillettes où le trouble des sens se cache sous le partage des élans mystiques. Il faut croire pourtant que les choses se gâtèrent vite, puisque sœur Désirée déclara plus tard que si, dans leur commune enfance, elle avait été si « recherchée » par Madeleine, ce ne pouvait être que conformément à de « fort méchants desseins » (parbleu ! on commençait à apercevoir la tournure des événements !), mais que fort heureusement « Dieu la protégeant lui donnait une secrète horreur qui la détournait d'elle plus elle s'en voyait poursuivie ».

De toute façon, à Marseille comme à Aix, la santé de Madeleine ne sortit guère florissante de ces séjours. Peut-être n'était-elle pas très robuste au départ (encore que certains propos de sa mère la dépeignent, vers 1606, « belle et grasse » à souhait : ce qui peut laisser supposer qu'elle devint vite assez attirante, contrairement à la réputation de minceur, de fragilité qu'on lui avait faite avec insistance), mais il est évident que ce furent des troubles psychosomatiques qui l'assaillirent et la minèrent très tôt. On parlait de « grandes douleurs par tout le corps, avec grande humeur mélancolique qui la rendait insupportable à toute la compagnie ». Ces douleurs mal localisées et circulantes sont de celles sur lesquelles la médecine moderne n'a pas toujours prise, en raison de leurs liens avec des formes complexes de « difficulté d'être ». A plus forte raison la médecine de l'époque. Madeleine était déjà suivie par un médecin de famille, le Dr Cassaigne. Mais on appela aussi, pendant son séjour à la maison d'Aix, un praticien renommé, le Dr Antoine Mérindol. Il la palpa, la tâta, l'ausculta et prescrivit les seules choses qu'on savait prescrire : saignée, purge, lavement, à la rigueur bouillons, juleps. Il n'améliora pas son état pour autant. Mérindol était la gloire d'Aix et de la faculté, il fréquentait des présidents comme Guillaume Du Vair et Lacépède, il était appuyé par des confrères illustres. Mais il avait vraisemblablement trop d'autorité et de hauteur doctrinale pour résoudre un cas si concret et, en un sens, aussi simple. Pourtant, quelque chose lui disait que la maladie de la patiente ne relevait pas des soins du corps. Il fallait sans doute modifier ses conditions d'existence, la faire « changer d'air » comme on disait déjà volontiers. C'est ce qu'il ordonna : « Qu'on luy fist changer d'air pour ce que l'avis était qu'elle était fort dangereuse de tomber en phtisie. » On faisait la part de l'âme sans désavouer le corps. Ce fut la première rencontre de Madeleine avec les médecins, chirurgiens, apothicaires, qui plus tard ne manquèrent pas une occasion de l'observer sous tous les angles, d'exercer sur elle leur sagacité et de mesurer, à la résistance de son mal, les limites de leur science. Un beau cas.

Elle changea donc d'air et revint à Marseille. Chez ses parents. C'est là que peu à peu elle retrouva un relatif équilibre et une forme de vie plus propice à son épanouissement. Les fréquents séjours de la famille à Fontobscure en particulier lui apportaient le repos, l'air pur, le contact avec la vie naturelle dont elle avait besoin. Les couleurs lui revenaient en même temps qu'un certain appétit d'exister. C'est d'ailleurs dans cette période de convalescence que prirent place les moments d'éveil affectif et sensuel qui furent marqués par sa fréquentation de Louis.

Elle le voyait aussi bien à Marseille qu'à la bastide. A Marseille, elle allait aux Accoules tous les matins, à la messe, en compagnie de sa mère, elle y retournait seule dès midi sonné pour n'en revenir qu'après les vêpres, et assez souvent même s'y retrouvait le soir, pour le *Salve,* jusqu'au début de la nuit : les occasions de rencontre ne lui manquaient donc pas et on reste admiratif devant l'ordre harmonieux qui s'établissait entre les exigences de sa piété et les penchants de son cœur. C'était l'avantage d'un extrême voisinage. Quant à la bastide, on sait que Gaufridy y venait régulièrement et qu'il y venait au meilleur de sa forme : bien décidé à profiter lui aussi de l'heureuse détente que lui apportaient le calme des vergers, le bruit clair des fontaines, la forte senteur des résines de pins et, plus loin, l'odeur profonde des labours. Tous ces reconstituants joints à la puissance de ses émois secrets mirent vite d'aplomb Madeleine. Et ce fut elle-même qui un beau jour demanda à revenir aux Ursulines. Les temps étaient accomplis. La convalescence ne pouvait pas être éternelle. La santé se raffermissait. Il fallait bien revenir au programme de vie que l'on s'était tracé, malgré les sollicitations du cœur. Il n'est pas du tout impossible d'ailleurs que Gaufridy lui-même ait favorisé le retour de Madeleine au couvent. Diverses rumeurs (plus ou moins bienveillantes) laissaient entendre qu'après avoir obtenu du seigneur de Gréoulx les écus nécessaires à la prise en charge de la jeune religieuse, il aurait lui-même couvert une partie non négligeable des frais de sa pension, sans doute par attachement à sa mère, peut-être dans le seul et louable souci d'assurer son avenir spirituel. Toujours est-il que Madeleine se retrouva dans la maison de la rue Baussenque, à Aix.

Cette rue Baussenque (actuelle rue Mérindol) se trouvait dans l'un des endroits les plus peuplés de la vieille ville, entre le quartier dit de l'Observance et les vestiges romains des Thermes Sextius. Des pâtés de maisons se serraient les uns contre les autres, entrecoupés de treilles et de jardins. Les jeunes filles n'étaient pas isolées du monde, mais au contraire proches des activités de la ville : le bruit de la rue, l'affairement des artisans, les promenades des bourgeois. Il n'en demeurait pas moins que les conditions de la vie claustrée qu'avait déjà éprouvées rudement Madeleine se retrouvaient d'un seul coup. Et l'âge qu'elle atteignait maintenant, l'adolescence véritablement, ne pouvait qu'en aggraver les effets. Il faut s'imaginer ces couventines dans leur quotidien. Michelet a résumé leur sort d'un mot : l'ennui, en insistant sur la monotonie mortelle des rythmes de leur vie. Il dit, parlant de l'œuvre de fondation du P. Romillon : « Il croyait ses jeunes Provençales déjà aussi sages [que les " frères de la Doctrine chrétienne "] et comptait tenir ses petites ouailles dans les maigres pâturages d'une religion oratorienne, monotone, raisonnable. C'est par là que l'ennui rentrait » ; et il ajoute : « Un matin, tout échappa. » Soumises à la contrainte d'un vêtement austère, chacune d'elles voyait dans l'autre sa propre apparence : long voile noir, que l'on appelait le « crespe » (on disait : recevoir le crespe) et serre-tête blanc. Cette tenue pouvait d'ailleurs avoir de l'élégance et s'adapter avec une certaine harmonie à un jeune corps de seize ans, elle était néanmoins faite pour signaler d'abord comme un deuil de la vie. Le rythme de la journée ? Surtout des prières, des offices, à heures très régulières. Bien entendu, des promenades dans un jardin spacieux et assez agréable, les séances consacrées à l'instruction des plus petites ou des jeunes externes, des réunions dans des salles communes assez vastes aménagées pour les pensionnaires, mais aussi de très nombreuses heures en cellule. Les murs nus. Le crucifix, le corps convulsé du Christ au mur. Le prie-Dieu de bois rude, près du lit. Lever tôt, coucher tôt. Silence. Le temps de descendre en soi-même. A l'âge où tout s'ouvre sur le monde.

Madeleine connaît tout cela, se plie à ces rythmes, courbe la nuque sous le voile et le serre-tête. Mais, comme en elle la vie et la curiosité continuent à palpiter, elle crée peu à peu entre elle et ses compagnes tout un réseau de relations, plus ou moins intimes, plus ou moins secrètes, qui lui permettent d'épancher son cœur, de libérer son imagination, d'échanger des informations. Et, plus particulièrement, des informations sur l'univers du sexe où tout semble honte et mystère, mais qu'on porte en soi, dans son corps, caché sans doute, mais brûlant, encombrant. Peut-être même terrorisant. Freud, racontant sa rencontre pendant l'été de 1890, dans les monts du Tauern, avec la jeune Katharina en qui il devait découvrir un cas assez hallucinant de névrose hystérique, a noté avec une limpidité presque naïve : « Combien de fois n'avais-je pas vu l'angoisse, chez les jeunes filles, être la conséquence de la terreur que suscite dans un cœur virginal la première révélation du monde de la sexualité. » Terreur. C'est bien ce qu'il fallait conjurer, combattre, étouffer, en parlant, en bavardant, en discourant comme des folles de ces sujets bizarres. Une jeune sœur était laide (vraiment laide, presque difforme, avec des yeux qui louchaient et une peau boutonneuse) : comment, pourquoi pouvait-on être laide, que signifiait ce mot, *laide ?* Une autre avait des seins de nourrice, qu'elle comprimait à en mourir sous le crêpe, qu'elle écrasait avec des bandes d'étoffe : pourquoi ces gros seins, pourquoi cette chair pleine de lait ? Une autre avait des poils, en quantité déjà importante, là où les autres en avaient très peu, elle montrait cela avec fierté en relevant sa robe noire en haut de ses cuisses dans l'intimité de sa cellule. Une autre parlait de ses règles avec des détails effrayants, brandissant des linges rouges de sang, sous les yeux agrandis par la peur de celles qui n'étaient pas encore pubères. Certaines, dont la hardiesse ne connaissait plus de bornes, allaient jusqu'à donner des détails sur le sexe des hommes, expliquant qu'il était comparable à un serpent se dressant, déroulant ses anneaux, puis, conscientes de l'énormité de la révélation, tombaient à genoux sur la dalle, se signant à gestes saccadés, pleurant, tremblant. Madeleine était curieusement attachée à celles qui l'inquiétaient le plus. Il y avait déjà eu Désirée d'Anthoine, qui, pendant des années, avait troublé son cœur et son esprit. Il y avait maintenant Anne de Beaumont, Cassandre de Bus (la nièce de César de Bus, compagnon de mission du P. Romillon) et cette bizarre Louise Capeau, qui venait de Saint-Rémy et essayait de faire oublier son origine roturière en tentant de se faire appeler de Capel, plus âgée que les autres et plus douée surtout dans les manifestations spectaculaires de la foi et les effronteries de la concupiscence, d'une immodestie ravageuse. Et les jours passaient en conciliabules, toujours scandés par les sonneries de cloche qui annonçaient le réveil, matines, la messe, prime, tierce, sexte, none, vêpres, complies, le coucher. L'heure de l'acte de contrition, l'heure de l'acte de foi, l'heure de s'agenouiller, l'heure de baiser le sol, l'heure de communier, l'heure d'égrener le rosaire. Dans les confessionnaux, on murmurait de longues litanies de péchés et de fautes. Dans les rêves passaient des crapauds, des serpents, des boucs.

C'est dans ce climat que Louis arriva un beau jour. Il venait de Montferrat, un petit village proche de Draguignan où se trouvait une vieille chapelle plantée sur une colline qui attirait trois fois l'an les pèlerins. Pourquoi ce « pèlerinage » ? Peut-être avait-il à renouer avec quelques amis de ces contrées où il avait passé une part de sa jeunesse. Peut-être était-il pris d'un besoin de fuite. Le bruit courut plus tard qu'il n'avait pas eu d'autre moyen de se sortir d'intrigues dangereuses dont il avait emmêlé les fils et où intervenaient beaucoup de femmes. Toujours est-il qu'au retour de Montferrat il décide de passer à Aix voir Madeleine.

Il arrive botté, équipé de cuir, est accueilli avec grande considération par la sœur de Gaumer qui fait alors fonction de supérieure et l'introduit elle-même au parloir. Le voici devant Madeleine. Il fait un signe de croix d'un geste très large et elle en fait un aussi, beaucoup plus rapide, étriqué. Il lui demande, les yeux dans les siens, si sa santé s'est rétablie, si l'existence du couvent lui convient, si elle vit en bonne entente avec ses compagnes et n'a à se plaindre de rien, si sa foi et sa piété prennent force. Puis il lui donne des nouvelles de sa famille. Il s'est mis, en parlant, à arpenter le grand carrelage noir et blanc et, chaque fois qu'il arrive au fond de la salle, sa main s'accroche un instant à l'un des motifs de la grande grille de fer forgé qui la ferme comme un rideau. Puis il revient vers elle, le regard toujours insistant. Il lui parle de sa mère, de son grand-père, de son frère, des familiers de la maison : il lui dit combien elle leur manque à tous, combien son absence est chaque jour ressentie, mais il ajoute aussitôt qu'il vaut mieux qu'il en soit ainsi, que c'est ici et non ailleurs qu'elle doit accomplir son salut. Il laisse entendre que toutes sortes de raisons obscures plaident en faveur de son éloignement de Marseille. Cependant il est prêt à ne jamais perdre de vue ses intérêts, à veiller sur elle de très près autant qu'il le faudra, à ne jamais la négliger ni l'oublier, elle qu'il a connue toute petite, dont il a conduit les premiers pas dans la voie de la religion. Il évoque les Accoules, la cloche, les prières. Il évoque Fontobscure, le recueillement sous les arbres, près de la fontaine. Il s'est assis maintenant sur le banc posé le long de la grande table cirée et assez brusquement il a saisi par son anse un pichet d'eau fraîche qu'on a apporté pour lui. Il le porte à ses lèvres et, le cou renversé, boit à pleine gorge. L'eau lui coule en petits filets autour de la bouche, sur le menton. Elle est toujours debout, à quelques pas du banc, les bras le long du corps maintenant, et la tête relevée. Il remet le pichet d'étain sur la table et s'essuie les lèvres du revers de sa manche. Une lueur très douce et très forte à la fois traverse ses yeux. Au bout d'un moment, il cesse de s'adresser à Madeleine, comme s'il n'avait plus rien à lui dire et son regard se porte sur un grand tableau austère, bordé d'un lourd cadre doré, accroché entre deux piliers de la salle. Il représente la mise au tombeau. On voit le corps du Christ, lustré comme de l'ivoire, dans un éclairage un peu jaune, disparaissant à demi derrière une bordure de pierre, tandis que plusieurs mains le soutiennent, sortant de masses d'ombre qui figurent deux hommes, une femme, drapés d'étoffes noires. L'ensemble est très sombre. Le seul détail coloré (et, par contraste, vivement coloré) qui anime la composition est la fine suite perlée de trois gouttes de sang, très précises, très nettement dessinées, qui sourdent de la plaie traditionnelle ouverte au flanc du Christ. Dans un coin du tableau, le peintre a en outre placé deux taches phosphorescentes, deux petits yeux sans doute — insecte ou batracien —, au niveau du sol, qui semblent être témoins de la scène.

Quelques instants après, Louis et Madeleine, plus détendus, continuent leur conversation dans le jardin du couvent. Ils marchent d'abord entre les colonnettes du cloître, puis bientôt sur les pelouses. Une faux a dû passer par là, car l'herbe est courte, égale malgré les premières poussées de sève du printemps déjà avancé. Il tient le bras de la jeune fille, par moments, comme s'il allait la soulever légèrement du sol ou comme s'il voulait lui éviter de s'embarrasser dans sa longue robe. Il lui raconte son pèlerinage à Montferrat. Ces routes rocailleuses qui serpentent entre les buttes, enjambent les collines. Le village perché. La chapelle plantée sur son tertre, aux premiers contreforts de la montagne, la grande croix de fer. Ces longues files de pèlerins qui montent jusqu'à elle, tout le jour, avec leurs bourdons, leurs ballots, et qui, à la nuit tombée, campent sur la roche, enfants, vieillards, chiens, moutons mêlés, dans un roulement de plaintes et de prières psalmodiées. Le soleil, au matin, sur tout cela, noyant la campagne, réchauffant les corps engourdis. Elle l'écoute avec une attention qui peut paraître d'abord distraite, comme si elle n'était pas toute à elle-même et craignait qu'on ne les observât, les épiât. Mais peu à peu elle est prise par ses paroles, par ce récit qu'il fait, avec un enthousiasme un peu joué, un peu appuyé peut-être, mais en homme libre, heureux de s'être échappé, évadé, d'avoir parcouru des bois et des terres, d'avoir vu d'autres hommes, d'avoir régénéré son cœur et son esprit à une source de vie, le tout pour la plus grande gloire de Dieu. Et maintenant, au retour, il fallait qu'il passe la voir. C'était trop bête de ne pas mettre Aix sur son itinéraire, puisqu'elle était là, qu'il y avait des mois qu'il ne l'avait pas vue et qu'il était impatient de prendre de ses nouvelles. Il avait bifurqué à Salernes, donné des éperons vers Pourrières, où il avait été content de revoir la maison de son vieil oncle, de retrouver quelques amis d'enfance, puis il était arrivé ici. Se demandant d'ailleurs si elle se trouverait bien au couvent, si quelque nouvel accès de maladie ne l'aurait pas ramenée à Marseille. Maintenant qu'il la voyait là, près de lui, un peu fragile, mais tout de même épanouie, bien droite, le teint clair, il était rassuré. Elle reste silencieuse, mais on sent qu'elle ne perd rien de ses paroles, que chacun de ses mots a pour elle un poids précis d'amitié, de vérité, de ferveur. Elle a passé ses doigts fins dans le grand chapelet de buis noué à sa taille et on dirait qu'elle en compte les grains, peut-être même égrène-t-elle réellement de secrètes prières, pour vaincre sa timidité, se donner du courage. Ou pour se protéger. Par moments, s'il se tient un peu trop près d'elle, elle sent monter de lui comme une odeur animale de laine, de cuir, de terre qui lui donne un obscur malaise et, s'il lui arrive de tourner la tête pour la regarder, avec ce rire qui découvre ses dents et cette flammèche dans les yeux, elle a envie de serrer plus fort le chapelet, de chercher dans les plis de sa robe la petite croix noire qui le termine. Pourtant, elle ne voudrait pas qu'il parte, elle aimerait qu'il reste là longtemps encore. Il s'est mis à lui parler en provençal, parce qu'il sait que c'est la langue de tous les jours, celle qu'elle a entendue toute petite, autour d'elle, chez ses parents, chez son grand-père, parmi les gens de sa maison, celle des mots plus familiers, plus intimes. Il y fait passer une espèce de musique qui la caresse drôlement, qui lui donne l'impression d'une complicité à la fois naïve et chaude entre elle et lui. Il est très habile et joue très bien de cette musique, comme s'il la faisait entendre pour elle seule, pour lui dire des choses qu'elle seule doit entendre, à l'abri des murs qui bordent le jardin. Pourtant, à ces murs, il y a d'étroites fenêtres grillagées, des ouvertures rondes, des lucarnes, par lesquelles bien des regards pourraient passer. Sans parler de la terrasse circulaire qui domine le cloître et sur laquelle n'importe qui, à tout moment, peut apparaître. Mais que font-ils sinon se promener pendant la durée de la visite ? L'herbe est de plus en plus douce — douce et dure pourtant, jeune, crissante — sous leurs pieds. Un grand bouquet d'iris, là-bas, monte du pied de la murette, les fleurs se déplient, bleues, charnues, nerveuses : Madeleine aimerait les toucher, entrouvrir leurs pétales roulés, serrer leurs tiges. Elle se contente de les regarder, du banc de pierre où ils se sont assis maintenant. Il s'est tu un instant, et on entend de petits bruits d'insectes dans l'herbe, une fenêtre qui se ferme, des pas qui glissent dans la cour voisine. Le soleil semble de plus en plus chaud. La conversation reprend. Il lui demande d'autres précisions sur les conditions de sa vie. Il dit, au passage, que sa vocation doit être absolument ferme et assise, qu'il serait bien préférable qu'elle renonce au couvent — et au besoin, change de vie, se marie — plutôt que d'y rester à contrecœur. Il aimerait être tout à fait sûr, insiste-t-il, qu'elle ne soit pas malheureuse, qu'elle ne manque de rien, qu'elle soit satisfaite du cadre de ses journées. Elle lui répond qu'elle va lui faire visiter les salles où elle travaille, où elle mange, où elle prie. Sa cellule même.

Le passage de Gaufridy fit évidemment grand bruit au couvent. D'autant plus qu'il n'était pas parti sans confesser un certain nombre de religieuses et la sœur de Gaumer elle-même. Cette dernière, sensible à la prestance d'un si bel homme tout autant qu'à son rayonnement spirituel, n'aurait pas voulu le voir s'éloigner sans lui avoir fait l'offrande de son humilité la plus profonde : elle avait donc tenu à lui ouvrir son âme, ce qui était une façon de couronner la déférence de son accueil. Quant aux pensionnaires, elles avaient jugé, en grand nombre, que c'était là une occasion, à ne pas laisser passer, de se purifier, peut-être même de se sanctifier. Elles savaient pourtant que Messire Louis était d'abord venu pour Madeleine et elles en concevaient obscurément une jalousie qu'il leur était difficile de réprimer. Sœur Capeau, en particulier, se démenait d'une manière assez désagréable, elle avait beaucoup de mal à dissimuler sous ses simagrées le ressentiment qu'elle éprouvait contre cet homme important qui s'intéressait à une petite oie blonde de douillette noblesse, alors qu'elle serait toujours aux yeux des grands une fille de la campagne. Elle avait tout fait pour attirer son attention, ne ménageant pas ses efforts, en confession, pour dire toute la vérité sur ses jours et ses nuits, et multipliant les détails les plus précis sur ses impuretés réelles ou supposées, dans un élan de contrition irrépressible. Ses yeux noirs brillaient à travers le croisillon, tandis que se précipitait sa parole coupante, son débit rapide et haché. Mais les autres aussi s'agitaient. Sœur Anne allait de couloir en couloir en murmurant qu'un événement était arrivé, que sœur Madeleine avait été « choisie », « élue ». Sœur Cassandre disait au réfectoire que seul un « mystère » pouvait expliquer qu'un si grand homme de religion eût fait un tel détour, en rentrant d'un lieu saint, pour rencontrer une de leurs compagnes. Et peu à peu la rumeur se répandait chez les jeunes ursulines que des raisons naturelles ne suffisaient pas à rendre compte de ce qui s'était passé. Il y avait certainement des choses qui échappaient, d'obscures interventions qu'on ne pouvait connaître, des puissances secrètes qui se manifestaient. Les bavardages se propageaient à une vitesse proprement folle. La fièvre des commentaires, des interprétations, gagnait les sœurs les unes après les autres. Et, bien entendu, l'envie dominait tout, sans jamais se démasquer vraiment. Les religieuses, il est vrai, étaient bavardes mais prudentes. Dans les journées qui avaient suivi le départ de Gaufridy, elles avaient pris soin de tenir Madeleine en dehors de leurs conciliabules, ce qui la laissait flotter dans une sorte de nuage de paix et de douceur, dans ses rêves en somme, comme si elle avait été l'objet de quelque visitation céleste. Et tout le couvent en était comme traversé d'un parfum de grâce et de suavité. Mais, sous cette sérénité apparente, s'accumulaient les pensées secrètes et les paroles marmonnées qui tôt ou tard les trahissaient. La petite Capeau, à vrai dire, montrait du savoir-faire à brasser le mélange et à attiser la flamme. Il était clair qu'on avait enfin trouvé un moyen de chasser l'ennui.

5

Ce matin-là, Louis se leva très tôt. Ses « affaires » s'étaient débrouillées, et il avait repris ses habitudes. Au nombre desquelles se trouvaient des excursions assez régulières vers deux ou trois sites qu'il affectionnait particulièrement dans la région de Marseille et qui étaient surtout des grottes, des *baumes,* comme on disait alors : la baume de Roland dans le massif de Marseilleveyre, la baume de Loubières au nord-est de la ville, la Sainte-Baume, plus éloignée, dans le haut pays provençal. Il y trouvait une fraîcheur, un dépaysement, un cadre sauvage qui le reposaient des contraintes d'une vie à la fois très pliée aux règles du sacerdoce et terriblement tournée vers le « monde ». De plus, ces lieux avaient quelque chose de primitif, de caché, de difficilement accessible qui semblait les désigner pour la retraite, l'exercice d'un culte secret, des missions de pèlerinage (en particulier, dans le cas de la Sainte-Baume). Surtout, il faut bien le dire, il trouvait dans ces sorties — toujours faites avec des amis et des familiers — l'occasion de satisfaire ce besoin de défoulement, de jeu, d'amusement collectif qui semblait être un des traits de sa nature et qui vraisemblablement reflétait le besoin plus large, de toute une époque, de trouver des exutoires, des issues, des voies latérales de libération à l'énorme dispositif oppressif que faisaient peser sur elle le magistère ecclésiastique et l'ordre social qu'il assurait.

Il avait donc décidé ce jour-là de partir pour la baume

de Loubières (aujourd'hui, les Grottes-Loubières), ainsi dénommée parce que des *loups,* disait-on, s'y étaient autrefois établis ou y rôdaient encore. Ses compagnes et compagnons devaient être Pintade, sa femme de charge et fille spirituelle à la fois, avec son acolyte Catherine la Bossue, Victoire Corbie (probablement maîtresse de Gaufridy, et toute à sa dévotion) et son mari François Perrin, un marchand familier des Accoules, Jeanne et Jean Gay qui fréquentaient beaucoup chez les Demandolx. Louis aurait d'ailleurs aimé emmener aussi Madeleine qui se trouvait à Marseille pour quelques jours, mais il n'avait pas osé finalement l'entraîner dans cette équipée, ni même, simplement, en demander la permission à ses parents. On avait prévu de partir très tôt : le trajet était long, l'itinéraire raboteux, l'accès de la baume très mauvais. Cela exigeait quelques préparatifs.

Il était quatre heures du matin. Le départ devait avoir lieu dans une demi-heure. Louis venait de se lever, de faire ses prières, de procéder à de rapides ablutions et maintenant, la fenêtre de sa chambre ouverte, il essayait de voir ce que réservait le ciel. Sur les toits qui descendaient, en étages, des Accoules vers le port, il était encore très noir, piqué de minuscules étoiles, mais une bande de lumière blanche et rose commençait à s'étirer au-dessus des tuiles, annonçant le jour. L'air était vif, frais, traversé par la senteur des embruns qui montait de la mer. Mais de l'est venaient aussi les parfums lointains de la campagne, qui semblaient balayer les odeurs aigres de la rue. Louis, debout devant la fenêtre, avait l'impression de respirer plus profondément qu'à l'ordinaire, d'ouvrir ses poumons à un vent qui le soulevait, le transportait, comme une force qui aurait pu d'un seul coup l'emmener, à travers les airs, jusqu'à ces grottes qui l'attendaient. Il avait envie d'étendre les bras pour mieux sentir cet appel de l'espace. Sa poitrine se dilatait et la fraîcheur du matin lui paraissait si bienfaisante qu'il baissait les paupières sous l'effet d'une griserie, d'un léger vertige. Au bout d'un moment, il ferma la fenêtre et acheva de s'habiller. Ses gestes étaient un peu lents, comme ceux d'un homme mal éveillé. Il eut même envie de se rasseoir un moment sur son lit. La grosse chandelle qui brûlait sur sa table, et que le courant d'air avait bien failli éteindre, éclairait un livre posé sur une planche de bois maintenue par deux supports et ouvert, comme offert à la lecture : le cahier que lui avait légué autrefois son oncle le chanoine et qui servait peut-être à la décoration de la pièce, avec ses lettres pointues, ses signes biscornus. Il le regarda un moment, comme si ses yeux avaient du mal à se détacher des pages, comme si curieusement ce livre le rappelait au sommeil, à l'engourdissement, au moment où il devait faire diligence pour se préparer. Mais très vite, il se ressaisit, enfila ses derniers effets, mit la dernière main à son équipement. Il rouvrit la fenêtre pour voir encore le ciel. Un grand souffle d'air s'engouffra dans la pièce, faisant vaciller cette fois très fort l'ombre de la flamme de la bougie sur les pages du livre. Le jour montait. La nuit se diluait dans de longues traînées roses. Il emplit encore une fois sa poitrine comme pour mieux attaquer cette journée, vérifia quelques détails et descendit au réfectoire.

Le gros de la petite troupe s'installait déjà dans une carriole à laquelle on attelait un mulet. De la bâche dépassaient des paniers, des baluchons de toutes sortes, un édredon, des couvertures, des coussins, des outils, comme s'il s'agissait d'une véritable expédition. La voiture en semblait toute déséquilibrée, les roues tirant sur les essieux, les brancards sur le col du mulet. Gaufridy et François Perrin devaient faire escorte à cheval. Ce départ dans le petit matin avait quelque chose d'insolite et de bon enfant à la fois, qui semblait réjouir tout le monde.

En arrivant en vue de la baume de Loubières, on avait subi tant de cahots, roulé sur tant d'aspérités et de pierres que l'humeur n'était plus aussi joyeuse : les reins étaient moulus, la carriole semblait à demi démantelée. Les chevaux, en revanche, qui n'avaient pas eu à forcer le trot, et leurs cavaliers paraissaient frais. Le soleil était maintenant déjà haut et chaud dans le ciel. Il donnait une beauté âpre à un site qui, sans cette lumière, eût pu sembler désolé.

Les environs des Grottes-Loubières sont aujourd'hui encore comme un territoire détaché de la lune, avec des hectares de végétation courte et sèche plantée sur des mamelons de pierre. Plus on avance, plus on est pris dans ces fourrés nains, ces garrigues basses d'une fantastique monotonie. La route qui y sinue donne l'impression de s'enfoncer à l'infini dans les terres pour déboucher sur un monde inconnu. Ce paysage s'ouvre d'ailleurs sur des étendues vides, des zones littéralement mortes, traversées seulement, dit-on, par des galeries souterraines qui relieraient la grotte à la chaîne de l'Etoile, au-delà de Gardanne. On le croirait fait sur mesure pour inspirer l'angoisse, la peur. A l'époque, on peut imaginer l'inquiétude, l'horreur même qu'il pouvait susciter dans les esprits. Mais c'était en même temps le lieu par excellence isolé, séparé de la vie. On peut se demander s'il existait une halte, une étape, une auberge quelconque dans les environs. Peut-être là où s'est développée la bourgade de Château-Gombert, banlieue marseillaise active, peut-être à l'emplacement actuel de la buvette qui accueille les touristes et leur délivre leur billet de visite. Plus probablement, rien. Le désert. Les taillis piquants. Les bouquets de chênes verts. La pierraille.

C'est donc là que le petit monde débarque. On descend de la carriole. On se désaltère. On fait boire aussi le mulet qu'on dételle et attache à un pieu. Les hommes chaussent leurs bottes. Les femmes rient, en se frottant les flancs et en déchargeant les paniers. Et on s'achemine vers la grotte, dans une atmosphère de pique-nique. Là, tout de même, les choses changent, parce que brusquement c'est du jour à la nuit qu'il faut passer, c'est dans une étrange bouche de roc qu'il faut plonger. L'entrée de la baume se situe sous une caverne, une sorte d'arche de pierre de petite dimension, à peine une incision, un relief inattendu dans le paysage, mais lorsqu'on y arrive on découvre aussitôt un trou, une sorte de puits, assez vertigineux, par lequel il faut descendre vers le gouffre. Le sentier est escarpé et difficile. Aujourd'hui des marches y sont taillées, et un appareillage électrique bien compris permet de s'y engager confortablement et de découvrir d'un seul coup le vaste panorama de la première salle de la grotte. On peut imaginer qu'alors la nuit seule s'ouvrait sous les pas, béante, menaçante, effrayante, épaisse. Le moyen de la maîtriser était de la trouer de flammes, de s'y enfoncer avec des torches de poix et de résine. C'est ce que font nos compagnons. Ils sortent de leurs bagages tout un arsenal de torches, luisantes de noirs enduits, les enflamment à un brasero de fortune sur lequel on a fait chauffer la poix, et descendent dans les ténèbres de la baume, en étrange cortège. Ceux qui portent les plus grosses, Louis et Jean Gay, ont revêtu des cagoules pour se protéger de la fumée. Pintade, Jeanne et Victoire sont chargées de paniers de provisions. Catherine ne porte rien, car elle s'est blessée à la cheville et descend en tâtonnant, pieds nus, ses sabots à la main. Dès qu'ils arrivent au cœur de l'immense salle de pierre, ils placent leurs torches dans les creux et les reliefs naturels de la roche, sans hésitation, comme s'ils en connaissaient tous les coins, et un étonnant spectacle se déploie. Sous le haut plafond voûté montent d'énormes stalagmites de calcite, des aiguilles de carbonate rose presque transparentes dans la lumière mouvante des torches qui accusent les ombres, déforment les contours. Certaines sont surchargées de dépôts blanchâtres comme les coulées de suif sur les bougies. D'autres s'élèvent si haut qu'elles finissent par rejoindre les stalactites, ou par atteindre le plafond, formant des colonnettes ou des piliers naturels. Des suintements filtrent de tous côtés. Des papillons de nuit, des insectes, des chauves-souris peut-être, aux premières lueurs des flammes, ont dû battre des ailes et s'enfuir dans les poches d'ombre.

Les femmes ont choisi un vaste emplacement plat et dégagé, sur le sol, pour jeter des chiffons, des nappes, et elles commencent à étaler les provisions. Pintade a dû remonter pour prendre Catherine par la main et l'aider à descendre les derniers escarpements. La Bossue, essoufflée, s'assoit sur une tablette de pierre et se met à frictionner à deux mains sa cheville douloureuse. Jean Gay s'approche d'elle et, sortant d'un sac toutes sortes de fioles, de boîtes qui semblent contenir des pommades, des liqueurs, des onguents, entreprend de la soulager en lui appliquant un de ces produits. Sans doute est-il un peu apothicaire, puisqu'il cite tous les noms : la belladone, la jusquiame, la stramoine, le népenthès, l'aconit. Il élève à hauteur de ses yeux, en riant, la cantharide qui favorise les exploits amoureux. Il choisit finalement une pommade grasse à laquelle il mêle du soufre et oint de ce mélange le pied de Catherine. Il tient sa jambe sur ses genoux et, très lentement, d'une main sûre, masse la cheville, le mollet, remonte jusqu'à la cuisse, sous les jupes haillonneuses de la Bossue qui grimace, on ne sait trop si c'est d'aise ou de douleur. Quand il a fini, il prend une poignée de soufre et, comme par jeu, va la lancer sur une des torches accrochées aux parois de pierre. Une rafale de lumière jaune crépite violemment à travers la grotte. Les autres ont fini d'étaler les victuailles sur le sol et Louis, qui a ôté sa cagoule, bénit ces nourritures de Dieu d'un geste large. Il psalmodie une courte prière, reprise à voix basse par les femmes.

Sans doute, au bout d'un moment, ont-ils un peu trop bu et mangé, car toutes sortes de jurons, de plaisanteries obscènes, de rires, de cris circulent entre eux, dans une bizarre rumeur de liesse débridée. Gaufridy a tout le pourtour des lèvres humide de vin rouge, il tient à la main une bouteille à moitié vide dont il répand le contenu sur les gorges de ses voisines, Pintade et Victoire, en disant que c'est le sang de Dieu. Elles étanchent le liquide avec leurs mains, s'en barbouillent le visage, en riant et en faisant des signes de croix. François Perrin déchire à belles dents une carcasse de volaille, le menton ruisselant de graisse. Jean Gay, avec son grand couteau, coupe en tranches fines une rave noire. Tout d'un coup, Catherine se met à hurler, en disant que sa cheville gonfle à vue d'œil, que la pommade était maudite, qu'elle a été ensorcelée. Elle se lève, sautille sur sa jambe valide, ses cris redoublent, ses cheveux, agités par ses mouvements désordonnés, couvrent son visage. On a beaucoup de mal à la maintenir, à la calmer. Finalement, elle revient s'asseoir par terre, haletante, larmoyante, un peu d'écume aux lèvres. On se remet à manger et à boire. On lance quelques os au chien de Pintade, attaché dans un coin : il commence à les broyer, en grondant sourdement. Jean et Jeanne Gay annoncent qu'il y aura un dessert de choix, raffiné, tout à fait inattendu : des petites galettes d'une farine rose, très spéciale. Mais, pour qu'elles soient réussies, il faut les pétrir là, tout de suite, avant de les cuire à la flamme, et de préférence les pétrir sur la cuisse de la femme la plus chaude de l'assemblée, car la chaleur d'une chair féminine est un indispensable ingrédient du gâteau. Pintade et Victoire se disputent ardemment le titre. Finalement Victoire est retenue : sa chevelure rousse, sa peau claire et piquetée de son plaident pour elle. On relève ses robes jusqu'à la taille et, sur chacune de ses cuisses nues, on place les petits amoncellements de farine. Jean pétrit d'un côté, Jeanne de l'autre. Victoire se laisse faire, passive, les deux bras appuyés en arrière sur le sol, le cou renversé, les yeux mi-clos. Autour d'elle, les autres regardent, riant, échangeant des quolibets. Quand la préparation est finie, on dispose les petits gâteaux, plats et bien arrondis, sur une planchette. Puis on les fait cuire un à un. Quand vient le moment de les manger, Pintade, jalouse, les recrache avec violence, en disant qu'ils sont fades, mauvais, horribles. Les autres, au contraire, paraissent les trouver succulents. On les arrose d'hydromel. Gaufridy a pris soin de placer certaines herbes au fond des coupes, pour relever le goût du breuvage, dit-il : probablement quelque drogue, destinée à secouer encore davantage les esprits. A les assoupir, peut-être. Car, au bout d'un moment, on les voit à demi endormis, serrés les uns contre les autres, roulés dans leurs capes et leurs couvertures, sans doute pour se protéger de l'humidité de la grotte, les pieds traînant dans les déchets, les débris de nourriture.

Intermède de courte durée. Sorte de sieste, traditionnelle en Provence, par ombre ou par soleil. Quand ils émergent de leur engourdissement, c'est pour mieux se livrer à leur envie de libérer leurs corps. Ils passent un à un dans une autre salle de la grotte, franchissant un passage étroit qui oblige à courber la tête sous une arcade suintante, transportent les torches, de nouveau les plantent dans le roc. Cette partie de la baume, plus basse, plus profonde, plus noire et qui semble déjà s'ouvrir sur d'autres fosses, d'autres gouffres, est beaucoup plus sculptée, ornée que la première. Les stalagmites y sont moins effilées, moins dégagées, elles se rapprochent, s'agglomèrent de telle façon qu'elles composent des formes curieuses qui font penser à des sujets, des personnages, parfois à des tableaux vivants. François Perrin qui semble connaître les lieux désigne quelques-uns de ces ensembles, comme s'il faisait visiter un musée. Cette masse difforme, élargie vers le bas, avec cette extrémité qui pointe comme un os, c'est « le gros jambon » : ils éclatent tous de rire. Cette suite de bosses, avec des coulées allongées comme des trompes, c'est « le troupeau d'éléphants » : ils se mettent à grogner, à pousser des espèces de barrissements. Ce gros caillou ricanant comme une tête cornue, en saillie sous la voûte, c'est tout simplement le « Diable » : ils tombent à genoux, se signent, gémissent, poussent des cris affreux. Et, là, au milieu de la salle, cette mince forme de pierre comme drapée dans les plis d'une tunique, un cordon serrant la taille, c'est « le pénitent », un pénitent pareil à chacun d'eux. Pintade s'approche, tourne autour de la statue naturelle, la touche, la flaire littéralement et, tout d'un coup, avec d'étranges signes d'émotion, déclare que ce n'est pas du tout un pénitent, mais que c'est Madeleine : on reconnaît sa robe, sa cordelière, son chapelet même (dont on peut toucher les grains), sa façon d'incliner la tête. Les autres regardent, un peu hébétés, perplexes. Pintade insiste, sachant bien qu'ils connaissent tous Madeleine, n'ignorent pas l'intérêt que lui porte Louis, cherchant peut-être à le défier, à le provoquer. Elle crie, en montrant du doigt la forme de pierre : « Madeleine, Madeleine, Madeleine ! »

Alors, un bizarre culte commence. Les femmes apportent des oripeaux, des étoffes qu'elles accrochent à la statue, comme pour lui donner une apparence plus féminine ou simplement la décorer. Elles tirent de leurs paniers des herbes, des fleurs séchées, dont elles lui font une sorte de couronne virginale. En même temps, elles prient, geignent, feignent de se prosterner devant elle, avec toutes les apparences de la mascarade et de la dérision. Catherine, tout soudainement, comme prise d'une impulsion irrésistible, empoigne une stalagmite assez mince et se met à la gravir comme on grimperait à un mât. Puis elle s'accroupit au sommet de la flèche de pierre, faisant semblant de s'y empaler, les jupes haut retroussées sur ses jambes maigres, se contorsionnant grotesquement, rentrant sa tête dans son dos bossu. Tandis que les autres la regardent éberlués, elle accentue encore sa posture obscène, pousse des gloussements comme si la pointe de la stalagmite lui entrait vraiment dans le vagin. La stupeur fait bientôt place à l'excitation la plus vive chez les assistants : ils lui lâchent des jurons, des grossièretés, des invectives de toutes sortes, pour l'encourager. N'y tenant plus, Pintade s'empare d'un balai qui avait servi à faire disparaître les reliefs du repas, et, l'enfourchant à la manière des sorcières, agite le manche devant elle en imitant un mouvement de masturbation frénétique. Elle vient se placer, bien en vue, pour accomplir ses simagrées, devant la forme pierreuse du « pénitent » qui s'identifie tout à fait pour elle maintenant à Madeleine dont elle continue à prononcer le nom d'une voix saccadée, haletante, rauque. Les autres forment un cercle autour d'elle. Mais brusquement, d'un coup de reins capricieux, elle brise le cercle et, toujours juchée sur son balai, se met à parcourir la salle en hurlant, ses cheveux noirs dénoués sur sa taille, dans une cavalcade folle. Elle tourne plusieurs fois autour de l'image de Madeleine. François Perrin, qui s'est emparé d'une cloche et d'une espèce de corne, se met à faire sonner la première et à souffler dans la seconde de toutes ses forces, comme pour accompagner ces déchaînements d'une musique à la fois cocasse et infernale. Gaufridy contemple le spectacle avec indifférence, pourrait-on dire, peut-être même avec lassitude. Victoire vient se serrer contre lui avec des ondulations de chatte, et, tout en gardant cet air un peu absent qui marque son visage, il la caresse distraitement. Il dénoue les lacets de son corsage, fait jaillir du jabot ses deux beaux seins largement aréolés de brun, dont il fait dresser les bouts roses. Victoire soupire, geint, roucoule. L'échauffement les gagne, et ils se retirent, à l'insu des autres qui continuent leur tintamarre, dans un coin obscur de la grotte, sur une sorte de tapis de moisissure. Là, ils font l'amour, se laissent aller aux improvisations de leurs sens.

Mais, à la lumière des torches, on s'excite aussi. Pintade a abandonné son balai et s'est agenouillée devant Jean Gay dont elle suce vigoureusement le sexe. François Perrin va souffler à pleine gorge dans sa corne sous les fesses de Catherine qui continue à se trémousser sur sa stalagmite. Jeanne, adossée contre une paroi, a relevé ses robes et fait mousser sa vulve humide sous son index. Le chien, toujours attaché dans la salle voisine, aboie. Les oripeaux ont peu à peu glissé sur l'effigie de Madeleine, et on dirait maintenant qu'elle est là, dénudée, exposée, couverte de lambeaux, abandonnée des autres, dans cette attitude de piété dérisoire que lui prêtent les contours de calcite. Les torches se consument, et leurs grandes flammes mouvantes s'inclinent progressivement, dessinant des ombres plus courtes. Quelqu'un a peut-être jeté cette fois du sel sur l'une d'entre elles, car un crépitement prolongé, comme une suite de petits éclatements, se fait entendre : on dirait que le feu brûle quelque chose, s'attaque à du bois sec, fait craquer des branches mortes.

Il arrive un moment où leur frénésie s'apaise et où ils retombent tous sur le sol, assis sur leurs talons comme s'ils allaient engager un colloque ou se livrer à un jeu de société. Il y a dans leurs regards une bizarre torpeur, et leurs corps ont l'air démembrés, mous comme des sacs de son. Ils murmurent, marmonnent à voix basse, des sortes de litanie, de prières. Brusquement, Catherine tend un bras, droit devant elle et d'un doigt tremblant, les yeux hagards, désigne un crapaud affalé sur une pierre. La bête a dû monter d'un trou de la grotte, attirée peut-être ou fascinée par les flammes, et elle est là, immobile, comme hypnotisée, énorme, goitreuse, avec ses yeux rouges qui brillent dans l'ombre. Catherine garde son bras figé, une expression d'effroi dans les yeux, hoquetante. Jean Gay, qui paraît plus lucide que les autres, se lève, d'un geste lent sort son couteau d'une gaine pendue à sa ceinture, s'approche du crapaud. Il se baisse, pose un genou au sol, comme s'il allait accomplir une opération délicate : on voit la lame luire par intermittence. D'un seul coup, il tranche la tête de la bête. A la place de la section, on distingue une surface granuleuse où se forment des bulles, des bouillonnements grisâtres. Catherine se met à pousser des cris aigus, court, saute, danse, trépigne, marche à quatre pattes. Le crapaud est toujours là, aplati sur ses avant-bras, continuant à respirer. Les murmures, les litanies continuent. C'est alors que François Perrin se lève, part d'un énorme éclat de rire, et déclare qu'il va chercher à boire. Jean Gay essuie lentement son couteau sur sa culotte. Tout d'un coup, Pintade montre à son tour quelque chose : une araignée, aux pattes maigres, mais au torse velu, qui descend d'une arête de pierre. Elle feint d'aller la prendre dans sa main et de venir la jeter sur la bosse de Catherine qui recommence ses grimaces et ses cris. Mais Jean déjà s'est approché, a fait tomber l'insecte et l'écrase sous son talon. Ils se mettent alors à parler confusément de toutes les bêtes que la grotte peut abriter. Jeanne insiste sur les chauves-souris qui, à tout moment, surtout si les torches s'éteignent, risquent de se mettre à battre de l'aile en tout sens, de donner des gifles molles sur les joues, de se prendre dans les cheveux. Elle en parle si bien qu'ils ont tous l'impression de les sentir déjà, sortant de l'ombre, traversant la caverne, se cognant, aveugles, contre eux. De bête en bête, on se met à penser au chien qui gémit là-bas et tire sur sa corde. On va le chercher, et, tandis qu'il jappe, bondit, au milieu du cercle, on lui donne de larges morceaux de croûte — détachés d'une miche de pain déjà rassise — qu'il croque à belles dents, en sautant à une hauteur incroyable chaque fois qu'on les lui présente.

C'est à ce moment-là que Louis et Victoire reparaissent. Ils ont l'air un peu égarés, un peu somnolents, mais, en même temps, pleins d'une étrange quiétude. Une chose singulière se produit alors : à peine Victoire s'est-elle avancée que les autres femmes la saisissent comme s'il était évident qu'un traitement lui soit imposé, relèvent ses jupons, l'installent sur une pierre dans une position d'accouchée. Elle se prête d'ailleurs à ce manège sans récrimination apparente. Jeanne Gay apporte une sorte d'énorme clystère, tandis que Pintade place à sa portée une cuvette remplie d'une eau longtemps mise à rafraîchir dans un creux de la grotte. Elle emplit le clystère et, longuement, injecte à deux ou trois reprises l'eau glacée dans la matrice de Victoire qui se tortille. Les autres applaudissent de la voir dûment stérilisée. Probablement le spectacle réveille-t-il les sens des participants, car très vite les ébats amoureux reprennent. Pintade et Victoire se caressent. Louis commence à enlacer Jeanne. François Perrin s'amuse à donner des claques sur le derrière de Catherine qui fait des bonds. Avec son habitude de hurler et de semer la panique, elle se met soudain à brandir et à exhiber une espèce de boule brune couverte de piquants qu'elle a sortie de la poche de son tablier et dont elle dit que c'est la « pomme épineuse », répétant le mot avec une exaltation fiévreuse et menaçante. Elle ajoute qu'il va falloir qu'ils y mordent, chacun à son tour, et qu'alors ils seront pris d'une envie de danser qui ne s'arrêtera plus, qu'ils danseront comme des fous, jusqu'à la mort. Comme ils paraissent tous débordant de bonheur, d'appétit de vivre avec leur corps, et sans doute d'envie de danser, ils s'approchent de la pomme épineuse...

Le soir, ils sortent épuisés de la grotte. Le corps brisé, l'estomac chaviré, les yeux morts, mais le cœur joyeux. Avec le sentiment d'avoir été tous égaux, tous frères dans la liberté et le plaisir, et d'avoir délivré en eux quelque chose de profond, d'obscur dont seuls ces lieux reculés et sauvages pouvaient leur offrir le partage. Gaufridy le leur rappelle d'ailleurs, les invitant à une prière et à un acte d'humilité sur le seuil. Ils s'agenouillent, prient, leurs lèvres égrènent en tremblant des paroles latines curieusement déformées et mêlées de patois. Des larmes coulent sur certains visages. Puis les femmes rajustent leurs coiffes. Les hommes serrent leurs ceinturons. On rassemble les paniers, les outils, les couvertures. On éteint les torches. On va vers la carriole, le mulet, les chevaux. L'air du soir est déjà frais. Il passe, légèrement, sur les fronts, sur les cheveux. Quand ils sortent, ils voient ce paysage de taillis et de rocs qui étend à l'infini sa monotonie revêche. Presque une lande, mais avec les pointes, les épines, les hérissements de lentisques et d'arbousiers du fourré provençal. Et ces monticules, ces plaques de pierre. Le soleil les frappe obliquement, mais quelque chose dans l'air fait déjà pressentir la nuit qui descendra, tombera, passera sous son rouleau ces formes indécises, les transformera en vaste étendue, plate et vide...

Quand ils arrivent, les langues ne se délient guère. Il est question d'une journée de soleil comme les autres, d'une journée de campagne. Seule Jeanne Gay, aux Accoules, se fait bavarde. Elle s'est arrêtée chez les Demandolx où elle a toujours quelque service à rendre, quelque charge à accomplir et, avant de rentrer chez elle, elle s'entretient avec Madeleine qui n'est pas encore couchée et aimerait savoir ce qu'a été cette journée d'évasion. Comme Jeanne comprend que la curiosité de la jeune fille est en éveil et qu'elle a envie de combler cette curiosité, elle raconte. Bien entendu, elle arrange les choses. Mais, son imagination se mettant de la partie, elle les altère parfois d'une manière tout à fait inattendue. Soit par maladresse, soit en cédant inconsciemment au besoin un peu pervers d'aller à la rencontre de certains fantasmes de Madeleine, d'agir sur sa disposition naturelle au rêve, à l'exaltation. C'est ainsi qu'elle lui raconte l'épisode de la réunion autour de la statue de pierre qui lui ressemblait, en prêtant à Louis Gaufridy une émotion qu'il n'avait pas. Elle embellit les amours des uns et des autres, mais elle aggrave les contorsions de Catherine la Bossue. Elle brode d'une façon un peu morbide sur les histoires de crapaud et d'araignée comme pour enlever à Madeleine tout regret de n'avoir pas été de la partie. Elle parle de soufre et de sel, pour agrémenter son récit. Elle laisse aller sa verve sur ce qu'on a mangé ou bu. Finalement, elle va jusqu'à relater des scènes sur lesquelles elle ferait mieux d'être discrète. Elle en ajoute d'autres. Elle sent chez la jeune fille une telle attente, une telle réceptivité, angoissée, tremblante, que pour un peu elle ne s'arrêterait plus.

6

Au couvent, la fièvre gagnait. Madeleine absente, les bavardages redoublaient. Madeleine revenue, une sorte de vide se creusait sous ses pas, serein en apparence, en réalité plein de grondements et de menaces. On feignait de la respecter, d'être discret et silencieux avec elle, pour mieux tisser autour de sa personne un réseau de pièges. Elle s'y laissait prendre d'autant plus facilement qu'elle ne savait pas très bien ce qu'elle était en train de vivre et que ses trop nombreux va-et-vient entre Aix et Marseille, coupant ses périodes de réclusion, finissaient par rendre son imagination capricieuse et mobile. Elle ne voyait plus d'où elle venait, ce qu'elle quittait, vers quoi elle allait. Gaufridy était tantôt pour elle un homme bien réel, qu'elle considérait comme un ami, un familier des siens, tantôt un produit de ses rêves et de son imagination, surtout depuis sa visite au couvent. En fait, c'était surtout l'agitation de ses compagnes qui lui renvoyait une image amplifiée, exagérée, dénaturée de cet événement. Elles en parlaient toutes, de la façon la plus désordonnée, aux offices, au réfectoire, dans les cellules, dans les lits, et peu à peu, de bouche en bouche, circulait, grossissait un fantasme collectif.

Situation dangereuse qui interdisait le moindre faux pas, la moindre imprudence. Mais Madeleine, désorientée, commettait faute sur faute, ne distinguait plus le vrai du faux, plaçait mal sa confiance. C'est ainsi qu'elle n'avait trouvé de meilleure confidente que Louise Capeau pour parler de cette journée à la baume de Loubières dont Jeanne Gay lui avait fait le récit et qu'elle racontait naïvement, à son tour, comme si elle y avait réellement participé. Bien entendu, elle arrangeait, déformait, elle aussi. Elle se donnait des frissons et en donnait à son interlocutrice, en insistant sur l'étrangeté de tel ou tel épisode : la confection des galettes, la découverte des sculptures naturelles de la grotte, la sarabande de Pintade, l'apparition du crapaud, les libations, les breuvages et tout ce qu'elle n'osait pas dire... Un détail un peu appuyé par-ci, un effet de grossissement par-là, un saut de l'imagination au moindre prétexte, des sous-entendus à tout moment, la conviction morbide que tout cela avait été fait pour elle, à cause d'elle, autour d'elle, il n'en fallait pas plus pour que l'histoire qu'elle racontait prît un tour hallucinatoire. Ses mains tremblaient, tandis qu'elle parlait, ses yeux voyaient des lueurs de soufre, des têtes de diable taillées dans la pierre, sa poitrine tantôt se serrait, tantôt se dilatait. En même temps, ce qu'elle évoquait lui paraissait grand, beau, inouï, il lui semblait que seule la présence d'un homme comme Messire Gaufridy avait rendu de tels prodiges possibles, et elle éprouvait un sentiment de reconnaissance, de grâce véritable, d'en avoir été la participante, réelle ou imaginaire. Louise, on le devine, buvait ses paroles, s'en délectait, ne laissait rien échapper, s'en pénétrait jusqu'aux moelles, mimant alternativement la stupeur, l'effroi, l'admiration, poussant Madeleine à l'invention par sa complaisance même, la provoquant à parler toujours davantage.

Quelques jours après, elle ne résistait pas au besoin de se présenter à la mère supérieure pour lui dire dévotieusement que beaucoup de choses la préoccupaient dans le comportement de sœur Madeleine, que celle-ci avait tenu en sa présence des propos alarmants, lui avait fait des confidences inquiétantes, qu'il fallait veiller sur elle. Le hasard faisait qu'au même moment Mme de Demandolx, qui venait de temps en temps à Aix faire une visite à sa fille et lui apporter quelques provisions, sollicitait aussi un entretien avec la sœur de Gaumer et lui disait sa crainte de voir Madeleine traverser de nouveau une période difficile, demandait qu'on lui dispensât beaucoup de soins, indiquait que lors de son dernier séjour à Marseille elle s'était montrée agitée et nerveuse, ajoutant, après un temps d'hésitation, qu'elle était peut-être troublée par les attentions que lui prodiguait Gaufridy, qu'elle avait une tendance fâcheuse à « rapporter à lui tout ce qu'elle disait et faisait le long du jour » (ce furent les termes mêmes dont elle usa, selon la déposition que Catherine de Gaumer fit plus tard au procès). La mère supérieure dressa l'oreille. Elle en entendait trop depuis quelques jours. Mme de Demandolx fit sur l'heure les frais de sa propre sincérité. Elle se vit reprocher avec véhémence sa faiblesse à l'égard de sa fille, son manque de responsabilité, sa légèreté : il était de son devoir de diriger et de réprimander Madeleine, d'informer M. de Demandolx de ce qui se passait, si elle-même manquait d'autorité, mais probablement — et ici Catherine de Gaumer se fit sarcastique — « appréhendait-elle beaucoup le blâme qu'elle craignait pour n'avoir sçu prévenir et empêcher le mal, et encore plus d'en être mal traitée par son mary ». Mme de Demandolx était blanche. Elle commençait à regretter ce qu'elle avait pu dire. Ses alarmes furent encore plus grandes quand la mère supérieure acheva, enflant la voix, comme si elle pressentait des catastrophes : « Prenez-vous garde qu'en déguisant la vérité, vous ne soyez cause de la perte de votre fille, et de faire déclarer ledit Loys innocent. » Ces derniers mots laissaient percer quelque chose comme une menace voilée, en tout cas quelque chose d'inattendu : l'idée qu'il fallait s'en prendre à Louis Gaufridy, si l'on ne voulait pas que tout retombât sur Madeleine. Mme de Demandolx partit en y réfléchissant, mais jamais elle n'aurait songé elle-même à déclarer quiconque coupable ou innocent de quoi que ce soit dans cette affaire. Gaufridy l'agaçait, c'était évident, et l'attitude de sa fille lui donnait du souci, mais elle ne voyait aucun drame dans ce qui se passait, et elle eût tout fait plutôt que de mêler à ces histoires un mari qui ne se mêlait de rien. Les propos de Catherine de Gaumer maintenant lui donnaient à penser.

Il était vrai que la mère supérieure prenait les choses avec véhémence et n'entendait pas les laisser se gâter. Elle décidait, après ces deux entretiens, de convoquer Madeleine sur l'heure et d'obtenir de sa propre bouche un certain nombre de précisions. Madeleine vint, balbutia, se troubla. Pour surmonter son embarras et se montrer toute pure, elle crut bon de parler sévèrement de Gaufridy, faisant de lui un portrait assez critique, insistant sur le fait qu'elle n'avait rien à dire personnellement à son sujet, mais que, selon la rumeur publique, sa conduite à Marseille, dans sa paroisse des Accoules, était des plus singulières. Elle alla même jusqu'à déclarer, d'après le témoignage de la sœur de Gaumer qui nota ses paroles et les reprit mot pour mot dans sa déposition : « Je ne vous sçaurais dire les insolences qui se font dans sa chambre lorsque aucunes de ses filles spirituelles y vont goutter. » Elle glissa, pour pimenter les choses, quelques allusions aux habitudes de table de Gaufridy, à son goût des « bons mourceaux », aux jets de viande, de brousse ou de pieds de pigeons qui se faisaient quelquefois en sa présence par-dessus la nappe, preuve que ces plaisanteries — dont elle avait peut-être été le témoin, mais dont on avait pu simplement bavarder autour d'elle — n'étaient pas tout à fait indifférentes à ses yeux, avaient en tout cas frappé son imagination. Catherine de Gaumer ne se tenait plus. Ce qu'elle entendait dépassait cette fois les bornes. Elle avait le sentiment que tous ces détails triviaux étaient l'indice d'événements suspects dont son couvent aurait bientôt à pâtir, si elle n'y mettait le holà sans plus tarder. Elle était sensible à l'effervescence qui commençait à régner chez les petites sœurs. Et elle se demandait en outre ce qui pouvait travailler, dans cette affaire, un homme du prestige et de l'autorité de Gaufridy. Elle décida d'en avoir le cœur net. Elle fit équiper une patache, pria le cocher du couvent de fouetter les chevaux et se rendit à Marseille.

Peut-être faut-il dire qui était Catherine de Gaumer. Son rôle, dans le procès de Louis Gaufridy, a été assez grand pour que l'on cherche à mieux comprendre la personnalité d'une femme — et *femme,* elle l'était en effet, dans la moindre de ses actions — qui jusqu'au dernier moment engagea très loin sa responsabilité, spirituelle et séculière. On l'appelait Catherine de France, parce qu'elle était née à Rouen, et cela d'emblée la parait d'une certaine « qualité ». Elle était devenue ursuline dans le sillage d'une dame de haut rang, la comtesse de Sault — connue en Provence pour son soutien à toutes sortes de ligues et sa participation à de nombreuses intrigues —, qui en avait fait sa demoiselle de compagnie. Ce que cela signifiait au juste, il faudrait explorer de près les mœurs des grandes dames de ce temps pour le savoir. Une chose était sûre : Mme de Sault attachait le plus haut prix à la présence auprès d'elle d' « une fille si bien faite et de ce mérite », comme dit un chroniqueur de l'époque ; elle tirait vanité de cette compagnie, de cette amitié, ne pouvait plus s'en passer. Aussi emmenait-elle Catherine partout avec elle. C'est ainsi qu'un jour de 1600 elles se présentèrent ensemble au couvent de la rue Baussenque qui venait de s'ouvrir à Aix, au retour d'un pèlerinage à la Sainte-Baume, et, tandis que Mme de Sault exposait à la mère fondatrice son intérêt pour la nouvelle institution, Catherine exprimait tout aussitôt son désir d'y consacrer ses forces et sa foi. Elle ressentait, disait-elle, « de fortes inspirations de s'arrêter là et de se dédier au service de Dieu en la compagnie de ces filles dévotes ». En réalité, il s'agissait probablement d'un froid calcul : Mme de Sault venait, de manière assez impérative, « placer » sa demoiselle de compagnie et lui assurer un avenir. Personne d'ailleurs ne cherchait à déguiser les intérêts qui étaient en jeu dans ce projet. Catherine aurait même déclaré, soupirant et levant les yeux au ciel : « Comment, mon Dieu, vous me voulez donc ? », pour ajouter aussitôt : « Hé bien, vous m'aurez, pourvu qu'un tel qui me doit deux mille livres me paye bientôt. » C'était une façon prompte de négocier avec Dieu. Et sans doute efficace. Car il semble que Catherine obtint très vite ce remboursement de dette qu'elle mettait comme condition à son entrée dans l'ordre, avec, bien évidemment, l'appui de sa protectrice. Une carrière s'ouvrait désormais à elle. Elle la mena bon train, devenant en quelques années mère supérieure, à Aix, puis à Marseille.

Catherine de France avait trente-trois ans au moment de cette première rencontre avec les Ursulines. A quarante ans, si son ambition était satisfaite, sa flamme et son esprit de décision n'avaient pas diminué. Elle était sûrement élégante et belle, comme elle l'avait été dans sa jeunesse, quand elle charmait la comtesse de Sault, mais elle se montrait aussi très « importante ». On la disait orgueilleuse, vaniteuse, cassante. En fait, elle se tenait simplement à la hauteur de ses fonctions et, vraisemblablement, se raidissait dans certaines circonstances pour mieux se défendre de faiblesses ou d'agitations secrètes. Car, comme toutes les femmes qu'elle régentait, elle était minée par le désir refoulé, la folie, l'hystérie. Son intelligence et sa « noblesse » l'aidaient sans doute à dissimuler ces troubles, mais il y avait fatalement des moments où tout se fissurait (le « tout échappait » de Michelet). Que le passage de Gaufridy fût un de ces moments est à peu près certain. Elle n'avait que trop entendu parler de lui. En le voyant, elle avait eu le sentiment qu'il n'était pas au-dessous de sa réputation. Avec sa quarantaine passée, elle n'était pas sûre de retenir son attention aussi bien que Madeleine ou que telle autre petite sœur, mais au moins pensait-elle que, sur le plan de l'engagement en religion, elle seule pouvait être une interlocutrice digne de lui. Sur ce terrain-là, elle ne céderait pas la place, et c'est ce qui l'avait conduite à bien marquer qu'elle l'accueillait en personne au couvent. Mais il lui semblait qu'il ne lui en avait pas particulièrement su gré et que sa considération à son égard était restée distraite. Elle en gardait une certaine humeur. Depuis ce jour, elle avait pris le parti inconscient de ne pas le ménager.

La voilà donc à Marseille. Elle se rend aussitôt aux Accoules, fait mander Gaufridy et décide de l'attendre dans un confessionnal. Il arrive au bout d'un moment, un peu surpris, mais sincèrement convaincu que Catherine de France meurt d'envie de se confesser à lui, une fois encore. Il revêt son étole, prend place dans le confessionnal et prête l'oreille. Ici a lieu alors une scène extraordinaire. Après un assez long silence, Catherine parle. Mais au lieu de l'entendre énoncer ses péchés, ce sont les siens propres que l'abbé Gaufridy entend stigmatiser par la bouche de sa pénitente. Elle a choisi le scénario de la confession, parce qu'elle sait que c'est le meilleur moyen d'avoir le prêtre à sa merci, de le forcer à lui prêter attention, de l'empêcher de se dérober. Elle n'a pas à le regarder en face ni à se montrer à lui : elle peut attaquer cachée, protégée, sans avoir à baisser les yeux ni le ton. Enfin, il lui plaît d'être agenouillée à son côté, mais de se sentir en même temps en position dominatrice. Elle commence, d'une voix coupante. Pratiquement, elle ne s'arrête plus, et ne lui laisse pas le temps d'ouvrir la bouche. Pendant une heure entière, elle énumère ses fautes, ses imprudences, ses faux pas, ses erreurs de conduite, elle dit ce qu'elle sait et ce qu'elle croit savoir, elle parle des désordres des Ursulines, de l'état particulièrement inquiétant de Madeleine, de ses propres alarmes devant une situation qui se dégrade de jour en jour et dont il doit être tenu pour responsable. Elle finit par lui annoncer que tout cela déchaînera des malheurs et tournera nécessairement à sa perte, lui prédit une fin affreuse. Il paraît qu'à ce moment-là l'affrontement prit un tel degré de violence que Gaufridy, surpris d'une pareille attaque, se mit à trembler au point de secouer malgré lui le bois du confessionnal. « Il fut saisi de frayeur et tremblait de telle sorte que le confessionnal mesme en estait ébranlé », lit-on dans le chapitre de la *Chronique des Ursulines* qui relate la vie édifiante de Catherine de France. Elle ne met pas pour autant un terme à ses prophéties et à ses malédictions. Elle l'adjure de se repentir s'il ne veut pas être réprouvé et damné, elle lui met en mémoire le cas du frère Couton de la Trinité, alors « publiquement diffamé de la séduction d'une sienne fille spirituelle » et dont on disait « qu'il serait bruslé ». Cette allusion précise est à relever, car c'est, semble-t-il, la première fois qu'une menace concrète est formulée à l'égard de Gaufridy. On conçoit qu'il en fut ému. Mais la sœur de Gaumer n'a pas fini. Devant le silence et le désarroi de son interlocuteur, elle met quelques points sur les *i*. Elle l'accuse de « perdre ses filles spirituelles » par ses mœurs, de les détourner de la foi et des pratiques religieuses, de s'engager avec elles sur la voie d' « un adultère spirituel dangereux ». Quand elle achève, à bout de souffle, il n'est capable que de murmurer, sottement troublé, gêné, balbutiant, à travers la petite grille, qu'en effet « il y avait des femmes si folles qui l'affectionnaient en cette sorte... ».

Plus tard, Catherine de Gaumer dira qu'elle ne savait pas ce qui lui avait pris, ce qui l'avait poussée à parler ainsi, avec véhémence et d'une seule haleine. Elle n'était plus maîtresse d'elle-même. Elle voulait sincèrement « s'arraisonner en toute humilité et charité avec luy », mais « Dieu luy ouvrant la bouche, luy avait mis des parolles toutes différentes de celles qu'elle avait pensé de luy dire ». On le voit, elle n'avait été que l'instrument de la violence divine. Elle n'avait pu qu'y céder. Elle avait parlé, d'un trait. Elle rentrait à Aix, épuisée, vidée, pantelante.

Elle trouva le couvent encore plus effervescent qu'auparavant, mais elle était bien résolue à reprendre la situation en main. Pensant que la première action à mener devait s'exercer sur Madeleine elle-même et la conduire à tout dire de ce qu'elle pouvait encore dissimuler, elle eut l'idée assez machiavélique d'organiser une sorte de mise en scène qui la forcerait à parler. Elle prescrivit pour le lendemain une journée de méditation collective sur des *points* très précis et très inattendus, « lesquels points estoient sur le sujet de l'amour-propre qu'on porte aucunes fois aux pères spirituels et duquel l'on se doit bien garder » (ces méditations sur « points » faisaient partie de l'ordinaire de la vie religieuse). On devine le succès de ce programme auprès des jeunes nonnes. Il était difficile de provoquer davantage le trouble dans leurs esprits. La nuit se passa en conciliabules, en angoisses. Et le résultat escompté ne se fit pas attendre. Quand vint l'heure de l'exposé public des résultats de la méditation, Madeleine fut saisie devant ses compagnes d'un tel tremblement convulsif de tout le corps que l'effroi fut en quelques secondes général. Voilà où conduisaient les subtilités de Catherine de France. Elle avait l'intuition de certaines thérapeutiques de choc, mais le choc précisément était un peu vif.

On suspendit immédiatement la séance et la mère supérieure convoqua sur-le-champ Madeleine dans sa chambre. Elle commença par la rassurer, l'inviter au calme et à la confiance, lui passant la main sur le front, lui lissant affectueusement les cheveux, et lui proposa de parler librement, de dire enfin ce qu'elle n'avait pas encore dit. Madeleine hésita, se calma, respira profondément, essaya de se maîtriser, puis tout d'un coup fondit en larmes comme une enfant, et parla en effet, dit *tout,* et même plus qu'il n'en fallait. Elle révéla en particulier cette fois « les grandes familiarités qu'elle avait eues avec ledit Loys Gaufridy, consistant en baisers, attouchements et autres privautés qui concernaient l'honneur de ladite Magdelaine » (déposition de Catherine de Gaumer au procès). La mère, épouvantée, lui coupa la parole, ne voulut pas en entendre davantage « d'autant qu'elle connut que c'était des choses que les oreilles chastes et pudiques ne peuvent ny ne veulent ouïr ». Mais elle voulut cependant savoir comment de telles extrémités avaient pu se produire et tint à faire observer à Madeleine que les enseignements qu'on lui avait donnés à la compagnie de Sainte-Ursule n'étaient pas compatibles avec cette conduite. A quoi, la jeune nonne répondit : « Ma bonne mère, vous sçavés combien de temps j'ai été en la maison de mon père depuis que je suis venue de la ville d'Aix en la ville de Marseille ! » Elle faisait allusion à ses va-et-vient, à ses séjours aux Accoules ou à Fontobscure. En un éclair, Catherine de France eut la vision des dangers auxquels leur condition de religieuses non cloîtrées exposait ses jeunes brebis et elle se demanda s'il n'aurait pas mieux valu qu'elles fussent cloîtrées comme les autres, si l'expérience libérale des Ursulines ne se trouvait pas d'un seul coup condamnée. Elle était bien décidée à en parler au P. Romillon. Mais, pour l'instant, il fallait revenir à Madeleine. Celle-ci, soulagée par ses larmes et ayant franchi l'obstacle des premières révélations, en fit d'autres, allègrement, inventivement, maladivement. Et Catherine de France, dont les oreilles s'apprivoisaient peu à peu, écouta, entendit, troublée. « Sachez, ma chère fille, dit-elle au bout d'un moment avec sévérité, que si j'eusse sçeu ce que vous venés de me dire avant que vous reçevoir, vous n'eussiés jamais eu ny l'honneur ny le consentement de demeurer en cette Compagnie. » Elle ajouta qu'elle décelait dans tout cela un péril « de mon âme et de la vôtre » et qu'elle se sentait obligée par les devoirs de sa charge désormais de faire connaître à ses supérieurs comment elle avait pu être séduite par ce « misérable homme ». Madeleine, qui accablait Gaufridy d'autant plus que peut-être elle l'aimait, déclara qu'elle avait raison, qu'il fallait la délivrer de l'homme qui la poursuivait de ses assiduités criminelles, l'enveloppait de « ses sortilèges et maléfices ». Et elle se remit à pleurer, à trembler.

Il faut voir ici que les mots de sortilèges et de maléfices sont prononcés pour la première fois et que cela coïncide exactement avec le moment où apparaissent chez Madeleine les premières manifestations vérifiables d'un comportement hystérique. Les tremblements violents dont elle est saisie (et qu'on ne peut que rapprocher des tremblements de Gaufridy dans le confessionnal) sont caractéristiques de ces mécanismes de décharge brusque qui surviennent à la suite d'un état d'extrême tension psychique et ont été décrits par tant de spécialistes.

Un autre tremblement du même type s'empara d'elle quelques jours après, lors d'un office à l'église Sainte-Claire, alors qu'elle était en train de prier agenouillée à côté de la sœur Catherine de Gaumer précisément, qui ne la quittait presque plus jamais et restait près d'elle autant que cela était possible (tremblement décrit cette fois par les sœurs qui en furent témoins comme « un grand tremblement universel et épouvantable » — étonnante formulation). Devant l'affolement général, elle explique que pendant qu'elle faisait sa dévotion, des visions de diables « luy représentaient diverses choses, même l'objet et la face dudit Gaufridy ». Nouveau progrès. Non seulement les phénomènes hallucinatoires se précisent, mais une allusion au Diable (ou à des diables) apparaît, explicite. Tandis qu'on essaie de secourir Madeleine — tout en évitant de trop l'approcher, de trop la toucher, tant déjà se répand un certain type de peur vite propagée —, sœur Catherine intervient avec autorité et lui pose des questions instantes (sur ce ton comminatoire qui annonce celui des exorcismes) : « Qu'avez-vous ? Que vous arrive-t-il ? » A quoi Madeleine, chancelante, décolorée, répond que « c'était par la représentation de plusieurs choses, sçavoir de sa jeunesse, de la personne de Gaufridy, du désespoir d'obtenir jamais miséricorde ». On reste confondu de la « symptomatologie » précise qui se trouve inscrite dans cette réponse (transmise, semble-t-il, avec exactitude par Catherine de Gaumer dans sa déposition) : la référence à des souvenirs traumatisants de jeunesse, l'usage du terme même de *représentation,* l'affirmation d'un sentiment de culpabilité sont d'une clarté parfaite. Et, bien entendu, cela s'accompagne de nouvelles décharges. Elle crie que Dieu « luy arrache le cœur ». En sortant de l'église, tandis qu'elle est soutenue par ses compagnes, elle crie encore plus fort, comme si elle voulait absolument attirer l'attention des passants sur elle (« faire arrester le monde pour la considérer »). Catherine de Gaumer décide de la faire reconduire au couvent par des rues détournées. Elle se frappe la poitrine, lacère ses vêtements en criant que le Diable l'accuse d'avoir « communié indignement ». Tout d'un coup, se redressant brusquement en arrière, elle hurle : « Miséricorde ! » Cette fois, les petites sœurs n'y tiennent plus. Elles la lâchent, s'enfuient, se dispersent.

Freud, à propos d'une « névrose démoniaque au XVIIe siècle » justement : « Ne nous étonnons pas si les névroses de ces temps lointains se présentent sous un vêtement démonologique, tandis que celles de notre temps actuel, si peu psychologique, assument, déguisées en maladies organiques, une allure hypocondriaque. Plusieurs auteurs, Charcot en tête, ont, ainsi que l'on sait, discerné les manifestations de l'hystérie dans les représentations, que l'art nous a transmises, de possession démoniaque et d'extase ; il n'eût pas été difficile de découvrir, dans l'histoire de ces malades, le contenu de la névrose, pour peu qu'on y eût prêté plus d'attention. » De fait, les symptômes sont on ne peut plus « lisibles » chez Madeleine, et — à partir de ce jour : le 12 août 1609 — le mal galope. Elle racontera elle-même, lors des interrogatoires auxquels elle sera soumise, que désormais ses « visions effroyables » ne la quitteront plus, l'assaillant à heures régulières, lui imposant le spectacle d'esprits malins « en forme d'homme, de bouc, de lion, de chien, de cheval, de mulet, de chat et autres bêtes ». Ce bestiaire se passe de commentaires, sauf en ceci qu'il est piquant et assez révélateur d'y voir l'*homme,* en tant que présence masculine, mis au même plan que des espèces d'une aussi violente animalité que le bouc ou le cheval.

Les choses s'aggravèrent à tel point que, peu avant Noël, on commença à parler d'exorcisme. C'est alors que, le 21 décembre, jour de la Saint-Thomas, survint une crise d'une violence telle que le doute, dans beaucoup d'esprits, fit place à la certitude, quant aux origines diaboliques des troubles de Madeleine. Elle se trouvait ce matin-là en confession, auprès du P. François Billiet, un oratorien, qui venait régulièrement au couvent pour assister les religieuses. Comme elle avait dû énoncer, une fois de plus, des péchés contre la pureté, ses habituels symptômes s'étaient aussitôt manifestés, et le bon père, inquiet, lui avait tendu le crucifix qu'il portait à sa ceinture dans l'espoir de l'apaiser. Elle avait commencé à le baiser, le presser contre ses lèvres, sa poitrine, avec des signes d'émotion et de ferveur, puis brutalement, avec une expression rageuse et une force comme démultipliée, l'avait littéralement « mis en pièces » (à noter que les termes sont du P. Billiet, dans sa déposition future). Il se peut qu'elle l'ait simplement laissé tomber et que le bel ivoire se soit cassé sur le marbre de la dalle. Ou que, dans un geste d'humeur, elle l'ait rejeté pour protester contre des questions excessives du confesseur. Ou qu'elle ait crispé ses mains trop fort sur lui, détachant, décollant d'un bois déjà usé la statuette du Christ. Le P. Billiet déclara : « mis en pièces ». Et comme sur le moment il dut crier bien fort à la détérioration de son crucifix, on accourut de tous côtés, et d'autant plus vite que l'on était en permanence aux aguets de ce que pouvait faire Madeleine ou de ce qui pouvait lui advenir. On la découvrit une fois de plus convulsée, tremblante. Ses compagnes essayèrent de la calmer, de la maintenir, non sans une peur extrême d'être victimes d'un nouvel accès de violence de sa part. D'autres se mirent à ramasser les morceaux du crucifix. La sœur Catherine de Gaumer arriva enfin. Altière. Droite d'allure et de port. Résolue à garder son sang-froid. D'un regard, elle apprécia la situation. La jugea grave. Elle donna quelques ordres rapides. Madeleine devait être immédiatement reconduite dans sa cellule. Un exorciste mandé. Le P. Romillon appelé.

Cette dernière décision était d'importance. Catherine prit, avant de la confirmer, l'avis du P. Billiet. Celui-ci opina, car il lui semblait aussi qu'on ne pouvait pas laisser le mal se développer à cette vitesse. La destruction du crucifix n'était pas seulement un geste blasphématoire, c'était une manifestation « physique » évidente de la présence — et de la puissance — du Démon. Seul le P. Romillon, avec son expérience, sa connaissance des choses divines et humaines, pouvait donner un avis sur les événements inouïs qui secouaient la maison de ses chères ursulines, l'institution qu'il avait fondée, encore si fragile, si vulnérable, guettée par tant d'ennemis, tant d'adversaires. On l'appela donc.

Il ne prit pas l'affaire à la légère. Elle lui paraissait grosse de danger et fort préjudiciable à la politique religieuse qui avait inspiré toute son action, passée et présente. Il demanda d'abord à Catherine de France d'être discrète, de ne rien ébruiter (mais sans doute ce conseil venait-il déjà un peu tard). Il voulut ensuite savoir qui ou quoi était à l'origine des désordres qui s'emparaient de Madeleine. Le P. Billiet parla alors de Gaufridy dont le nom était revenu sans cesse dans la confession de la jeune fille, disant que son rôle avait dû être néfaste, qu'il était allé jusqu'à dissuader la malheureuse de rester dans les ordres, de vouer son existence à Dieu, et l'avait probablement incitée à préférer les plaisirs de la vie à l'exercice de la piété. Le P. Romillon fronça le sourcil. Mais il déclara qu'il fallait garder la tête froide et, avant toute chose, ouvrir une information. Catherine de France resta muette, d'un signe de tête acquiesça.

7

Pendant ce temps-là, Gaufridy, pris d'un de ces besoins de « bouger » qui le saisissaient périodiquement, partait en pèlerinage à Lorette, en Italie. Notre-Dame-de-Lorette était un lieu de célébration vénéré de toute la chrétienté depuis que la maison de la Vierge à Nazareth y avait été, disait-on, miraculeusement transportée par les anges. On y venait de très loin. Mais l'expédition n'était pas facile. Il fallait franchir le Piémont, la Toscane, les Marches. Gaufridy, qui ne détestait pas varier les plaisirs du voyage et qui, une fois encore, se trouvait contraint pour des raisons obscures de hâter son départ, avait décidé de se rendre d'abord à Gênes par la mer, saisissant l'occasion de la levée d'ancre d'une de ces nombreuses tartanes qui partaient de Marseille vers l'Archipel et le Levant, en longeant les côtes de la Méditerranée.

Le « patron », un capitaine du nom d'Alcoras, couturé de cicatrices mais vêtu d'indienne légère, qui naviguait au service de Bertrand Tarterin, gros savonnier de Marseille, et revenait de chacune de ses traversées chargé d'assez de « pacotille » pour alimenter ses propres affaires et envisager de s'établir sans tarder à son compte, avait accepté de le prendre à son bord avec deux autres frères des Accoules et un ermite descendu du Ventoux. Tout le monde s'était rassemblé à l'heure dite, et la tartane, tout affrétée de neuf, le pavillon massaliote flottant à son beaupré, avait pris le large par une claire matinée de novembre. La douceur de la température était exceptionnelle pour la saison, et en s'éloignant de la rade les voyageurs découvraient avec ravissement les teintes rousse et jaune de l'automne qui s'étageaient sur les collines de la Garde. Un vent léger, mesuré, tendait la voile. Au milieu des caisses de savon et des barils d'huile, accoudé sur un ballot de peaux et de cuirs qu'Alcoras avait rapporté d'un récent voyage aux rivages barbaresques, Gaufridy se sentait libre et le cœur gonflé d'espérance, un peu grisé par ces odeurs capiteuses qui montaient à lui, ayant une fois de plus le sentiment de se régénérer par l'évasion, d'échapper à ces harcèlements, à ces assauts quotidiens qui accablaient ses journées, étouffaient sa foi, l'emprisonnaient dans une toile dont tant de paroissiennes et de filles spirituelles tendaient les fils. Ici, il respirait. L'air du large l'enveloppait, le frappait de ses bouffées salines. La mer était encore plus étendue que les immenses forêts de mélèzes sur lesquelles il promenait son regard, dans son enfance. Les vagues plus joyeuses, plus écumeuses que les tourbillons du Verdon sur les pierres. C'est à ce monde qu'il était ramené. Et de surcroît il allait vers Dieu. Vers la Vierge et vers Dieu. Le vieil ermite ronflait. Les deux frères égrenaient leurs chapelets. Lui, il ne détachait pas ses yeux de la grande nappe bleue. En dépassant les îles du Frioul et en arrivant à la hauteur de l'enclos fortifié du Lazaret, la tartane donna de la gîte, contourna un rocher et mit l'ancre un moment pour laisser monter un intendant de la Santé en fraise et longue robe qui venait vérifier le journal de bord et voir si toutes les dispositions sanitaires étaient prises. Il fit quelques observations sur les poux et les puces qui semblaient ronger l'ermite et quitta le bateau.

En arrivant devant le petit port de Cassis, la tartane fit un nouvel arrêt pour compléter son équipage. Il y avait déjà des Marseillais, deux Livournais, un Génois. On embarqua quelques pêcheurs de la localité, un vieux matelot corse qui se proposait comme cuisinier et deux putains interdites de séjour à Marseille, une Espagnole nommée Purification et une bohémienne du nom d'Estella. Gaufridy, on peut s'en douter, fut ravi de cette compagnie. Il déploya des efforts pour représenter à ces deux filles les erreurs de leur conduite et essaya de les amener à la religion. Comme Purification, atteinte d'un mal de mer épouvantable, était secouée de hoquets, il lui apprit des prières, tentant de la convaincre qu'un élan de piété de sa part l'aiderait à surmonter ces épreuves. Quant à Estella, avec sa peau presque noire, les énormes anneaux qui perçaient les lobes de ses oreilles, les bracelets qu'elle portait aux chevilles, et les étoffes rouges dans lesquelles elle drapait ses hanches, il la trouva très vite à son goût. Les deux frères le surprirent avec elle, dès la première nuit de la traversée, dans un abri du deuxième pont, où étaient entassés des soieries de toutes sortes et des tapis marocains. Il s'efforçait de l'arracher au paganisme et à l'incroyance, tout en la caressant. Estella, dont la poitrine mûre et les cuisses nerveuses disparaissaient sous la soie, paraissait accepter cela avec reconnaissance. Elle avait un parfum un peu fort, un peu bestial, qui plaisait à Louis et qui se mêlait aux arômes de la cannelle, du girofle, de la muscade venus de l'autre côté du pont.

Il n'y eut pas d'incident notable jusqu'à ce qu'on fût au large de San Remo. On s'aperçut alors que Purification avait une maladie vénérienne qui risquait d'infecter tout le bateau et qu'un des Livournais s'était embarqué sans révéler qu'il portait les premières atteintes du choléra. Une brève panique s'empara de l'équipage et on se demanda si on n'allait pas accoster immédiatement pour déposer sur la première plage les deux indésirables. Mais le patron fut d'avis qu'on attendrait bien d'être arrivé à Gênes pour s'en débarrasser et il expliqua que, dans ses navigations, il en avait vu bien d'autres, que sur cette Méditerranée qu'il avait sillonnée dans tous les sens on n'en était plus à une contagion ou à une épidémie près. Le matelot corse, qui était aussi un peu apothicaire, procéda à quelques saignées et à quelques applications de thériaque pour apaiser les esprits.

Tandis qu'un peu de roulis agitait le bâtiment, Alcoras, qui avait une grande habitude d'user de son art de conteur pour calmer les nerfs de son équipage, raconta comment quelques mois auparavant, revenant d'Afrique, il avait été attaqué par des Majorquins des Baléares, de vrais pirates, qui avaient tenté l'abordage de son bâtiment, mais qu'il avait réussi à disperser avec ses hommes à coups de bâton et de couteau de cuisine. C'est ce qui expliquait les cicatrices nombreuses qu'on voyait sur ses joues, son cou, ses bras. Depuis, il avait eu la prudence de faire installer un petit canon à l'avant du bateau, qu'il les invitait à venir voir en action, pour la beauté des salves, dès que le roulis serait passé. Purification ne cessait pas de faire des signes de croix pour conjurer la nausée qui montait. Gaufridy écoutait, tout en mangeant des viandes épicées qu'on venait d'apporter des cuisines. Il considérait avec une certaine admiration ce routier des mers qui montrait des dons de véritable comédien dans le récit de ses exploits, et paraissait avoir fait maintenant le choix d'une voluptueuse élégance de mise et de manières contrastant curieusement avec son visage basané, taillé à la serpe, et sa carrure massive. Il gardait les yeux tournés vers lui pour ne perdre aucune de ses paroles, essuyant de temps en temps d'un revers de manche la sauce qui coulait sur son cou. Des cuisines montait une forte odeur d'ail et d'huile qui peu à peu se répandait sur le pont, imprégnait les vêtements, collait à la peau. Mais une bourrasque se levait par moments et balayait tout, plongeant Purification dans de nouvelles affres. A chacun de ces coups de mer, le patron s'interrompait et collait à son œil droit une longue-vue dont il réglait avec patience la portée. C'est ainsi qu'il aperçut une galéasse vénitienne qui se découpait à l'horizon et que des flocons de brume avaient dû dissimuler. Il la voyait maintenant distinctement, et elle lui donnait l'impression d'appareiller vers eux. Il y eut un instant d'émotion, car on se demandait si la galéasse avait des intentions pacifiques ou non, si elle se rapprochait d'eux en signe d'amitié ou pour les bousculer. En fait, elle s'éloigna assez vite, disparut, et le capitaine abaissa sa lorgnette avec une gravité lente et un peu triste : on aurait dit que la parole lui avait été définitivement coupée.

Il y eut aussi un épisode inattendu où, les pêcheurs de Cassis ayant jeté leurs filets dans une zone moirée, d'un violet profond, un des frères faillit tomber à l'eau en se penchant trop par-dessus le bastingage pour voir ce qu'il croyait être un thon se débattant au milieu des sardines argentées. On le retint de justesse par sa soutane. Mais, comme ébloui, il resta longtemps à l'arrière de la tartane, les yeux fixés sur son sillage, et sur les lourds filets qui battaient la poupe. Pendant ce temps, les autres, groupés autour du canon, assistaient à la démonstration du capitaine, touchaient de leurs mains la poudre comme pour se rassurer, s'en frottaient parfois le visage, disant que rien n'était aussi bon pour prévenir la gale et autres maladies de la peau. L'ermite, adossé au mât, raconta qu'il avait eu tous les abcès et toutes les écrouelles possibles et qu'il n'était de meilleur cicatrisant que les simples de la montagne : comme on le mettait sur la voie de raconter sa vie, de remonter vers ses souvenirs, il finit par avouer qu'il avait été galérien et qu'il connaissait la mer beaucoup mieux qu'eux tous. Il proposa même ses bras pour les rames, au cas où le vent les abandonnerait.

On s'aperçut que Gaufridy et la bohémienne avaient disparu. On les chercha un moment dans la crainte qu'un coup de roulis un peu brusque ne les eût jetés par-dessus bord, mais on pensa vite qu'ils devaient être parmi les balles d'indigo et les étoffes. De toute façon, on approchait de Gênes et il ne fallait pas gâcher le plaisir que Louis semblait prendre à ce voyage. Tout le monde avait remarqué que, plus que les autres, il paraissait sensible à cette grande liberté qu'apportait la mer, à ces grandes brassées d'air dont elle les saoulait. Le temps fraîchissait, des nuages gris montaient de l'horizon annonçant que l'automne pouvait réserver des surprises. Mais la mer restait inaltérablement bleue. Au loin, la ligne des côtes, d'un rose flou, semblait se rapprocher et peu à peu laissait apparaître, dans une buée tremblante, des formes plus précises, des maisons, des toits, des bouquets d'arbres.

A Gênes, Gaufridy faussa compagnie à ses amis, préférant, selon une habitude qui lui était familière, choisir son propre itinéraire et voyager au hasard des occasions. Il dut passer une nuit et un jour dans la ville, pour s'enquérir des coches, des voitures de louage ou des chevaux dont il pourrait disposer. Gênes n'était pas très différente de Marseille, et il y retrouvait un certain bruit, un certain tohu-bohu du port, un certain parfum de l'air, une certaine agitation des petites rues noires et étroites qui ne le dépaysaient pas. Ses correspondants étaient presque toujours des religieux qu'il lui avait été donné de rencontrer ou dont on lui avait communiqué l'adresse, et qui pouvaient lui offrir le gîte, le couvert : la solidarité des églises, des couvents et des monastères était le vrai passeport des voyageurs de sa condition, et sa qualité de bénéficier lui valait en général d'être reçu avec certains égards, même s'il arrivait à l'improviste. Il ne parlait l'italien que médiocrement, le mêlant en fait au provençal pour en faire une sorte de dialecte très abâtardi mais communicable, et de toute façon, s'il le fallait, il recourait au latin, autre passeport d'un excellent usage dans le monde ecclésiastique. Toutefois, il n'entendait pas être l'otage d'un chanoine génois qui, sous prétexte de l'accueillir à sa table, l'accablerait de ses bavardages et ne le laisserait pas souffler. Il voulait voir aussi les rues. C'est ainsi qu'il se retrouva, le soir même de son arrivée, sur le port, dans une sorte de tripot où un prêtre de sa dignité n'aurait peut-être pas dû fréquenter, mais où l'attirait le spectacle de quatre hommes jouant aux cartes, plus exactement aux tarots, car il apparaissait, au premier regard, que les dessins vivement coloriés qui ornaient les rectangles de carton — pourtant déjà usés, écornés et ternis — qu'ils tenaient entre leurs mains n'étaient pas ceux des cartes à jouer ordinaires, mais bien des emblèmes d'une autre signification. Il se demanda un instant si ces tarots ne venaient pas de Marseille où l'on en fabriquait de très belle sorte, et pensa que poser cette question lui permettrait de prendre langue avec les joueurs. Mais il se ravisa et préféra les observer en silence, bien que sa réserve et son allure de voyageur étranger parussent le rendre vaguement suspect aux hôtes du tripot. Il demanda à boire du *barolo* du Piémont, pour les mettre en confiance, et continua à regarder. Il était comme fasciné par les dessins rouges, jaunes et verts qui, par la précision de leurs contours, leurs formes tantôt en pointes et en angles, tantôt en volutes et en spirales, lui rappelaient les caractères du vieux livre de son oncle : un personnage, vêtu d'un pourpoint à crevés, mais avec une tête de renard toute verte, une queue en tire-bouchon, verte aussi, qui sortait de sa culotte, et des pattes de bouc, attirait particulièrement son regard. Il voyait aussi des objets comme des cornes, des trompes, des vaisseaux sectionnés. Par instants, ses yeux s'égaraient sur les doigts des joueurs : ongles noirs ou cassés, sillons de la peau marqués de crasse ou de terre, traces d'une teinture brune ou d'un onguent graisseux. Tout se mêlait, se fondait dans l'atmosphère enfumée du tripot, au milieu des vapeurs du vin. Il s'attarda une longue partie de la nuit.

Le lendemain, refait, repu, traité par son chanoine, il partit pour Carrare. Il échoua dans une auberge de fortune où un marbrier, qui cherchait des affaires et voulait faire visiter son chantier, lui offrit d'être son guide dans la ville. Il vit des églises, des boutiques, des ateliers. Il mangea, but, se promena. Il découvrit des quartiers où se traînaient des misérables comme il n'en avait jamais vu ailleurs : des aveugles, des estropiés, des scrofuleux, des femmes édentées, des enfants squelettiques, des mendiants qui se collaient à lui comme des essaims de mouches, dans des rues d'une puanteur insupportable. Des fenêtres, on déversait des pots de chambre à son passage, il mettait le pied à tout moment entre des tas d'immondices, s'avançait entre des ruisseaux transformés en cloaques. Au sortir de ces dédales, il débouchait sur le marbre et la pierre dorée des *palazzi,* découvrait des merveilles d'architecture, les façades sculptées des résidences princières, les maisons des riches négociants, la pompe des églises, le travail des artistes, des retables, des plafonds, des vitraux. Il préféra finalement regagner son auberge et s'y reposer. La table était bonne, on soignait bien les chevaux, et l'aubergiste parlait un peu le français. Il y avait en outre une serveuse, d'origine napolitaine, qui ne déplut pas à Louis et qui, voyant cela, mit un point d'honneur à veiller avec un soin particulier au confort de sa chambre, de son lit. Elle était un peu forte, mais belle, jeune, pleine de fraîcheur et de santé. Il eut envie de prolonger son séjour, mais le pèlerinage l'appelait, et il restait encore de longues étapes à parcourir.

Il gagna Florence en coche, parcourant la Toscane à grandes traites, traversant des champs bordés de cyprès, des collines plantées d'oliviers. Il avait caressé l'idée de rencontrer le grand-duc qui avait juridiction sur l'île du château d'If au large de Marseille pour l'entretenir de quelques projets. Mais il ne fut reçu que par un de ses intendants. Cet homme, affable et cultivé, connaissait la Provence et avait l'intention d'y revenir : il lui promit de lui faire une visite aux Accoules. En attendant, il lui conseillait de profiter de son pèlerinage à Lorette pour passer à Rome et demander audience au pape qui ne manquerait pas de prendre connaissance avec intérêt du développement de la Doctrine chrétienne dans le sud de la France et lui demanderait sûrement d'apporter sa bénédiction aux jeunes ursulines d'Aix et de Marseille. De plus,

Paul V, qui mettait tous ses soins à faire achever certains édifices de la cité pontificale, lui donnerait certainement les moyens de visiter Rome dans les meilleures conditions. Louis répondit qu'il n'était que le plus modeste des prêtres et le plus indigne des serviteurs de Sa Sainteté, qu'il voulait rester pauvre parmi les pauvres et pèlerin parmi les pèlerins. De toute façon, il lui restait trop de chemin à parcourir pour qu'il pût se permettre un pareil détour. L'intendant exprima l'espoir qu'au moins il ne dédaignerait pas les beautés de Florence. Gaufridy visita en effet le couvent de San Marco, où il fut reçu avec des égards qui lui laissèrent une émotion durable, l'église Santa Croce, dont une religieuse, spécialement affectée à son service, lui détailla les richesses, des palais, des sanctuaires. Il partit, émerveillé de ce qu'il avait vu, mais un peu troublé d'avoir été plongé, presque malgré lui, dans les fastes et les honneurs. Il s'empressa de retrouver l'anonymat du voyageur.

Une halte à Urbino le ramena aux plaisirs des auberges. Il faisait sensiblement plus froid, et il ne fut pas mécontent de trouver une chambre rustique, munie de bassinoires pleines de braise. Il sentait la fatigue le gagner d'étape en étape, et ce fut pour la plus grande détente de son corps qu'il passa deux nuits en ce lieu. L'atmosphère de la salle d'hôtes était heureuse, des paysans et des paysannes venaient se mêler aux voyageurs, il y avait toujours une demi-douzaine de brocs de vin rouge sur la table. Dans la cour, un valet brossait et étrillait les chevaux, car l'auberge servait aussi de relais. Louis avait l'intention de terminer son parcours partie à cheval, partie à pied, pour bien marquer qu'il voyageait en pèlerin. Il prit un dernier repos en flânant à travers la ville, en admirant des marqueteries et des fresques, en poussant quelques promenades jusqu'à l'orée des campagnes. Puis il partit, évitant de justesse une embuscade tendue par un peloton de bandits de grand chemin. Il éperonna vers Ancône. A partir de là, tout se déroula très vite. Il fut mêlé à un flot de pèlerins qui se répandaient par les chemins et qui clamaient leur joie, leur douleur, leur espérance, comme à Montferrat. La différence était qu'ils venaient non seulement de toutes les contrées de l'Italie, mais de tous les pays du monde, du moins de ce « monde » qu'était le bassin de la Méditerranée. Il y avait des Espagnols, des Provençaux, des Sardes, des Siciliens, des montagnards aussi, venus des Alpes ou de l'autre côté de l'Adriatique. Tous chantaient, priaient, psalmodiaient, battaient leur coulpe, offraient à la Vierge de Lorette leurs pieds ensanglantés, leurs membres gourds, leurs plaies, leurs moignons. Ce qui, dans ce paysage de lumière doucement rafraîchi par la mer, donnait le sentiment d'une sorte d'immense fourmillement de la terre, d'un étrange bruissement de miséricorde montant des vallées et des plaines.

Il y eut aussi, inévitablement, le désordre, la fête. Ces concours de foule étaient prétexte à toutes les promiscuités, à toutes les aventures. Le mélange des conditions et des races y permettait à chacun d'oublier les limites de sa personnalité, de sa vie quotidienne et de sortir de son individualité par toutes les issues possibles. L'euphorie du voyage, la lassitude des corps rompus ajoutaient au délire entretenu par les transes religieuses. En outre, les plus démunis obtenaient des ressources provisoires des mieux pourvus, les mendiants ramassaient en quelques jours plus d'écus, de piastres ou d'escalins qu'ils n'auraient fait en plusieurs semaines dans les quartiers les plus prospères d'une ville, et une sorte d'égalité s'établissait, dans le partage des indulgences et des bienfaits de la Vierge aussi bien que dans celui des joies et des souffrances de la chair. Gaufridy, pour les raisons que l'on peut deviner, tenant à sa nature intime et à son caractère, appréciait cela, se faisait en effet, comme il le disait et le voulait, profondément pèlerin parmi les pèlerins. Avec les autres, il pria, chanta, exulta. Puis repartit comme il était venu, à grandes journées. Il traversa de nouveau la Toscane, la Ligurie, regagna la Provence par les terres. Il était à Marseille peu avant Noël. Fourbu, mais plein de choses neuves dans les yeux et la mémoire. Le cœur sans méfiance.

8

Le P. Billiet, talonné par Romillon, n'avait pas laissé dormir l'affaire. Il avait usé un certain nombre de nuits à réfléchir au meilleur moyen d'« admonester » Gaufridy sans trop éveiller ses soupçons ni trop le mettre sur ses gardes, et avait fini par trouver que lui écrire une lettre était la bonne façon. Mais pas n'importe quelle lettre. Une naïve stratégie inspira au père l'idée de parler à Louis de Madeleine non point directement, mais en faisant allusion à un « homme de sa connaissance » (de sa connaissance à lui, Gaufridy, c'est-à-dire un de ses amis) qui se serait intéressé d'un peu trop près à la jeune fille. Pour faire bonne mesure, il ajoutait qu'il tenait cette révélation d'un « démon » (convaincu sans doute que c'était un bon moyen d'amadouer celui qu'il voyait déjà dans la familiarité du Diable) et promettait de faire connaître le nom de l'homme en question dans sa prochaine lettre. Cette deuxième lettre vint, après un temps. Elle dévoilait le stratagème, comptant sans doute cette fois sur un effet de surprise, et disait à Gaufridy que l' « homme », c'était lui. Ruse bizarrement cauteleuse. Peu efficace en tout cas. Louis répondit avec dédain et esprit qu'il remerciait le père de « la charitable admonestation et avertissement ». Rien de plus.

Il avait cependant appris assez de choses par la rumeur publique pour se douter de ce qui se passait. Une sorte de lassitude distante s'emparait de lui. Il se disait que les gens ne pouvaient pas être assez bêtes pour s'obstiner à voir des maléfices là où il n'y en avait pas et ne prenait pas la vraie mesure de l'agressivité et de la sottise qui montaient. De plus, il s'amusait assez des « diableries » qu'on commençait à lui imputer et prenait un vague plaisir à se sentir, aux yeux de certains, « sorcier », « magicien ». Il ne changeait rien à sa vie, continuait à remplir son sacerdoce, persistait à assister ses filles spirituelles et à les confesser. Depuis son retour, il avait même eu l'occasion plusieurs fois de revoir Madeleine qui, en dépit de la véritable mise en observation dont elle était l'objet au couvent, venait quelquefois à Marseille dans sa famille. Il lui avait même rapporté un souvenir de son voyage : une noix. C'était un des aubergistes rencontrés sur le chemin de Lorette qui la lui avait donnée, l'assurant qu'il l'avait cueillie au grand noyer de son jardin, mais qu'elle avait été bénite, à Rome, par le pape. Pendant tout le chemin du retour, il avait remué cette noix durcie, ridée, dans la poche de sa cape, puis il l'avait offerte.

Le premier signe qui l'avait sérieusement alerté, en dehors de la lettre du P. Billiet, était une suite de propos d'un certain Michel-Ange, capucin et prédicateur errant, venu le voir pour lui dire qu'un peu partout s'enflait le bruit qu'on faisait autour de lui et de Madeleine. Gaufridy l'avait reçu dans sa chambre, l'avait fait asseoir sur son lit et, après un temps de silence, lui avait répondu, avec beaucoup de simplicité et un peu de tristesse, que « Magdelaine luy avait donné beaucoup de peine, qu'elle était fort amoureuse de luy, à raison de quoy il était résolu de quitter la ville de Marseille »... Ce Michel-Ange devait malheureusement se révéler d'une mauvaise foi crapuleuse et d'une capacité de fabulation sans limites. Il arrangea, adapta ce qui lui avait été dit et inventa (rétrospectivement, quand il eut à témoigner) une histoire invraisemblable selon laquelle il aurait été « maléficié » par Gaufridy au moment même où il recueillait ses confidences. Cela avait commencé l'année précédente, pendant le prêche du Carême. Louis lui avait donné un étrange breuvage, lors d'un repas pris dans la bastide du sieur de Gréoulx, auquel participait Madeleine (il fallait bien rattacher cet incident à l'affaire). Ce breuvage était composé de « poudre de diamant, de safir, dos de bœuf, dos d'ânesse et dos de petit enfant rôty à la synagogue ». Rien de moins. Michel-Ange racontait cela sans vergogne. L'essentiel d'ailleurs était moins d'être précis dans l'énumération (cela de toute façon ne pouvait être que du meilleur effet) que d'aller au-devant de quelques hantises bien enracinées : à cet égard les « petits enfants rôtys à la synagogue » en disaient long, et tous ces « dos », avec les bizarres retournements qu'ils évoquaient (tout est facilement « dos », « envers », dans les sabbats, dans les procédures diaboliques), plus encore. Si l'on demandait au malheureux Michel-Ange le pourquoi de cet affreux envoûtement dirigé contre lui, il répondait, l'œil humide, que c'était sans doute « pour ce qu'il s'était permis de faire à Loys quelques charitables remontrances et représentations de ce qu'il était trop familier avec les femmes ». Et sa charité, déliant sa langue, le poussait à donner d'autres détails sur ce funeste repas : il y avait eu de curieuses « salades », un singulier « bouillon sans potage », présenté dans « une écuelle d'argent que tous les assistants le prièrent de humer », et ces nourritures avaient eu pour effet, quelques jours après, au moment de la Fête-Dieu, « une indisposition à laquelle on apporta tous les remèdes qu'on peut excogiter, qui ne servirent de rien », qui lui avait causé « tourments et douleurs dans les jointures », au point qu'on pouvait s'interroger sur la nature « d'un mal si extraordinaire ». Sans doute, un vulgaire accès de goutte. Mais tout était dans la manière de le décrire. Michel-Ange y mit tout son art, oubliant purement et simplement, semble-t-il, la première série d'ingrédients énumérés. Apparemment, cela ne dérangea personne. Tout se passa comme si les oreilles crédules avaient entendu les mots qu'elles voulaient entendre. On pouvait laisser le fécond Michel-Ange continuer, disserter sur ses coliques, ses jointures, ses médecins et leurs consultations. Seule la conclusion importait : un tel mal ne s'expliquait que par « quelque charme ou sorcellerie », puisque tous les « remèdes humains » avaient échoué à le soulager.

Gaufridy n'avait pourtant parlé que de sa tristesse et de son souci. Et c'est bien cet état d'âme qui dominait en lui dans cette période. Ayant rencontré un jour, près de la porte Royale de Marseille, Claude Bourguignon, prieur de Saint-Nicolas, il avait réitéré ses préoccupations, ses inquiétudes, son intention de « se retirer de la ville, pour se soulager de charge et importunité de la fréquentation des confessions et ensevelissements des morts ». Le prieur avait été frappé de ces paroles et de la mélancolie qui les teintait. Il est probable que les tracas de « l'ensevelissement des morts » n'étaient qu'un prétexte, symbole de ce qu'il y avait de plus matériellement rebutant, en cette époque de pestes et d'épidémies, dans les obligations du sacerdoce, mais que le vrai malaise venait plutôt des confessions et de tout ce qui s'était tissé d'inextricable autour d'elles. Louis sentait que les choses se compliquaient au point que la seule solution ne tarderait pas à être la fuite, au moins l'éloignement. C'est pour cela qu'il avait envie de déménager. Il demanda ce jour-là au prieur s'il ne connaissait pas une « habitation » voisine de la sienne dans les parages de l'abbaye de Saint-Victor. C'était un endroit tranquille, pratiquement la pleine campagne en ce temps, de l'autre côté du port. Il voulait, disait-il, en finir avec la table commune, les contraintes de sa prébende, le bruit qui se faisait autour de lui, et vivre enfin en paix. Claude Bourguignon rapporta qu'il avait écouté ces paroles avec étonnement et n'avait pu qu'alerter son interlocuteur sur les difficultés du projet : c'était le désert autour de Saint-Victor et de Saint-Nicolas, il n'y avait là « logis d'aucune sorte », il faudrait envisager de construire une maison. Louis y paraissait décidé.

Il faut souligner ce désir soudain d'éloignement, de retraite. Tout se passe comme si Gaufridy, prêtre sollicité et voyageur aventureux, éprouvait tout d'un coup le besoin de s'effacer, de se faire oublier, de disparaître. Quelques semaines auparavant, il était encore plongé dans l'action, le mouvement, le monde. Tout à coup, quelque chose se resserre, se replie en lui. Le sentiment diffus d'une menace le traverse-t-il ? Ou l'impression d'avoir réellement accumulé trop d'imprudences ? Un obscur avertissement lancé par son instinct de conservation ? Simplement, peut-être, une poussée de découragement, de fatigue ? L'écœurement déjà devant la bêtise ?

Mais son cas était-il si singulier ? Une chose doit être rappelée ici : c'est que les mœurs de Louis Gaufridy étaient en fait celles de nombreux ecclésiastiques de son époque et qu'il est peu probable qu'il ait ressenti sa propre conduite comme particulièrement provocante. Un dicton courait de l'Italie à la Provence depuis saint Charles Borromée : « Qui veut être damné doit se faire prêtre », et la corruption des mœurs des gens d'Eglise n'étonnait ni ne scandalisait personne. Pour donner une idée de cette situation, on peut citer ces lignes d'un neveu de l'abbé Bourguignon, évoqué plus haut, excellent observateur du milieu : « Les mœurs de quelques religieux peu réformés s'estoient si fort perverties, que c'estait pour lors une coutume que celuy qui célébrait sa première Messe présidait à la Table des autres religieux, assis proche de quelque jeune Demoiselle, qu'il choisissait pour faire la dépence de ce Festin, et qu'il appelait sa Maraine, dansait ensuite après le disné avec elle, tous les autres Religieux prenant d'autres demoiselles qui avaient été conviées à ces noces, et dansant dans le Réfectoir au son des tambours et des violons, monstrans sous leurs habits de Religieux qu'ils retroussaient, des habits séculiers à la mode, et chargez de rubans de toute sorte de couleurs. Et ce que je ne puis escrire et qu'on ne saurait entendre sans confusion, ces Religieux, oubliant toute sorte de modestie, en venaient mesme aux baisers et aux autres libertinages des danses » (*la Vie du P. Romillon, fondateur de l'ordre des Ursulines en France,* Marseille, 1669).

Gaufridy sentit donc bien que ce qu'on visait en lui dépassait sa personne : ou bien il s'agissait de lui faire payer le prix des mœurs de ses contemporains, ou bien plus probablement de diriger sur lui, une fois pour toutes, la haine qu'inspirait ce libertinage, c'est-à-dire cette *liberté* prise avec les choses du sexe.

Quant à Madeleine, elle était pliée aux exorcismes. En fait, des exorcismes graduels, qui ne mobilisaient pas encore tout l'appareil d'expulsion du Démon. Par exemple, on la faisait communier deux fois par jour, on l'aspergeait légèrement d'eau bénite, on appliquait des reliques et des crucifix sur les parties dénudées de son corps, la tête, le cou, les bras, et quand elle était ainsi mise en condition, on la questionnait de longues heures. On espérait qu'une parole de sa part favoriserait sa délivrance, ferait au moins bouger le Malin, le débusquerait. Mais on n'allait pas jusqu'aux grandes sommations.

Elle se prêtait d'ailleurs docilement à ces exercices, aidant à ce travail qui marquait son corps, par le port de cilices, haires et autres vêtements de pénitence. Elle avait sous sa chemise une ceinture de crin qui ne la quittait presque jamais. Beaucoup d'autres jeunes ursulines l'imitaient d'ailleurs, convaincues qu'il fallait partager sa faute et son expiation. Le crin, la toile crue irritaient les peaux, écrasaient les boutons des seins, écorchaient les flancs, enflammaient la chair aux endroits les plus sensibles. Et la douleur débordait en prières, en suppliques, en appels.

Aujourd'hui, à Aix, quand on passe devant les murs et la haute porte de bois fermée de ce qui dut être ce couvent, rue Mérindol, on se sent gagné par un étrange sentiment de compassion et d'inquiétude. Quelques maisons vétustes. Un trottoir étroit. Une branche d'arbre qui dresse quelques feuilles pâles au-dessus du mur. Des ruelles qui portent les noms colorés de « rue des Muletiers », « rue de la Treille », « rue Noustre-Seigno », avec encore quelques artisans, dans leurs boutiques, menuisiers, matelassiers, qui semblent émerger d'époques révolues, le linge battant aux fenêtres, une minuscule place — la place des Fontêtes — où chante une petite fontaine entre deux ormeaux et qui commence, malgré son exiguïté et l'élégance de son pavement, à se transformer en parking à automobiles et à vélomoteurs. De nombreux travailleurs immigrés habitent dans le voisinage, la population bourgeoise ayant depuis longtemps rallié les extérieurs résidentiels de la ville. Il en résulte, certains jours, notamment le dimanche, une allure de médina ou de kasbah. Mais, la semaine, cette population est calme, paisible, discrète, patiemment soumise aux rythmes de son labeur, à l'exploitation des hôteliers, des marchands de sommeil, des propriétaires de garnis de toute sorte. Curieusement, avec ses usages, ses habitudes, son mode de vie, elle évoque peut-être mieux les formes d'existence de 1610, du moins au niveau de la rue et de la cour, que la population de souche, dispersée par les migrations urbaines. Mais le site du couvent de jeunes filles de la belle société demeure là. Avec cette somme de silence étouffant qui semble peser sur la petite rue tranquille, où sont comme pris, éteints à jamais, les cris noués dans les gorges, les soupirs réprimés, les sanglots brisés, les douleurs de la chair blessée et mortifiée, les plaintes du désir et de la solitude, les délires du rêve. Petite rue calme, à l'ombre des grands murs, entre les façades grises. Rares passants en ce matin d'automne. Branche d'arbre agitée par le vent.

Bien entendu, soumise à ces questionnements, Madeleine parlait de plus en plus. Au P. Pauly qui était venu à la rescousse du P. Billiet, elle disait qu'elle se sentait de plus en plus égarée, qu'il lui semblait qu'elle allait « choir » pour un oui, pour un non, et rester « privée de tout sentiment ». Elle ajoutait que la mémoire commençait à lui faire défaut pour donner des précisions sur toutes « lesdites abominations » qu'elle avait déjà évoquées. Que pourtant, elle se souvenait fort bien que Messire Louis lui avait « donné un Diable familier en forme d'homme, pour l'accompagner partout » : Diable dont elle décrivait avec exactitude l'habit vert. Et aussi que le même Louis l'avait, l'année précédente, à Noël, au moment de la messe de minuit, obligée « à renier Dieu, la Sainte-Trinité, la Passion de Notre Seigneur ». Enfin et surtout, qu'il lui avait fait écrire, pour conclure le pacte avec le Diable, « une cédule qu'elle avait signée de son sang ». Cette cédule (on désignait ainsi une bande de papier sur laquelle était rédigé un document de justice, contrat ou citation) deviendra un des leitmotive de l'instruction, il en sera surabondamment question dans le procès, comme d'un objet obsédant, fascinant : il est vrai qu'elle sera donnée pour signée du sang de Madeleine, du sang obtenu, de l'aveu même de Gaufridy, avec un poinçon incisant le petit doigt de sa main droite. Madeleine, de toute façon, ne se contentait pas de ces dires. Elle les appuyait par ses démonstrations, ses cris, ses gestes, ses éternelles contorsions. Et là, on allait de prodige en prodige. On lui mettait le ciboire sur la tête et les bras : elle bondissait comme une démente « jetant par terre plusieurs choses comme une grosse croix, plusieurs livres et autres meubles qui étaient dans la chapelle ». On lui montrait la croix : « Elle soufflait avec bruit et renversait les yeux d'une étrange façon. » Le Diable, d'ailleurs, selon le P. Pauly, avait fini lui-même par s'exprimer pour dire « qu'il sortirait lorsque Loys se convertirait à Dieu » (propos étrange !) ou mieux « qu'il ne sortirait que ledit Loys ne fût converti *ou mort* » (propos plus surprenant encore !). Les petites sœurs en étaient plus que terrifiées : dans les jours qui suivirent ces déclarations, dix d'entre elles quittèrent le couvent « ne pouvant se résoudre à vivre parmy les démoniaques ». De plus, Madeleine dépérissait, ne mangeait pas, ne dormait pas. Tout ce qu'elle touchait devenait anormal, suspect. Jusqu'à cette fameuse noix italienne, donnée par Louis et qu'elle gardait peureusement, fébrilement (amoureusement, sans doute), qui lui jouait de mauvais tours : on avait essayé de « la rompre avec des pierres », de la brûler « dans un brasier de feu », elle résistait à tout, elle était charmée, ensorcelée.

Les choses allaient donc de mal en pis, et la jeune fille n'avait plus de raison de mettre des bornes à ses révélations. Elle avouait cent fois qu'elle « avait eu connaissance et cohabitation charnelle » avec Louis. Et, pour ne rien laisser dans l'ombre, elle ajoutait qu'il lui avait adressé de graves menaces, pour le cas où elle refuserait de quitter la vie religieuse et de se marier pour mieux se donner à lui : « Je fairay que tu seras étrangement tourmentée à mon occasion et de telle sorte que tu seras contrainte de traîner le ventre par terre avec de grandes douleurs et visions de diables fort épouvantables » (ce qui, hélas, lui arrivait !). Si, au contraire, elle renonçait au couvent et se prêtait à ses désirs, il lui garantissait toutes sortes de « commodités », y compris celle de ne pas devenir enceinte, ou alors : « J'auray la commodité de jouir de toy touttes fois et quantes il me plaira... et dès que j'aurai jouy de toy, je te donnerai à boire d'une certaine poudre de telle efficace qu'elle faira que les enfants que tu pourras avoir de moy ne me ressembleront aucunement, afin que personne ne puisse mal juger de moy... » Tels étaient les propos de Madeleine, et son tremblant discours sur la jouissance.

Comme il fallait absolument confronter cela aux éventuelles déclarations de Gaufridy, ce fut le P. Billiet qu'on chargea de nouveau de cette délicate mission. Mais point de lettre, cette fois. On le dépêcha directement aux Accoules. Louis, de plus en plus las, mais souriant, lui dit sur un ton calme qu' « il y avait eu tout plein de familiarité et de privauté entre luy et Madeleine et qu'elle l'avait aimé, mais que tout s'était passé sans aucun mal, niant formellement et obstinément la connaissance et copulation charnelle ; quant à la noix qu'il avait rapportée, s'il y avait du charme, il ne le savait point ».

II

1

Ici le récit change de registre, et entre en scène un nouveau personnage : Sébastien Michaëlis, grand inquisiteur de la foi en Avignon. Personnalité coupante. Haute taille. Visage aigu. Yeux noirs. Barbe noire. Pas très intelligent, et même à l'occasion d'une crédulité à faire peur. Mais rusé, tacticien et surtout d'une détermination mentale inébranlable dans le fanatisme. On disait de lui : « Il ne cherche pas à plaire aux hommes, mais à les sauver, et il ne craint ni le travail, ni les fatigues, ni les affronts, parce que tout cela peut servir à le purifier et à le couronner. »

Sa puissance, en 1610, était à son sommet. Successivement supérieur de l'ordre de saint Dominique pour la province d'Arles, prieur des Frères prêcheurs réformés de Toulouse, prieur du couvent royal de Saint-Maximin, il aurait pu devenir archevêque de Fréjus, avec le double soutien d'Henri IV et de Clément VIII, s'il n'avait préféré demeurer sur son fief : né à Saint-Zacharie, près de la Sainte-Baume, c'est au cœur de la terre provençale qu'il se sentait le plus à l'aise pour exercer son zèle brûlant. Pour prendre la mesure d'un homme de cette espèce, il n'est pas mauvais de se reporter au *Manuel des inquisiteurs — Directorium inquisitorium* — du dominicain espagnol Nicolau Eymerich, revu par le canoniste Francisco Peña, dont cinq éditions circulèrent entre 1578 et 1607, où se trouvent codifiées toutes les méthodes d'extirpation de l'hérésie encore en vigueur à cette époque, mais où se rencontre aussi le portrait générique des exécutants de ces missions. Ainsi l'inquisiteur type y est-il présenté comme un homme « âgé de quarante ans au moins le jour de sa nomination » et qui doit être « honnête dans son maintien, d'une fermeté persévérante, d'une érudition catholique parfaite et pleine de vertus », de préférence docteur en théologie, en droit canon et en droit civil. Le vague de la formulation — les titres requis mis à part — indique assez que les qualités recherchées (maturité, fermeté, vertu) sont de l'ordre du caractère plutôt que de l'esprit. Et que l'efficacité dans la rigueur doit être la première règle d'action. A qui en douterait, d'autres sections du *Manuel* apportent des indications sans équivoque. L'inquisiteur prenant possession de sa charge doit d'emblée se présenter aux autorités temporelles du pays ou de la province où le Siège apostolique l'a installé, en exigeant d'elles une collaboration absolue, « avec les sauf-conduits nécessaires pour lui-même, pour son commissaire, pour son notaire et pour son escorte ». Un document et un serment publics manifesteront cette collaboration. Si elle n'est pas obtenue, toute une série de pressions et de rétorsions sont applicables, qui vont de la simple mise en demeure à l'excommunication majeure. Des modèles de lettres d'engagements écrits sont prévus. Pour ce qui est du peuple, un « sermon général » est prononcé et diffusé à son intention, dont la pièce maîtresse est un « ordre de délation » public : chacun y apprend comment il doit participer à la chasse et à la dénonciation de l'hérésie, de la sorcellerie, du satanisme et de tout ce qui en a le parfum, et surtout les menaces très précises qui pèsent sur lui, s'il ne le fait pas. Pour ne laisser aucun détail au hasard, il est stipulé ceci : « Si les délateurs étaient nombreux au point qu'il paraissait impossible d'écouter judiciairement toutes leurs dépositions, l'inquisiteur leur ferait écrire dans un petit cahier prévu pour cela — un par diocèse — ce qu'ils dénoncent et qui, leur propre nom, les noms des témoins produits avec le nom de la ville ou du village qu'ils habitent. Ce petit cahier, l'inquisiteur le gardera bien, de peur qu'il ne l'égare et ne cause le dommage que l'on imagine aux délateurs. L'inquisiteur écrit aussi de sa main dans le petit cahier — comme dans un aide-mémoire — toutes les délations, les noms des délateurs et des dénoncés, les noms des témoins à interroger, comme ceci » (suit le modèle). Minutieuses précautions. Qui permettent de quadriller rapidement une province et de la courber sous une terreur salutaire, pour la plus haute gloire de Dieu. La délicate et savante mise en scène des enquêtes et des procès venait ensuite.

Ainsi agissait le P. Michaëlis, *prudens inquisitor* s'il en fut. Il avait déjà écrit un *Discours* « sur la matière difficile des sorciers ». Il lui restait à perfectionner son expérience. Avec son scapulaire blanc et son manteau noir, il allait comme un aigle, de proie en proie, d'affaire en affaire. Un instinct très sûr l'avait averti que celle-ci valait la peine et qu'il ne fallait pas la laisser échapper. Comme en outre il avait à ce moment-là soixante-sept ans, il pressentait que, par tout ce qu'elle remuait, elle pourrait réchauffer ses sens. Ses informateurs avaient été alertés par Romillon et Billiet. Ils affirmaient que le *mal* se développait avec une rapidité incroyable et qu'il convenait d'agir vite. Sans doute avaient-ils raison. Le P. Michaëlis s'enferma deux jours, se concentra, décida. Madeleine serait transférée à la Sainte-Baume. C'était un lieu saint, propice aux exercices de la foi et aux exorcismes. C'était en outre, il ne l'oubliait pas, sa terre, sa patrie, son aire. Le théâtre où il pourrait jouer son grand jeu.

La Sainte-Baume était un des hauts lieux de la chrétienté. Un site exceptionnel aussi. Elle l'est toujours. Il suffit d'y arriver, quand on vient de Saint-Maximin, par la petite route sinueuse qui traverse Nans-les-Pins et débouche sur le flanc nord du massif pour être frappé par la force d'émergence de cette éblouissante barre rocheuse. Les autos y parcourent en lacet un véritable itinéraire de montagne. Plus on s'élève, plus on a l'impression de décoller des « plans » de la campagne provençale pour monter dans un monde de pierre et de bois. Quand on parvient sur le plateau où se trouve l'hôtellerie, à 675 mètres d'altitude, on a le sentiment physique d'atteindre une halte, une sorte d'esplanade en plein ciel où brusquement la vie de la terre se trouve provisoirement reconstituée : champs, cultures, collines. L'hôtellerie a connu des hauts et des bas, mais elle a toujours fondé sa réputation sur cette espèce de statut fragile et privilégié entre terre et ciel : on y respire, on y dort, on y mange autrement qu'ailleurs. On y travaille, on y discute, on y crée en communauté. On y vit fraternellement. Un père dominicain d'un nouveau style, avec une petite équipe âpre à la tâche, anime, inspire cela aujourd'hui. Tout est ouvert à tout le monde. Mais le plateau est resté le même.

Dès qu'on le dépasse, le massif reparaît. Cette fois, c'est la forêt. Une forêt inattendue, presque insolite, dont l'aspect plus septentrional que provençal a souvent été souligné. D'abord des hêtres épais, noirs. Puis, par éclaircies, des bouquets de tilleuls qui croisent leur feuillage léger avec des branches d'érables. Tout cela donnant une voûte d'ombre fraîche qui, au moment du solstice d'hiver (et Madeleine fut conduite à la grotte à l'automne de 1610), occulte parfois complètement le soleil. La futaie est « hors de coupe », elle ne subit jamais aucune amputation, seuls les arbres morts sont abattus. Le sentier tortueux grimpe ensuite au milieu des ifs, des fusains, des lierres, des houx. Toutes ces feuilles vernies, ces épines, ces aiguilles hérissent le sol, semblent avoir été faites pour faire saigner les pieds nus des pèlerins. Mais, en même temps, le paysage s'éclaire, s'aère, s'allège. On arrive enfin à la grotte, à 940 mètres. De la terrasse où elle s'ouvre, avec du faux rocher sur la gauche, un grand dallage sur la droite, on peut voir, en levant les yeux, la merveilleuse crête de la chaîne qui court sur le ciel, en les baissant, l'immense panorama du plateau et de la plaine qui se devine par trouées.

C'est là que Marie-Madeleine, la pécheresse, née la même année que le Christ, se retira, dit-on, pendant trente-trois années dans la prière, la contemplation et la solitude absolue. Admirable vie violente, démente et sauvage qu'il faudrait savoir imaginer autrement qu'en vignettes pieuses. En tout cas, la Chrétienté fit à la légende un accueil grandiose qui laisse penser que ce mélange de luxure et d'exil rebelle qui marquait la conduite de la sainte fascinait irrésistiblement les esprits. Dès les premiers siècles, les pèlerins affluèrent, soufflant, peinant, usant leurs forces et leurs genoux. Saint Louis, Louis XI, Marie d'Anjou, Anne de Bretagne, Eléonore d'Autriche, Charles IX furent du nombre. Rois, papes, seigneurs, dignitaires venaient se prosterner devant les reliques, les toucher, les vénérer (jusqu'à ce que le bruit se répandît, au XIe siècle, qu'elles avaient été dérobées et transportées à Vézelay, mais le culte n'en décrut pas). En 1610, la ferveur était toujours très forte, et on peut penser que les conditions du voyage n'étaient pas moins rudes, qu'elles étaient probablement même épuisantes. Les pèlerins n'en venaient pas moins en foule, occupant véritablement toute l'étendue des lieux, campant partout, jamais découragés, jamais lassés, réalisant d'étonnants exploits pour parcourir des lieues, franchir des obstacles et des périls de toutes sortes, gravir les pentes, escalader le roc.

C'est donc en ce site que le P. Michaëlis décide de faire emmener Madeleine. Songeant peut-être obscurément que, de Madeleine à Madeleine et de pécheresse en pécheresse, le fil se renouait à travers les âges. On la conduit, flanquée de la révérende mère Catherine de France et de sa coadjutrice, Catherine Ravelle. Le P. Billiet et son jeune assistant Jacques de Rez sont de la partie. Il fallait une escorte assez solide pour encadrer la possédée et, à l'occasion, la maîtriser. Sans doute utilisa-t-on, de nouveau, carriole, mulet ou cheval. Peut-être alla-t-on à pied, au moins pour les dernières étapes : mais même d'Aix à la Sainte-Baume, cela, semble-t-il, se faisait alors assez couramment, sans qu'on vît dans cette longue marche une performance extraordinaire. Une sérieuse halte suffisait : elle eut lieu à Auriol. Bref, on arrive, le 22 septembre 1610. On installe Madeleine dans une petite loge de fortune, nichée au milieu du rocher et des arbres, près de la grotte, et, sans presque lui laisser le temps de souffler, on recommence les exorcismes, avec la conviction qu'en ces lieux ils ne pourraient qu'être d'une efficacité supérieure. On l'asperge, on la jette à genoux, on lui impose la croix. Elle roule des yeux terrifiants, fait des grimaces horribles, tombe sur le sol convulsée. A vrai dire, on l'avait bien préparée. Elle était arrivée au sommet pantelante, à demi morte. L'escalade était rude, harassante, pour une jeune fille de dix-huit ans dans cet état de santé. Mais les témoins avaient vu une nouvelle preuve de l'intervention du Démon dans le fait qu'elle geignait, grognait, pleurait en montant, demandait sans cesse à s'arrêter : « Le Diable l'endormait tellement qu'il la fallait souvent coucher à terre... », devait noter l'un d'eux avec conviction. Le spectacle commençait à attirer du monde. On avait rencontré en route quelques pèlerins marseillais qui avaient grossi l'escorte. Tous attendaient que le Diable se manifeste. Il se manifesta, non seulement par les contorsions habituelles, mais par la force même de son désespoir devant les pièges qu'on lui tendait, qui le poussait à déchaîner des cris, des hurlements à travers le corps de sa victime : « Le Diable se désespérait et, par sa bouche, faisait des cris effroyables, surtout la nuit. » Ainsi déposa Catherine de Gaumer. Pour l'instant, elle gardait jour et nuit, avec son adjointe, la malheureuse possédée, ne la lâchait pas d'un pouce. Michaëlis vint voir. Il vérifia si tout était en place. Mais quelque chose ne lui plut pas. Il ne suffisait pas que Madeleine crie, il fallait surtout qu'elle parle. Et qu'elle nomme le responsable de son mal. Les choses n'étaient pas mûres. Mieux valait ramener pour le moment la jeune religieuse dans la plaine, à Saint-Maximin par exemple, où le dominicain était chez lui, et ne retourner à la Sainte-Baume que lorsque le temps des révélations définitives serait venu.

On redescendit donc à Saint-Maximin. Jolie petite cité, aux toits chauds, groupée autour de sa haute basilique gothique, où Michaëlis faisait régner la vertu. On exorcise encore, en chambre cette fois. On pousse Madeleine à la « confession générale ». Comme rien ne vient et que le Diable semble têtu, on décide un autre déplacement. A Notre-Dame-de-Grâce-lès-Cotignac, de l'autre côté de la montagne, près de Brignoles, il y a un prieuré qui doit être propice aux travaux préparatoires encore nécessaires. On y conduit Madeleine, on l'installe, on la conditionne. Des cohortes de prêtres sont mobilisées. Ils se relaient auprès d'elle. On organise une longue neuvaine, avec prières, confessions, communions et de nouveaux exorcismes. Madeleine sent que quelque chose se passe. Elle commence à dire que *ça* vient. C'est comme si on lui « ôtait un rideau de fumée au-devant de son entendement ». Elle se souvient enfin, clairement, des « arts magiques et diaboliques ». On tend l'oreille, on est à l'affût de ses moindres paroles.

Un matin, se promenant avec la sœur de Gaumer et sa compagne, sur le chemin d'une chapelle voisine où elles se rendent toutes trois, elle s'arrête, lève les yeux vers le ciel, très pur, très bleu pour la saison, et déclare que dans la nuit elle a été « oincte sur la teste par quelque esprit malin ou *masq* ». Madeleine vient de prononcer là un mot important. Les *masques* — ou *masqs* —, dans la hiérarchie satanique de l'époque, sont des êtres bizarres qui précèdent au sabbat les sorciers et les magiciens et s'en font volontiers les servants. Les désigner revient à annoncer la présence concrète, opératoire, du Diable. Dès lors, la panique se répand comme une traînée de poudre. Madeleine le sait et insiste. Comme le lendemain matin, avant le lever du jour, Catherine de Gaumer aperçoit dans la campagne en ouvrant sa fenêtre, au-dessus du toit d'une maison, une curieuse lumière bleue qui semble venir vers elle à toute vitesse et lui arrache un signe de croix (qu'a-t-elle vu ? un météore ? une soucoupe volante ? un OVNI, déjà, traversant le ciel étoilé ?), Madeleine, interrogée, répond péremptoirement que c'est un *masq*. Effroi de la sœur de Gaumer, qui commence à se croire ensorcelée à son tour.

Chacun, peu à peu, se sent miné, contaminé, tant la psychose collective se fait pressante. Tout craque. Tout se fissure. Le P. Billiet constate un jour, en s'éveillant, qu'il a la bouche mauvaise, que ses lèvres et le « coulet de sa chemise » sont enduits « d'une certaine liqueur sentant mal » : d'où peut venir cette humeur fétide ? Catherine de Gaumer confirme qu'à table elle a remarqué, suintant sur les habits du révérend père, « certaine liqueur comme gouttes d'huyle ». Chacun se demande si on n'a pas versé quelque chose sur lui. Madeleine explique que c'est le Diable qui les salit, les tache, les souille. Au milieu du réfectoire, elle se lève, hagarde, criant « sorcière ! sorcière ! » et, le doigt tendu, déclare qu'elle voit « une sorcière qui vient avec une phiole à la main, pleine d'une certaine liqueur pour la répandre sur la table ou sur les assistants ». En une seconde, la salle se vide. A sa pauvre mère qui est venue lui rendre visite, elle raconte gravement qu'un fait surnaturel, très troublant, s'est produit la veille : elle a perdu la bague qu'elle gardait depuis son enfance, celle qui était ornée d'un cercle et d'un hibou (sans doute un simple oiseau, peut-être une colombe, mais Madeleine dit : un hibou) et portait « engravé, le nom de Jésus », c'est le Démon qui la lui a dérobée, le P. Billiet en a fait le constat. Mme de Demandolx en est toute remuée. Elle pleure, elle ne reconnaît plus sa fille. Elle lui dit : *Ques eisso, dounte pou prouceda que vous sias de la façon ?* (qu'est-ce là, d'où peut provenir que vous êtes de cette façon ?). A quoi Madeleine, pleurant encore plus fort qu'elle, répond : *Hé ma mère, Messire Loys m'a ravi la plus bello rozo que iou aguessi, et que iou gardani tant carament* (hé ! ma mère, Messire Louis m'a ravi la plus chère rose que j'avais et que je gardais si chèrement !). La malheureuse femme n'en demande pas plus. Contrite, humiliée, désespérée, elle s'en va dire une prière au Petit-Pilon, une colonne plantée sur la route de Saint-Maximin, avant de regagner Marseille.

Mais il est clair maintenant que Madeleine est prête à dire publiquement ce que l'on attend d'elle. Elle a fait savoir à ceux qui l'entourent que non seulement les *masqs* s'occupaient d'elle, mais que les *sorciers* eux-mêmes venaient la frotter et l'enduire, régulièrement, depuis plusieurs années, et surtout que Gaufridy en personne avait pratiqué ce genre d'onction diabolique sur elle, depuis le début de 1607 (elle commence à donner des précisions historiques sur son sort !) : il l'avait emmenée de la bastide de son père sur une haute montagne nommée *Marseillio Veiro* (le massif de Marseilleveyre) et, là, l'avait *ointe, baptisée* du baptême des sorciers, *marquée* aux reins, au cœur, à la tête, et enfin lui avait fait signer de son sang la fameuse *cédule*. Tout est dit.

Michaëlis ne perd pas de temps. Il fait ramener Madeleine à Saint-Maximin et élabore une stratégie définitive. Une lettre arrive à point pour servir ses projets. Très probablement téléguidée par Romillon et par lui-même. Mais elle arrive. Elle est signée de la sœur Cassandre de Bus, qui a pris en main les Ursulines d'Aix, et porteuse d'une nouvelle d'importance : au couvent, plusieurs autres jeunes religieuses paraissent « possédées », cinq d'entre elles au moins, et il en est une qui se trouve dans un état particulièrement grave, « fort agitée en son corps, faisant des hurlements épouvantables », Louise Capeau. Sans hésiter une seconde, le P. Michaëlis ordonne qu'on la fasse venir.

Les dessous de cette décision sont difficiles à éclairer. Mais, comme on le verra, elle sera lourde de conséquences et modifiera le cours de l'affaire de façon radicale. Elle a de toute évidence été prise par des hommes d'Eglise qui étaient de terribles et efficaces manœuvriers et, par certains côtés, d'extraordinaires politiques. D'étonnants connaisseurs, aussi, de la psychologie masculine et féminine. Tout laisse supposer que c'est le P. Romillon qui avait deviné la personnalité de Louise, son ardeur, son énergie, son orgueil, son ambition, son intelligence aussi, mais surtout la force mauvaise, vindicative, qui la traversait. Et son désir de faire parler d'elle, d'occuper la scène. Il tira froidement parti de tout cela. Et Michaëlis plus froidement encore. Il n'est pas exclu en outre que ces vieillards aient eu une réelle tendresse pour cette fille brune et nerveuse, aux yeux fous, qui feignait de mettre toute la fougue de son corps au service de la religion. De plus, ils savaient tout d'elle. Elle était née huguenote, dans son village de Saint-Rémy, et on pouvait la tenir par là. Elle avait été orpheline très tôt et cherchait naturellement des appuis. Enfin — ce qu'il faut rappeler —, sa condition modeste et difficile, ses origines rurales créaient une véritable opposition de classes entre elle et Madeleine qu'elle détestait, tout en faisant semblant de vouloir l'aider. La jalousie faisait le reste. Michaëlis avait compris cela très vite. En convoquant Louise Capeau, il se donnait une sorte de moteur incomparable pour la machinerie qu'il entendait faire tourner.

Aussi, dès l'instant où elle arrive à Saint-Maximin, se montre-t-il à son égard d'une prévenance, d'une sollicitude qui ne se démentira jamais : on sent qu'il la couve littéralement, veille sur elle comme sur la prunelle de ses yeux, l'aime. L'ennui est qu'il a fallu la dire possédée elle aussi pour justifier sa venue, et qu'elle ne l'est pas tellement. On arrange la chose en diluant le phénomène, en expliquant que toutes les ursulines du couvent de la rue Baussenque sont peu à peu gagnées par le mal (des polémiques, des déclarations s'ensuivent sur l'acharnement antagoniste des anges et des démons qui se disputent les jeunes nonnes), et qu'il a bien fallu en choisir une pour témoigner de la situation qui s'est créée depuis l'égarement de Madeleine. Donc Louise est là. Tout est prêt pour la grande parade. On remonte à la Sainte-Baume.

2

Acte II. Les actrices : Madeleine et Louise. Le public : des pèlerins de plus en plus nombreux, des curieux venus de tous côtés, des religieux, des moines en froc blanc ou brun, la corde à la taille, des gens du petit peuple et, bientôt, par vagues successives, des dignitaires, des notables, des marchands, des bourgeois, attirés par l'importance du spectacle. Le metteur en scène : Michaëlis. Il a pris soin de s'entourer d'assistants de grande classe. Les P.P. Romillon et Jacques de Rez, bien sûr, mais aussi des prêtres déjà bien informés de l'affaire, comme Charles Pauly et Gaspard Gombert qui avaient eu l'occasion d'être très actifs à Cotignac. Surtout, il a mandé un exorciste flamand, en qui il a la plus grande confiance, le R.P. François Domptius, docteur en théologie de l'université de Louvain.

Domptius a une grande pratique. Devant la grotte même, il a fait élever un autel et c'est là, dans ce décor de plein air (malgré la saison qui commence à être froide), sur la grande surface plane qui correspond à l'étendue dallée actuelle, qu'il officie. La foule est à genoux, psalmodiant, geignant, modulant des prières en latin. On amène Madeleine. De nouveau, elle a été épuisée par le trajet (elle ne cessait pas cette fois, selon Catherine de Gaumer, de courir, de sauter, de tenter de s'enfuir — malheureuse fille qui n'avait aucune envie d'aller vers ce qu'on lui préparait ! —, et on disait que c'était les diables qui la talonnaient ainsi, qu'ils s'étaient juré de l'enlever le jour de la Saint-André). On l'amène donc. Tout de suite, Domptius revêt son étole, prononce quelques prières et, avançant le ciboire, tente de lui donner la communion. Elle recrache l'hostie avec violence, ce qui déclenche un mouvement de terreur chez les assistants dont les psalmodies redoublent. Domptius, alors, appose comme à l'ordinaire des « reliques » sur différentes parties de son corps, lui présente un immense crucifix, la fait inonder d'eau bénite, et lance au Démon la sommation rituelle : *Exi, exi, exi*. Aussitôt, Madeleine se jette sur le sol et, selon Michaëlis lui-même qui observe tout avec une extrême précision, le Démon « l'agite beaucoup de tout son corps en plusieurs manières, tantost en arrière, tantost la tête jusque en terre ». Puis elle se met à gesticuler en tous sens, à raidir son cou, à retourner et tendre ses bras en arrière, à faire des grimaces affreuses, en particulier à loucher d'une manière horrible, ce qui répand une nouvelle fois l'effroi dans la foule. En même temps, des sons rauques, inhumains, sortent de sa gorge. Brusquement, elle retombe au sol, et là, selon un des nombreux témoignages visuels dont on dispose, elle apparaît, à plusieurs reprises, « soudainement relevée et rehaussée en hault en la forme de ceux qu'on donne la grande géenne [...] étant en tel état, elle a été surprise d'un remuement extraordinaire des fesses représentant l'acte vénérien, avec grand mouvement des parties intérieures du ventre »... Au bout d'un moment tout s'arrête, Madeleine se remet encore debout et, montrant du doigt un point indéterminé, dans l'assistance, hurle longuement : « Le chien, le chien, le chien ! » Nul ne doute un seul instant que le Diable ne soit désigné ainsi (car être à la fois au-dedans et au-dehors ne doit pas être au-dessus de ses pouvoirs !). A la fin, épuisée, Madeleine s'écroule et reste étendue, exsangue, comme évanouie. Alors, une chose à peine croyable se produit : lentement, plusieurs des assistants se lèvent et, tout en continuant à marmonner, viennent, l'un après l'autre, piétiner, fouler son corps inerte, sous l'œil des prêtres et des officiants. Il faut écraser le Démon.

On aura reconnu dans cette description clinique des contorsions de Madeleine les signes classiques de l'hystérie et notamment le grand « arc hystérique ». Freud et Breuer ont rappelé, après Charcot, les quatre phases de la période d'accès : « 1° La phase épileptoïde ; 2° celle des grands gestes ; 3° celle des attitudes passionnelles ; 4° celle du délire terminal. » On remarquera qu'elles se succèdent, ici, dans l'ordre. Mais on pourra se référer à d'autres textes non moins clairs des *Etudes sur l'hystérie*. Celui, par exemple, qui décrit ainsi l'état de Fräulein Anna O... : « La malade manifeste : une psychose singulière avec paraphasie, strabisme convergent, troubles graves de la vue, contracture parésique totale dans le membre supérieur droit et les deux membres inférieurs, et partielle dans le membre supérieur gauche, parésie des muscles du cou. » Avec ces précisions supplémentaires : « Des troubles graves, en apparence nouveaux, se succédèrent alors rapidement. Douleurs du côté gauche de l'occiput, strabisme convergent (diplopie) plus prononcé à chaque contrariété [...], parésie des muscles antérieurs du cou de telle sorte que la patiente finissait par ne plus pouvoir remuer la tête qu'en la resserrant entre ses épaules soulevées [...], contracture affectant les muscles du bras droit... » Il n'est pas besoin de poursuivre très longtemps l'énumération pour constater que les troubles et mouvements désordonnés de Madeleine correspondent assez à ceux de Fräulein Anna. Dans le cas de celle-ci, ils se produisaient soit à la suite de fatigue liée à une maladie de son père dont elle devait se faire l'infirmière, soit à l'issue de longues rêveries solitaires où elle remuait d'étranges visions dans ce qu'elle appelait son

« théâtre privé ». On conviendra que le « théâtre public » de Madeleine valait bien le théâtre privé d'Anna et qu'il avait toute chance d'être beaucoup plus traumatisant encore. Qu'il ait été traumatisant aussi pour les spectateurs de ces scènes d'hystérie est bien évident, et devant la violence ou la hideur de certaines attitudes, on comprend sans difficulté que l'explication diabolique se soit imposée aux témoins de l'époque : le *Diable* était en un sens le nom de tout ce qui dans l'organisme était violence, décharge, tension, torsion, et il désignait par là même ce qu'on peut considérer aujourd'hui comme le langage, le *code* de l'hystérie. Code extrêmement précis et lisible (Freud explique, par exemple, à son correspondant Fliess, en 1899, que certains symptômes hystériques sont dus à « un parallèle fantasmatique tendant à rendre équivalentes les deux extrémités du corps »). Par là même, destiné à être déchiffré, lu, vu. Et c'est bien ce qui justifie la présence d'un observateur collectif, d'un public. Catherine B. Clément, dans un essai moderne sur les sorcières et l'hystérie : « Dans la sorcellerie et l'hystérie, du côté du spectacle, il faut un public, prêt à satisfaire son merveilleux désir [l'étonnante expression « merveilleux désir » est empruntée à l'inquisiteur Jean Bodin, qui désignait ainsi son envie de voir de ses yeux les assemblées de sorcières], et c'est surtout un public d'hommes : inquisiteurs, magistrats, médecins, cercle de médecins autour de l'hystérique, yeux fascinés, corps tendus pour voir le corps tendu d'une femme possédée. » Que cela prenne éventuellement la forme d'un cirque, l'adjectif de « clownique », utilisé par Charcot pour décrire une certaine phase de l'accès, le confirmerait assez bien : on a le sentiment que le Diable était souvent un clown pour les bonnes gens de l'époque qui l'épiaient, et c'est ce qui fait parfois le bizarre mélange d'épouvante et de gaieté, d'horreur et d'hilarité qui caractérise ces manifestations, la place extraordinaire qui y est faite à la *grimace* et à tous les tiraillements imaginables de l'innervation corporelle. Il reste que le résultat recherché est la libération publique, sous les yeux des témoins, par le moyen de l'exorcisme, de ce qui occupe et investit le corps : *cela* (le Diable) doit *sortir,* sous l'exhortation, sous la sommation, sous la menace (et, si l'on passe au plan judiciaire, sous l'extorsion d'aveux, sous la torture) comme dans le processus d'abréaction décrit par Freud, quand se produit la décharge émotionnelle de la cure. Il n'est pas du tout exclu que certains observateurs de la Sainte-Baume, à voir la façon dont ils ont décrit, rapporté la chose, n'aient eu, à leur manière, l'intuition de cette situation (on est frappé de la précision de certains termes employés dans les témoignages, et, au fur et à mesure que la foule grossissait, des médecins, des apothicaires s'y rencontraient sûrement), mais tout le système d'interprétation de l'époque ne pouvait conclure qu'à un phénomène de totale anormalité dont le fait diabolique était la seule expression culturelle.

Du moins dans le cas de Madeleine. Pour Louise, c'est assez différent. Car on l'amène à son tour devant l'assistance et on procède également à son exorcisme. Mais dans un tout autre esprit et selon un tout autre plan. Le P. Domptius avait d'emblée décidé que le cas était plus rebelle (car Louise, paraît-il, dès la première rencontre l'avait regardé « de travers », ce qui devait signifier que le Diable n'était pas prêt à se laisser faire) et qu'il fallait agir d'une manière plus méthodique. En fait, Louise Capeau n'était pas du tout dans la situation de Madeleine. Elle était peut-être aussi hystérique qu'elle, mais elle « jouait » délibérément cet état beaucoup plus qu'elle ne le subissait. Ce qui lui permettait d'être active et bavarde, là où sa compagne était terrassée par le mal, bref, de parfaitement dominer la situation. Cela, Domptius l'avait compris très vite, et il agissait en ce sens.

On place donc Louise sur la scène. On procède au rituel de l'exorcisme. Louise grimace, gesticule. Mais, au lieu d'être mise hors de combat par son mal, on sent qu'elle veut parler, s'exprimer. Domptius ne perd pas une minute et procède tout de suite à l'interrogatoire du Diable, devant le public médusé et tremblant :

— *Nomen ?*

— Verrine.

Louise a répondu sans hésiter, désignant un de ses démons de ce nom de Verrine, ou peut-être Verrin.

— *Dignitas ?*

— Du troisième ordre, du « rang des Throsnes ».

Louise connaît la théologie, et la hiérarchie des esprits, les trônes, les puissances, les dominations... !

— *Ubi positus ?*

Louise se touche le front de la main, Verrine est logé là, sous sa tempe.

« *Quomodo inductus ?*

Ici, Louise hésite un instant, puis brusquement, alors que jusqu'à présent elle a répondu dans « sa langue maternelle » :

— *Nimia curiositas.*

Effroi de l'assistance devant ce latin, inattendu.

Domptius continue, pensant qu'il doit y avoir un deuxième démon :

— *Nomen ?*

— Grésil.

Ces noms sont un peu surprenants, à la limite de la fantaisie, mais enfin Louise les donne : le grésil est un petit grêlon, très dur, et la grêle est très maléfique, diabolique, dans les campagnes.

— *Dignitas ?*

— Du troisième ordre, du « rang des Throsnes ».

Louise a bien retenu sa leçon !

— *Ubi positus ?*

Elle désigne cette fois son bras, Grésil est logé dans le coude gauche.

Domptius, rendu prudent par la réaction de tout à l'heure, ne pose pas la quatrième question. Il passe à un autre diable :

« *Nomen ?*

— Sonnillon.

Décidément, la fantaisie — la bonne humeur même — se précise, cela veut dire : la petite sonnette !

— *Dignitas ?*

— Du troisième ordre, du « rang des Throsnes ».

Pas de jaloux !

— *Ubi positus ?*

Louise indique un emplacement, à la hauteur des dernières côtes droites, sous le sein.

« *Quomodo inductus ?*

Domptius a fait une nouvelle tentative, mais Louise prend cela très mal, elle se met à s'agiter, à crier, à baver, terrorisant les spectateurs.

On en conclut que les diables ne veulent rien dire de plus. Ils ont été trois à se déclarer. C'est déjà très bien. Louise Capeau a joué une comédie cynique et éhontée, mais elle l'a fait avec intelligence et habileté. L'assistance n'est pas déçue. Le Diable cette fois s'est clairement manifesté, puisqu'il a parlé, puisqu'il s'est révélé sur le mode pluriel. On notera cependant que, dans cette comédie, tout n'est pas vain ni absurde : par exemple, la localisation — si courante à l'époque — des démons dans le corps de la possédée semble faire référence à on ne sait quelle *somatisation* précise d'un mal, à la fixation d'un trouble psychique dans telle ou telle zone de l'organisme, cela est un noyau dur, incrusté, tenace. Donc, la démonstration a été faite. Il faut finir. Domptius, sur le ton du commandement, ordonne aux trois démons de plier devant Dieu, c'est-à-dire devant la croix qu'il leur présente, et Louise, en jurant qu'elle adore « son Créateur et son Juge », se jette à plat ventre sur le sol, toute frémissante. L'exorcisme est terminé.

Il y en aura beaucoup d'autres. En moyenne, deux par jour, pendant une longue période. Ce qui pourrait paraître incroyable, et monotone, si des incidents ne survenaient de temps à autre. Par exemple, le jour de la Saint-André, comme on l'avait prévu, les diables cherchent à enlever Madeleine de la pièce où on l'a séquestrée. C'est le P. Romillon qui s'en aperçoit, donne l'alerte en criant à la cantonade : « A l'aide ! Au secours ! *Christus venit! Christus regnat !* », pour mettre en déroute les envoyés du Malin. Il y réussit, on vient de plusieurs côtés à la rescousse, les démons s'enfuient (il semble probable que certaines gens, ce jour-là, avaient bel et bien cherché à enlever Madeleine, à la soustraire à ses épreuves). En dehors de cela, le rite, le spectacle, sans cesse renouvelé, à la grande satisfaction de la foule, toujours plus nombreuse, toujours plus avide. Et bien entendu, c'est la Capeau qui tire le plus grand profit de la situation. Tandis qu'on traîne littéralement aux exorcismes la malade qu'est Madeleine, et qu'elle en sort chaque fois à demi morte, Louise, elle, s'y montre bien vivante et chaque jour plus bavarde. Plus exactement, c'est son démon Verrine qui se révèle d'une loquacité fabuleuse. On dirait que sa vocation est de parler, toujours parler, et peu à peu cette bouche de femme par laquelle il s'exprime va instaurer en effet à la Sainte-Baume le règne de la parole.

Le 8 décembre par exemple, fête de l'Immaculée Conception (on remarquera à quel point les jours de fête religieuse jalonnent, ponctuent la vie de ce temps, comme si chacun d'eux devait être marqué par l'*événement,* l'inattendu), à l'heure des vêpres, Louise se met à faire à grand bruit, devant tout le monde, l'éloge de la Vierge Marie, Mère de Dieu : « Marie surpasse en beauté toute créature que le Père Eternel aye jamais créée [...]. En vérité, je vous le dis, elle est celle qui d'une voix qui n'a point de cesse interpelle son fils pour vous et offre incessamment à ses yeux les mammelles qui l'ont alaicté et les entrailles qui l'ont engendré [curieuse image, cette offrande des seins et du ventre au regard du fils !] [...]. C'est une Reine toute belle, toute magnifique, riche et grandement noble... » Puis, par un de ces retournements où elle excelle et dont elle connaît l'effet : « Ah moy, misérable, qui suis contraint de dire ceci contre mon gré ! [...] Vous me direz que je ne dis rien de nouveau : toutefois, c'est bien une chose nouvelle que ce soit un diable qui le dit ! » L'imposture et la naïveté du propos sont énormes, mais l'assistance est frappée d'admiration : « Ces paroles, peut-on lire dans l'ouvrage *De la vocation des magiciens,* signé de Jean Le Normant (en réalité Domptius), publié en 1623, rendirent ceux qui estaient présens estonnez de grande admiration, et en cet estonnement, tous accouraient comme à une chose du tout pleine de merveille, et s'y conviaient les uns les autres. »

Encouragée, portée, soutenue, Louise tient désormais la scène et ne la lâche plus. Elle *prêche.* Ses discours sont tenus pour des *sermons.* Elle apporte des révélations prodigieuses. C'est ainsi qu'un jour, s'adressant à Madeleine, convulsée à ses côtés, elle fait enfin connaître le nom du démon qui habite la malheureuse. C'est Belzébuth, le maître, le second de Lucifer. Mais, comme c'est *son* diable, à elle, Louise, qui parle, il faut bien qu'il se définisse hiérarchiquement par rapport à lui. Elle hurle donc, furieuse, déchaînée : « Belzébib, tu es mon Chef et mon Prince, je ne le nie pas, mais maintenant un plus fort que toy veut que je parle, je parleray, car il est nécessaire. » Aussitôt, Madeleine crie, souffle, rugit, enlève un de ses souliers et le lance à la figure de Louise (version officielle : Belzébuth jette un des souliers de Madeleine à la tête de Verrine), avant de s'effondrer une fois de plus à terre. Louise continue à prêcher, invoquant Dieu, la Vierge, la Sainte-Baume, la grotte sacrée...

Le spectacle atteint des proportions stupéfiantes. Madeleine avec ses cheveux blonds épars sur son visage de cire n'est qu'une pauvre loque, livrée à la foule. Mais la Capeau, avec sa robe noire d'ursuline, ses voiles qu'elle agite, est une grande actrice, d'une autorité de jour en jour plus affirmée. Elle appelle à la conversion des âmes, à la pénitence collective, elle évoque l'exemple de Madeleine la pécheresse repentie, elle exalte la puissance de l'ordre de saint Dominique, elle célèbre Jésus, la Vierge, stigmatise Belzébuth et décrit ses habitudes, mélange tout, Dieu et le Diable. Elle fait trembler le maître-autel, prend la forêt, la montagne, l'immense paysage à témoin de la vérité de ses propos. La foule entonne avec elle un *Te Deum* d'action de grâces et de crainte révérencielle.

Informés de l'ampleur de l'événement, de nouveaux spectateurs se pressent, de nouveaux pèlerins arrivent, notamment dans la journée du 10 décembre. Parmi eux, Arnoul de Borffartigues, chanoine et sacristain de l'église cathédrale du Comminges, docteur en théologie, Jacques

Audry, marchand grossier de Troyes en Champagne, Jean Gallois, orfèvre, Claude Gaudet, marchand drapier de Troyes. La bourgeoisie n'hésite pas à venir de loin, on le voit, pour assister aux prodiges, et le clergé aussi. Ces hommes, selon Michaëlis, arrivent même de Rome : en fait, ils se seraient simplement arrêtés à *Romans,* dans le Dauphiné, mais on n'est plus à un coup de pouce près dans la mise en scène. Maintenant ils sont là, Louise a enrichi son parterre.

Elle hausse donc le ton d'un degré et décide, avec l'étonnante intuition qui est la sienne, que le moment est venu de passer à l'intimidation, à la menace, pour mieux assurer ses prises. Devant ces grands et ces petits réunis, elle prononce un extraordinaire sermon sur les tourments de l'Enfer. Sujet admirablement choisi, car, si c'est le Diable qui s'exprime à travers elle, il sait de quoi il parle. Donc, il faut ne rien dissimuler, faire trembler les gens. Domptius est debout près d'elle. Elle remue ses voiles, prend son air inspiré, étend les bras vers l'assistance, pour déclarer au nom des démons qui la possèdent : « Quand les misérables damnez viennent à nous, vrayment nous leur faisons de grandes caresses, nous les faisons asseoir sur une grande chaire de feu ardent, et nous leur présentons à manger des globes de feu ensoulfrez, et boire d'un breuvage doux comme du fiel, aspre comme d'absynthe, et leur offrons encore d'autres choses beaucoup plus amères et plus puantes. Nous les prenons et bouleversons tantost dans le feu, tantost dans la glace, tantost dans le souphre, tantost dans la neige... » Après quoi, les témoins affirment que Verrine parlant en son nom propre ajouta « avec une grande exclamation et des cris espouvantables, et avec une rage et furie fort extraordinaire, ces mots par cinq fois : " Eternellement, Eternellement, Eternellement, Eternellement, Eternellement " ». On imagine la panique, la terreur, les larmes, les plaintes de l'auditoire. Louise fait preuve d'un véritable génie dans la manipulation des foules. Même si le propos lui a été soufflé, elle a su magnifiquement et efficacement le *faire passer*. Entraînée par le jeu, elle se met tout d'un coup à sauter, se trémousser, se jeter violemment à droite et à gauche, multiplier des mouvements désordonnés, pour donner une petite idée, dit-elle, « du repos et contentement qu'ont les âmes damnées en Enfer avec nous ». Du grand art.

De plus en plus exaltée par ses propres prouesses, enhardie par sa propre audace, le jour suivant elle pousse encore ses effets d'un cran. Elle en vient aux allusions dangereuses, aux menaces à peine voilées. Elle laisse entendre qu'elle peut dénoncer n'importe qui, compromettre tout le monde. Elle prononce d'étranges propos sur les Ursulines (« sainte Ursule, Ursule, Ursule, que tu me coûtes cher... O compagnie, tu as été méprisée !... »), sur les frères de la Doctrine chrétienne, évoque des scandales, des conflits, laisse entendre qu'elle pourrait révéler certaines choses, met en cause Romillon. Et finalement, elle en arrive à attaquer Michaëlis lui-même. Il venait de partir quelques jours à Aix pour prêcher l'Avent. Que signifie cette absence ? demande Louise. Pourquoi l'inquisiteur n'est-il pas à la Sainte-Baume ? D'ailleurs qu'y fait-il ? Qu'y a-t-il fait jusqu'à présent ? C'est elle qui a tout conduit, tout dit, tout compris ! Un fol orgueil l'habite, qui la pousse à exalter son propre rôle jusqu'aux limites de la paranoïa, mais en même temps un instinct rusé la conduit à toujours ajuster plus haut ses menaces pour affermir son pouvoir. Tel est bien le sens de son interpellation de Michaëlis. Attitude qui semble avoir profondément frappé Michelet. Il insiste sur l'apostrophe de Louise, la commente, la retrace : « Tu prêches, ô Michaëlis ! tu dis vrai, mais avances peu... Et Louise, sans étudier, a atteint, compris, le sommaire de la perfection. »

De fait, le propos a de quoi laisser rêveur, et Michaëlis en fut sans doute le premier perplexe, qui revint à la Sainte-Baume en hâte pour reprendre les choses en main. La stratégie de Louise était claire, elle consistait à mettre l'assistance en condition en lui inspirant une terreur collective de plus en plus grande et en montrant qu'elle était prête à n'épargner personne : ainsi chacun pouvait penser qu'il risquait d'être invectivé publiquement, dénoncé à son tour et se le tenait pour dit. Elle en profitait pour être toujours plus arrogante, se hasardant même à mettre en cause le pouvoir politique, raillant la puissance du duc de Guise, gouverneur de Provence, qui habitait une somptueuse résidence à Aix, et lui faisant savoir que, tout prince qu'il était, il ne pouvait rivaliser avec les « princes » (les démons) qu'il y avait dans le corps de Madeleine ou dans le sien. Quant au petit peuple, au gros de l'auditoire, il lui suffisait de pointer un index accusateur vers l'un ou vers l'autre, de dire tel « magicien », tel « sorcier », pour courber tout le monde à sa merci. Elle pratiquait instinctivement un système de délation publique, parfaitement conforme aux méthodes de l'Inquisition. Elle semblait même en connaître les subtilités les plus retorses. Par exemple, l'art du renversement des arguments et de la tautologie qui lui servait à repousser n'importe quelle objection, même venue de très haut. C'est ainsi qu'elle n'hésite pas à clore le bec à Catherine de France elle-même qui, sans doute un peu lasse de ses débordements verbaux, la prend sur un point précis en flagrant délit de mensonge. Elle lui répond, imperturbable et effrontée, qu'il n'y a rien d'étonnant à cela, puisque « le Diable est le père du mensonge ». Et, si ces moyens rhétoriques sont impuissants, elle n'a aucune vergogne à recourir à la menace pure et crue. A un minime de l'ordre de saint François de Paule, sans doute un peu moins aveugle et sot que les autres assistants, qui la traite de « misérable » et se refuse à « croire au Diable », elle annonce le destin physiquement le plus redouté à cette époque : le bûcher. Excellente façon de faire taire le malheureux, en le désignant directement au bras séculier de la justice. Effectivement, le minime, pour cette fois, n'insista pas.

Ainsi Louise pérorait, prêchait, vaticinait, terrorisait. Domptius et Billiet consignaient toutes ses paroles, jouant les scribes empressés, usant plume d'oie sur plume d'oie. On remplissait des rouleaux entiers de ses déclarations, comme si le moindre de ses mots avait une valeur irréfutable de preuve ou de témoignage. On partait du principe que les diables parlaient à travers elle et que, tout diables qu'ils étaient, il n'était pas question de prendre à la légère leurs propos et la force surnaturelle qui les animait. C'était Verrine qui disait ceci, c'était Grésil qui affirmait cela, et il fallait tout noter, tout consigner scrupuleusement, avec des soucis d'exégète, sans trébucher sur une phrase, sur un mot. La tâche était rendue difficile du fait que Louise passait sans cesse du français au provençal, surtout dans les moments d'échauffement où le parler naturel revenait, et que les scribes — surtout, bien évidemment, le nordique Domptius — tout d'un coup ne suivaient plus. D'où un énorme désarroi. On suppliait les diables d'être plus coopérants, de parler français. Verrine de s'exprimer moins vite. Sonnillon d'utiliser une langue plus claire. Mais Louise ne désarmait pas, ne s'arrêtait pas et, comme dit un témoin, toujours « elle irritait l'écrivain d'une autre façon ».

On finissait par oublier Madeleine dans tout cela. Elle n'était plus qu'un corps malade, réduit à totale merci. Louise faisait semblant de temps en temps de la réveiller en provoquant ses démons, en invectivant en particulier son Belzébuth, en comptant dans son corps plus de 6 666 sous-démons. La pauvre fille ne répondait que par ses spasmes et contractures habituels. Michelet a très bien vu l'extraordinaire opposition (dans le sens quasi pictural du mot) des situations et des figures : « Spectacle bien terrible [...] de voir ce combat inégal ; cette fille plus âgée et plus forte, vraie race des cailloux de la Crau, chaque jour lapider, assommer, écraser cette victime, jeune et presque enfant, déjà suppliciée par son mal, perdue d'amour et de honte, dans les crises de l'épilepsie... »

Michaëlis, lui, comptait les points. Il veillait personnellement à ce que le fleuve de démence, de dénonciations et de menaces sorti de la bouche de Louise devînt chose écrite, pièce à conviction. C'est pour cela qu'il fallait que Domptius remplît ses feuillets : un volume de quatre cents pages ne serait pas superflu (tel se présente *effectivement* le registre des déclarations de la Sainte-Baume). Lui, le dominicain, n'avait qu'à coordonner discrètement les opérations, c'est-à-dire laisser la machine tourner. Ce faisant, il prenait des risques et s'en était rendu compte, quand Louise avait failli *aller trop loin,* pointant ses menaces jusque vers lui-même et la Sainte Inquisition. Il était venu rectifier les choses à temps. Il n'avait plus maintenant qu'à attendre l'issue : l'heure des déclarations irréversibles.

3

Ce jour-là, la neige tombe sur la Sainte-Baume. Le mistral a soufflé les jours précédents. Il a plu, aussi. Puis, tout à coup, le ciel s'est fait blafard, légèrement ocré, et la neige est venue, en lentes rafales d'abord, puis en longues traînées. Elle fait ployer les branches des hêtres, épaissit les voûtes de feuillage dans la forêt, colle de larges plaques étincelantes au rocher, écrase de lourds flocons sur les frocs et les capes des pèlerins. Leurs pas laissent, en tous sens, de profondes empreintes sur les sentiers emplis de hautes couches blanches, témoignant d'un affairement fébrile : les pelles, les bâtons déblaient, retournant la boue, la glace. De loin, la montagne a l'air d'un massif blanc silencieux. De près, elle continue, sous le froid et la pluie, à être cette ruche bourdonnante de démence...

Le 15 décembre, Louise dit ce qui doit être dit : « Magdelaine, Magdelaine, tu as été séduite par le Prestre qui a été ton confesseur..., c'est un Marseillais, il se nomme Loys et est de l'église des Accoules, François Billiet le connaît, mais Loyse ne l'a jamais vu... Tu as fait une cédule au Diable, tu as donné au Diable la licence d'entrer dans ton corps. » Et, pour ne point laisser de doute sur le sens de ses propos, elle ajoute : « J'entends Loys... Vous serez coupable, si vous n'envoyez le quérir... S'il ne veut se convertir, il mérite d'estre bruslé vif... Et, c'est lui qui a les cédules... O Loys, si tu ne te convertis, tu seras bruslé tout vif. Je suis un des bourreaux du souverain tribunal. » Une fois de plus, ce ton mi-prophétique, mi-comminatoire dont l'efficacité a été éprouvée. Et quand on dit *bruslé vif* à l'époque, la chose n'est pas perçue rhétoriquement ou abstraitement, mais de la manière la plus physique, la plus corporelle : innombrables sont les récits qui courent, de bouche à oreille, sur les souffrances du bûcher, la façon dont les flammes attaquent la peau des sorciers et des sorcières, la lenteur des tourments subis ; les campagnes et les villes colportent ces horreurs, et les gens sont prêts à tout plutôt qu'à endurer la morsure du feu, dont la seule évocation déchaîne la panique, l'effroi, le reniement... Donc, Louise a fini par arriver au bout de ses imprécations. Elle a fait entendre les mots que Michaëlis voulait entendre, et que la foule voulait entendre avec lui.

Il s'ensuit comme une longue et étrange détente. Sous le feutre de la neige, le spectacle se dénoue, s'arrête provisoirement. Quelque chose se relâche dans les corps et les cœurs. Un bizarre soulagement les visite, en même temps qu'une angoisse collective, diffuse, s'installe. Les échanges entre le public, les officiants et les « possédées » changent de forme. Des groupes se constituent, des conciliabules ont lieu, tout se fragmente, se divise. Louise profite de cette situation pour aller des uns aux autres, dire des choses plus libres, plus concrètes, s'exprimer sur le ton de la confidence.

Devant un groupe composé de prêtres et de marchands, auxquels se sont joints Billiet et Domptius, elle explique gravement qu'elle en a désormais assez dit pour ne plus avoir à dissimuler ce qu'elle sait des pratiques diaboliques de Gaufridy. Elle tient ses informations de Madeleine elle-même qui lui a raconté en détail comment Louis l'a conduite au sabbat à plusieurs reprises, à la baume de Roland dans le massif de Marseilleveyre et surtout à la baume de Loubières.

Récit de Louise

A la baume de Loubières, le sabbat était particulièrement effrayant. Gaufridy et Madeleine avaient été transportés là-bas chacun sur un balai. Elle était venue le rejoindre avant l'aube dans sa chambre des Accoules, il avait ouvert sa fenêtre toute grande sur la nuit étoilée, lui avait présenté le balai à enfourcher. En un clin d'œil, elle avait été transportée avec lui, à travers l'espace. Ils s'étaient retrouvés au milieu des fourrés et des pierres, avec d'autres « sorciers » et des « masqs » qui arrivaient de tous côtés, tandis que le jour commençait à poindre. Ils s'étaient vite précipités dans la grotte pour fuir la lumière. Ils y étaient restés des jours et des nuits.

Le Diable les attendait. Il avait pris comme à son habitude la forme d'un énorme bouc. Il ricanait. Il répandait une odeur puante, au milieu des grandes lueurs qui montaient des torches de poix et de résine. Il avait fallu lui toucher les cornes, puis, comme il se retournait, lui baiser le derrière, ce que les assistants faisaient avec dévotion. On s'était assis par terre, autour de lui, et là avaient eu lieu des choses incroyables, d'une impiété à peine imaginable. Une femme s'était mise toute nue, puis s'était postée sur le sol à quatre pattes, formant avec son corps une sorte de table ou un autel, et sur ses reins ou sur ses hanches on avait pétri de la farine destinée à confectionner des hosties : à cette farine était mêlée la semence du

Diable, qui est très froide (toutes les femmes qui ont été obligées de s'unir à lui en ont senti le jet glacé dans leur vagin) et qui produit dans la pâte chaude un étrange grésillement. Ces hosties faites, le Démon lui-même les distribuait dans une communion épouvantable où chaque participant tirait une monstrueuse langue violette. Ce n'était pas tout. On avait, au cours de ce festin démoniaque, fait boire à tout le monde des drogues, notamment de la malvoisie qui provoque une folie amoureuse irrésistible, et on avait enduit d'une pommade maléfique le corps des jeunes filles, de Madeleine en particulier, ainsi que le sexe des hommes. Cela produisait un échauffement tel que hommes et femmes se transformaient en bêtes. On leur voyait pousser des poils, des griffes et des sabots, sur leurs visages apparaissaient des groins, des mufles, des hures, des trompes d'éléphant.

Gaufridy avait ordonné de déshabiller Madeleine et de la mettre toute nue au milieu de la grotte, pour plaire au Diable, et là, autour d'elle, tous s'étaient mis à danser une ronde déchaînée. Selon l'usage, les danseurs se mettaient dos à dos afin de ne pas pouvoir se dévisager et se reconnaître, et ils s'étaient trémoussés ainsi de longues heures, exécutant les contorsions les plus obscènes. Le Diable, toujours dans sa forme de bouc au moins pour le haut du corps, mais avec des jambes et des pieds d'homme, dominait le spectacle, assis sur une sorte de trône de pierre. Gaufridy, au milieu de la ronde, jetait du soufre sur les danseurs en criant :

In nomine Patris an (ici, il faisait un signe de croix inversé) *Et Filii Elion* (autre signe de croix inversé) *Et Spiritus Sancti tedion* (troisième signe de croix inversé) *Pater Noster.*

Puis, il avait interrompu la ronde et avait prononcé très distinctement les mots suivants :

ABRAC, AMON, SILON

ce qui avait provoqué un sursaut du Diable, et fait passer une grande lueur rouge dans la grotte. Enfin, dans un silence très recueilli, il avait dit :

DANATA, DARIES, DARDARIES, ASTARARIES

en jetant loin de lui du sel qu'il prenait à pleines poignées dans une écuelle. Après quoi, il avait entonné une longue prière confuse que tous répétaient avec lui sur un ton lamentable et monotone. Un silence avait suivi. Puis la ronde avait repris, encore plus folle, encore plus débridée. Les femmes avaient arraché leurs robes et dansaient nues, s'enfonçant parfois des chandelles, des bâtons, dans le sexe. Certaines, prises d'une vraie folie, grimpaient sur des arêtes de pierre pointues, s'y juchaient à califourchon, s'y empalaient littéralement, pressant à pleines mains leurs ventres ensanglantés. Si elles continuaient à danser, le Diable venait derrière elles et les sodomisait une à une. Il sodomisait d'ailleurs aussi les hommes, et personne ne pouvait se dérober.

Madeleine regardait tout cela avec effroi, la bouche ouverte, mais elle était comme attachée, ligotée par les charmes. A la fin de la ronde, Gaufridy était venu vers elle et l'avait possédée, par devant et par derrière, devant tous les assistants, tandis que le Bouc était remonté sur son trône. On entendait dans tous les coins de la grotte des voix lugubres qui invoquaient les noms de Droch, Myrroch, Esenaroth, Baroch, Maaroth, Astaroth...

Après quoi, de nouveaux épisodes incroyables avaient

eu lieu. Un homme s'était emparé d'un crapaud et lui avait tranché la tête avec ses dents : une écume empestée fumait sur ses lèvres. Une femme s'était mise à avaler des araignées vivantes. Le Diable, brusquement, avait pris la forme d'un chien et on lui avait jeté, en même temps que des os, les hosties qui restaient : il les avait lapées avec une avidité sauvage, et, quand elles s'étaient plantées sur ses crocs, on avait vu du sang en ruisseler. Puis on était allé jusqu'à le faire coucher devant le Saint-Sacrement qu'on avait amené là, les deux pattes croisées, la tête inclinée, comme s'il priait et adorait Dieu.
Tout s'était terminé dans des débauches de nourriture et des accouplements désordonnés. A la fin, on ne reconnaissait plus personne, tant les corps et les visages s'étaient monstrueusement transformés. Du vin et du sang coulaient partout. Des débris de nourriture formaient un gras tapis sur le sol. Madeleine, muette, tremblante, éclatant d'un rire fou, était couverte par le Bouc. Gaufridy, silencieux, continuait à tracer des cercles sur le sol. La lumière blanche de la lune entrait par l'ouverture de la grotte.

On convient, au récit de telles abominations, qu'il faut en effet quérir Gaufridy, le faire venir immédiatement à la Sainte-Baume. Mais on est si impressionné par sa puissance qu'on se persuade vite de la nécessité d'agir avec d'extrêmes précautions. On procédera par lettres. Dès le 16 décembre, on en rédige plusieurs : une qu'on fera parvenir d'abord à Louis lui-même — en lui enjoignant de venir pour le salut de son âme (elle se terminait par ces mots : « Et tu viendras, si tu es sage ») —, d'autres destinées à diverses personnes susceptibles d'entrer en relation avec lui à Marseille et de le convaincre de se présenter. On compte beaucoup, pour cette médiation, sur les capucins de Marseille. Il faut ici rappeler que les Capucins représentaient un ordre de création récente, réputé pour son humilité et la simplicité de son ouverture sur le monde, très proche du peuple et de la vie quotidienne des hommes, pénétré d'un esprit franciscain authentique, héritier de fait de l'ordre de saint François et, à ce titre, assez opposé en toute chose aux dominicains. Cet antagonisme des capucins et des dominicains est un élément important de l'affaire Gaufridy, dont il expliquera bien des aspects ultérieurs. Pour l'instant, ce qui semble compter est que les capucins sont les religieux qui par nature risquent le moins d'éveiller la méfiance de Gaufridy. Aussi les choisit-on pour négocier avec lui.

On pressent également une certaine Mme de Blancard qui réside à Marseille et a la confiance absolue du P. Romillon depuis qu'elle a participé, financièrement, à l'installation des Ursulines de Marseille (une de ces innombrables dames d'œuvre qui règnent sur tout, tirent les fils de tant d'intrigues, relaient à tout moment le pouvoir des classes dominantes) : c'est chez elle qu'on conduira Louis, quand les capucins l'auront admonesté et convaincu. De là, il sera amené à la Sainte-Baume.

Le plan est simple. Encore faut-il l'exécuter. On confie la mission à cinq émissaires qui porteront les différentes lettres : trois prêtres et deux laïques. Ils entendent la messe très tôt le 17 au matin et se mettent en route sous la neige. Une fois de plus, un de ces cortèges qui, interminablement, cheminent, par tempêtes et bourrasques aussi bien que par clair soleil, bravant la fatigue et les éléments, pour accomplir cette chaîne de fourmis, déroulée, entre monts et vallées, avec une patience confondante, de jour en jour, de semaine en semaine, peut-être à la gloire de Dieu, mais au bénéfice des plus tortueuses intrigues. Donc, départ pour Marseille. Il est prévu que la première personne avec laquelle on se mettra en rapport sera Jacques Fournier, bénéficier des Accoules auprès de Gaufridy, qui sera chargé de lui remettre la lettre écrite pour lui. Après quoi, on joindra les capucins à qui seront remises les autres lettres (pratiquement une pour chacun des pères les plus importants de l'ordre). Le P. Gardien, responsable de la communauté, aura la mission délicate d'attirer Louis chez Mme de Blancart. Des instructions très précises, très détaillées, lui sont données. Il est assez plaisant de constater qu'elles sont toutes pleines de dispositions policières, comme s'il s'agissait vraiment de neutraliser quelqu'un de dangereux : la méfiance de Gaufridy ne doit pas être éveillée, il faut agir à son endroit avec beaucoup de prudence, mais, une fois conduit en lieu sûr, il importera de le surveiller de près, on devra « ne le point quitter qu'il ne soit en la maison de Mme de Blancart » et « ne le laisser point seul, tout ainsi que si c'était quelque criminel », sans jamais perdre de vue que la force pourrait se révéler nécessaire, « car il est détenu captif par les démons » et, s'il le faut, « sous sa robe vous le lierez d'une estole » et « porterez avec vous des livres d'exorcisme et, s'il en est besoin, vous l'exorciserez afin de le préserver de Belzébuth et de tout l'Enfer »... En outre, on recommande aux missionnaires de tenir les gens de Marseille, surtout les capucins, informés des « merveilles » et événements « admirables » qui se passent à la Sainte-Baume, pour qu'ils n'hésitent pas à venir se joindre à la foule des pèlerins et ne puissent un jour se ronger du regret d'avoir manqué des choses si extraordinaires. On noue aussi quelques fils du côté de sœur Catherine de Gaumer qui, justement, est en ce moment à Marseille pour plusieurs jours et qui a la possibilité de voir sœur Cassandre de Bus qui, elle, s'active à Aix. Une véritable toile est tissée dans laquelle Gaufridy doit tomber inéluctablement. Reste à attendre qu'il arrive. On ne lui demande d'ailleurs rien d'autre que de *se convertir*. Le mot peut faire froid dans le dos, quand on sait tout ce qu'il implique, suppose et dissimule, surtout s'agissant d'un prêtre en exercice, selon le code de l'Inquisition, mais pour le moment aucune autre exigence n'est formulée.

Pour aider les participants à prendre leur attente en patience, Louise continue ses rodomontades. Elle est maintenant passée maître dans l'exercice de diviser la foule en petits groupes qu'elle défie les uns après les autres, fermant vigoureusement la bouche à tous ceux qui paraissent contester ses affirmations ou son pouvoir. A un huguenot qui s'est risqué à la contredire, elle rappelle que, fille elle-même d'hérétique, elle ne craint pas de discuter avec un *hérétique* (le mot est prononcé deux fois) et elle se met à l'interroger sur l'Eglise, les saints, les prières des saints. Comme il perd contenance et sent que le débat prend un tour dangereux, elle lui fait dire par le truchement de Verrine : « Ah ! misérable... tu es pire que moi, le Diable... tu mérites de mourir obstiné ! » A l'égard du minime qui l'avait déjà provoquée, mais qui, malgré les menaces, revient à la charge, elle montre plus d'arrogance encore. Il est là, debout, les bras croisés, son visage glabre rosi de froid sous sa capuche, seul dans cette foule veule à ne pas s'aplatir de terreur, et il lui déclare imperturbable qu'il ne voit « aucun signe qui pût induire à croire qu'elle fust possédée ». Elle a une seconde d'hésitation, puis, pour toute réponse, lui lance un sourire moqueur, accompagné de ces mots : « Cela me plaît que tu le croies pas. » Sans se laisser désarçonner, le minime lui fait observer qu'elle ne parle pas latin. « Dieu le veut et me contraint à parler en langue vulgaire », rétorque Louise. Puis, brusquement, fixant le minime droit dans les yeux : « Je sais, dit-elle calmement, que les *hérétiques* ont coustume d'enseigner à leurs enfants la langue latine ! »

Elle se remet à faire des sermons improvisés à droite et à gauche, sur l'Eglise romaine, sur l'Immaculée Conception, critique la règle de saint François, adresse des remarques aux doctrinaires. Elle ne perd surtout jamais l'occasion de montrer que personne ne l'intimide, qu'elle peut parler des *grands* quand elle en a envie et comme elle en a envie. Après le duc de Guise, elle évoque Henri IV, assassiné par Ravaillac au mois de mai précédent, et prononce son éloge funèbre, disant qu'il est désormais devenu « un sainct en Paradis » et que Marie de Médicis aussi deviendra une sainte et le « petit Roy » également un saint. Cette familiarité avec les choses du Paradis, aussi tranquillement affirmée que son commerce avec l'Enfer, impressionne bien entendu tout particulièrement ses auditeurs. Elle en profite pour fignoler son rôle, prendre des poses, parfois très inattendues. Un jour, elle trouve une petite couleuvre échappée à la neige, les dents refermées sur une pigne de pin, la prend à pleines mains et la brandit de groupe en groupe en disant que c'est « un diable en forme de serpens, qui tient en sa gueule une âme » : on juge de l'effet produit. Une autre fois, plus poétique, elle montre un « rayon de miel » (sans doute un fragment de ruche, garni) tombé d'un arbre et se met à improviser des commentaires sur ce symbole d'industrie et de fécondité : elle place le rayon dans la lumière du soleil qui brille sur la neige, fait varier son éclat, montre le détail des alvéoles, fait admirer les jeux d'ombre qui se dessinent dans les dentelures, les fines sculptures. Ses moindres gestes, ses moindres attitudes suscitent la curiosité et comme une sorte de vénération. Elle joue parfois même à la sage conseillère qui entraîne ses disciples dans des lieux de calme réflexion. Une fontaine se cache sous une voûte de feuillage, à la hauteur des derniers arbres de la forêt, à quelques pas de la grotte : la neige en trouble la surface. Elle y vient, en compagnie de ceux qui veulent la suivre et, là, devise longuement du baptême. On l'écoute avec attention et émotion.

Comme Noël approche, elle annonce que Madeleine « se convertira » sûrement le jour de la Nativité, et sans doute Gaufridy avec elle, si l'ambassade des émissaires dépêchés à Marseille réussit. Ce n'est plus maintenant qu'une question de jours. Elle invite les uns et les autres à attendre cette issue avec la plus grande confiance. Tout se passe comme si le rythme des événements de la Sainte-Baume, déjà jalonné par bien des fêtes et des anniversaires sacrés, se modulait sur la proximité de Noël, attendu dans la crainte révérencielle et l'espoir.

C'est d'ailleurs bien l'avis de Michaëlis qui, moins que personne, ne perd de vue les échéances. Il a de nouveau disparu de la scène, appelé par ses sermons, ses prêches, les obligations de son prieuré ou les enquêtes de son office. Mais il revient toujours à la Sainte-Baume au moment opportun. Il sait patienter, veiller, attendre. Rien n'est aussi révélateur que la lettre qu'il écrit d'Aix, à la date du 16 décembre, au P. Domptius : « La Paix du Christ soit avec vous, Révérend Père. Je me réjoys d'entendre des nouvelles de vous et de l'œuvre que vous avez opérée envers ces deux possédées, que j'approuve volontiers, et pour le présent, et pour le futur, et vous concède toute mon authorité, tant de premier inquisiteur que de vicaire général. Expédiez bravement ces diables qui sont nos ennemis, et devant toustes choses, de notre Dieu. Je vous laisse la disposition de toute cette affaire, comme ayant de la suffisance assez ; et j'espère que je vous verrai, Dieu aydant, après Noël. »

Mieux, de tout cela, il fait un *livre*. Il s'appellera : *Histoire admirable de la possession et de la conversion d'une pénitente, séduite par un magicien, la faisant sorcière et princesse au pays de Provence, conduite à la Sainte-Baume pour y être exorcisée l'an 1610 au mois de novembre, soubs l'authorité du R.P. Sébastien Michaëlis.*

4

Désormais, la venue de Gaufridy ne peut plus tarder. Jusqu'au dernier moment pourtant des difficultés se sont accumulées. L'ambassade de Marseille n'a guère été un succès. Le 19 décembre, deux des émissaires envoyés dans cette ville sont revenus en disant que les capucins de Marseille ont très mal pris l'idée de se charger des basses besognes qu'on leur réservait et se sont montrés plutôt favorables à Gaufridy, sévères à l'égard du plan des dominicains. On s'est donc tourné vers les capucins d'Aix qu'on avait de bonnes raisons de croire plus compréhensifs. Un de leurs supérieurs, le P. Antonin, pressenti directement par Michaëlis, a été prié de convoquer Louis à Aix, d'où on essaiera de l'amener à la Sainte-Baume.

A Noël, donc, l'attente se fait pressante, fébrile. Louise Capeau, bien entendu, s'emploie à entretenir cette fièvre. Elle annonce, au milieu des prières, des messes, des hymnes à la naissance de Jésus, que le couronnement de tout ce qui se déroule depuis des semaines dans le sanctuaire va enfin survenir, que des faits grandioses auront lieu qui régénéreront le monde, qu'elle ira les exposer elle-même devant le pape, qu'elle prêchera à Rome (sa mégalomanie, on le voit, prospère). Et elle récapitule son action, son rôle, ses interventions, lançant un dernier défi, lourd de menaces, à ceux qui oseraient prétendre qu'on lui a soufflé des leçons, à « d'aucums qui diront que Romillon a enseigné Loyse » (curieux aveu, indirect, qui vise Michaëlis au-delà de Romillon, et qu'on peut aussi bien interpréter comme une manifestation de cynisme). Puis, se faisant véritablement voyante, donnant l'impression qu'elle ressent physiquement, dans son corps, l'approche de Gaufridy, elle entre en transe, annonce son arrivée imminente, avec une passion chaque jour plus insistante. De l'esplanade, devant la grotte, elle désigne la plaine, les bras étendus, le visage couvert de sueur, malgré le froid et la neige, et s'écrie : « Le Magicien ! Voici le Magicien ! Il vient ! Il est en route ! » Et, l'interpellant, dans une sorte de cri rauque et fou : « *Ludovice, veni, veni !* »

Il arrive dans la nuit du 29 au 30. A dix heures du soir, il est là, épuisé, transi, muet, ne sachant à quoi s'en tenir. Il est escorté du P. Antonin et de deux autres capucins d'Aix, le P. Théodore et le P. Bonnard. Comment ont-ils réussi à le faire venir ? Il n'est pas exclu que Michaëlis lui-même soit allé secrètement à sa rencontre à Aix et ait utilisé sur lui de puissants moyens de pression. En tout cas, le voici à la grotte. Le temps s'est fait de plus en plus froid, âpre, venteux, pluvieux, neigeux. La montagne est un bloc de gel et de verglas. Le voyage a dû être terrible, la dernière étape, dans la nuit, impitoyable. Le ciel est comme une chape obscure, d'un bleu d'orage, où passent des traînées violettes, mais, par espaces, un sourd reflet venu de la terre semble y jeter des lueurs laiteuses. De courtes bourrasques claquent dans la caisse de résonance des rochers. Le vent tord, couche les branches, fait gémir le bois. La neige tantôt crible doucement les troncs, tantôt glisse molle de branche en branche. Louise ne s'est pas fait faute, dans les derniers instants, de clamer que ce mauvais temps est l'œuvre du Diable, qu'il a été déchaîné par l'Enfer pour « empescher l'œuvre de Dieu », et elle a même eu l'humour de s'écrier : « O capucins, capucins, marchez vite ! Mais vous direz que vous êtes nuds-pieds et qu'il vous est impossible d'arriver. » Ils sont là pourtant, et Gaufridy avec eux, dans cette nuit glaciale et coupante. L'impatience était telle partout qu'on pouvait imaginer que le « magicien » allait se trouver immédiatement au centre d'un cercle de violence et de curiosité. Mais Michaëlis veille à ne rien précipiter, à garder le contrôle de tout. Il fait conduire Gaufridy et ses guides dans une salle d'un des bâtiments voisins de la grotte où, dans la cheminée, brûle un grand feu. Louis a le loisir de se réchauffer, d'enlever ses vêtements, de sécher ses bottes, de revêtir une longue pelisse ouatée. On lui apporte un bol d'eau bouillante mêlée de miel fermenté. Il reprend ses esprits, en regardant monter les flammes, les bûches s'écrouler sur la braise. Michaëlis affecte à son égard une politesse et une courtoisie extrêmes. Il a pris soin de faire éloigner Louise. Il veut que rien ne paraisse suspect, prémédité.

Pendant deux jours, en effet, les apparences sont celles du calme. Mais les apparences seulement. A peine le bruit s'est-il répandu de l'arrivée du « sorcier » à la Sainte-Baume, qu'un immense déferlement de curiosité hostile, de haine dévorante s'étend partout. Tous les pèlerins feignent de se taire, mais la folie, la peur agressive les fait parler à voix basse, murmurer, gronder. On épie Louis, on le guette, on essaie de le voir à travers les fenêtres, les portes, entre les arbres, entre les pierres. On surveille la trace de ses pas sur la neige. On montre du doigt son ombre sur le sol. On se signe à son passage. On tremble d'être maléficié par son regard. On redoute un geste de lui qui pourrait jeter un sort, provoquer un fléau, la peste, la maladie, la mort. Lui ne se doute de rien, est plutôt surpris par cette atmosphère feutrée. Il en profite pour découvrir ces paysages qu'il ne connaissait pas, ces escarpements, ces pentes boisées. Le soleil est revenu le matin du 30 et chasse les nuages, fait scintiller la neige. Louis monte sur les arêtes rocheuses qui surplombent la grotte et contemple au loin la plaine, sous l'alignement serré des arbres : ses yeux errent vers Pourrières, là-bas, où il croit deviner la rousseur des toits, les taches dorées des vignes, le parfum sec et frais de son enfance, une senteur de terre mouillée et froide qui dilate sa poitrine. Il se demande ce qu'il fait ici et pourtant une sorte de bien-être l'habite. Il retrouve en lui cette âme de pèlerin dont il n'a cessé d'entretenir la flamme.

On ne l'isole d'ailleurs pas des autres. Il voit les prêtres, les moines, les religieux de toutes sortes : il est assez naïf pour croire à la correction qu'ils affectent, pour ne pas lire l'effroi secret, l'horreur qui animent leurs regards. Il voit même Madeleine, que Michaëlis lui laisse rencontrer (alors que Louise, dont on craint à juste titre les initiatives, continue à être écartée). Par un singulier phénomène, l'annonce de la présence de Louis a sur elle un effet apaisant. Elle sort de l'espèce de prostration où elle s'enfonce entre ses crises, quitte la cellule qui lui est assignée, demande qu'on veuille bien relâcher la surveillance exercée sur elle. Ce qu'on lui accorde, dans la pensée qu'il est peut-être nécessaire qu'elle puisse avoir un tête-à-tête avec Gaufridy, afin de l'amener aux aveux et à l'indispensable « conversion ».

Une chose étrange a lieu alors. Ils se rencontrent, hésitent d'abord à se parler, puis, s'apercevant qu'on les laisse sans témoin, se mettent à se promener ensemble, dans ce décor hivernal. Le soleil reparu depuis la veille jette sur le paysage une lumière droite, nette, qui souligne la coupe des rochers, la forme des arbres, le contour de chaque pierre, le tracé des sentiers, comme si tout sortait d'une enveloppe de brume pour se mettre à vibrer de clarté. En même temps, la terre sèche, durcit. La neige est toujours là, mais lustrée, couverte d'une pellicule brillante. Aux feuilles persistantes, aux branches pendent de minuscules gouttes irisées, des aiguilles de glace. Le ciel est très bleu. Elle abrite son corps tremblant, défait, dans un grand manteau de laine dont le capuchon laisse à peine apercevoir son visage, très blanc, très tiré. Il porte sa cape de pèlerin, mouillée de boue, de verglas, ses hautes bottes. Pendant un moment, ils cheminent sans rien dire, comme s'ils sentaient toujours sur eux le poids des regards des autres. Puis ils échangent quelques mots hésitants, vagues, sur les lieux, sur la saison. Par instants, il lui tient le bras, voyant qu'elle ne sait comment poser son pied sur la terre croûteuse, glissante. Il écarte aussi les branches basses qui viennent battre contre sa joue. Elle sort de sa ceinture un petit mouchoir de batiste, qu'elle serre, presse entre ses doigts rougis, dont elle se tamponne rapidement le nez, la bouche. Ils arrivent près de la petite fontaine embuée par la neige. De minces débris de glace y flottent encore. Involontairement ils se penchent sur la surface froissée de l'eau, comme pour s'y mirer, mais ils ne voient au-dessous d'eux qu'un trou sombre, obscur, traversé de reflets verts qui semblent charrier des flocons, des brindilles, des herbes, des éclats coupants. Ils restent là, un moment, silencieux, comme s'ils attendaient que le soleil, toujours plus haut dans le ciel, vienne réchauffer l'eau, l'éclairer. Un très léger clapotement, presque imperceptible, bat à leurs oreilles. Ils ne savent décidément que dire, quels gestes faire. Il prononce quelques mots sur sa santé, sur ses traits fatigués, lui demandant si Dieu ne l'abandonne pas. Elle répond par quelques paroles sur lui, sur son église, sur les Accoules qu'elle a l'impression de n'avoir pas vues depuis des années. Elle l'interroge sur son voyage, sur la longue marche qu'il a dû faire pour venir sur cette montagne, puis elle dit doucement quelques prières. Elle garde les yeux fermés. C'est tout. Un oiseau, peut-être une grive, très loin derrière les arbres, pousse un cri court, aigu. De légers coups de vent passent encore sous les branches. Entre les pierres, les amoncellements de neige qui descendent vers le bas du chemin, un mince filet d'eau coule maintenant, comme si la fontaine s'était remise à vivre, comme si les derniers fragments de glace fondaient. Mais l'eau garde toujours ses plis, ses dessins froissés et cette étrange profondeur glauque, presque noire. On entend, venue de la droite, une rumeur, sans doute l'agitation lointaine des pèlerins. Mais autour de Madeleine et de Louis, c'est comme un cercle de silence, qu'occupent seuls les bruits secrets de la terre, le murmure de l'eau, le fendillement de la neige, les souffles qui sortent de leurs lèvres.

Dès le soir, tout change. La Capeau reparaît sur scène de la manière la plus subite, en déclarant que, puisque Gaufridy est enfin là, il faut lui demander de prouver son innocence et surtout sa volonté de demeurer prêtre, au service de Dieu, en le priant d'accomplir ce qui doit être de son office : un exorcisme, sur elle-même et sur Madeleine. Idée dont on voit tout de suite le caractère « diabolique », dans le sens, pour une fois, le plus banal du mot. Et qui, bien entendu, a dû être soufflée comme tant d'autres. A peine a-t-elle été émise en effet que le P. Michaëlis, le P. Billiet et le P. Gombert tiennent conseil pour en approuver la justesse (seul Verrine a pu être capable de montrer tant d'à-propos et de clairvoyance). Ils vont solennellement trouver Louis, dans la chambre où il tente de prendre encore un peu de repos, étonné de constater que, depuis son arrivée, si peu d'ennuis lui soient advenus, reprenant même progressivement courage, et lui font part du projet. La réponse de Gaufridy est simple et sans ruse : il *ne sait pas* exorciser, on ne fait pas d'exorcismes aux Accoules. On réfléchit un instant, on se consulte à voix basse, on rétorque que cela n'est qu'une difficulté apparente, qu'il existe un livre très bien fait, très bien conçu de pratique de l'exorcisme, qu'il n'aura qu'à en suivre exactement les indications. Michaëlis intervient personnellement d'un ton ferme, pour dire que Louis ne peut pas refuser ce qu'on lui demande, qu'il doit être capable de coopérer à l'œuvre de Dieu, il laisse entendre surtout qu'il se condamnerait en refusant.

Le lendemain, la foule est réunie devant la grotte. On est revenu aux plus beaux jours des démonstrations de Louise. Elle est d'ailleurs là, dans ses grands vêtements noirs, impatiente, fébrile, invectivant déjà le « magicien » dont elle a su imposer la venue, le défiant de réaliser son exorcisme. Madeleine est amenée peu après, tremblant de tout son corps. Quant à Louis, Michaëlis, Billiet et le P. Antonin lui ouvrent le passage, feignent de l'accueillir avec honneur. Un jeune prêtre lui présente l'étole. Il semble ne pas savoir comment la revêtir, engage maladroitement ses bras, ses épaules. Il est, selon le témoignage précis d'un des participants, « comme nouveau et épouvanté, le visage changé et comme blême ». Il se penche vers Michaëlis et Antonin, avec désespoir, leur murmurant une dernière fois qu'il est incapable d'exorciser, qu'il ne sait quels gestes faire, quels mots dire. On lui répond qu'il n'a qu'à suivre « pas à pas, mot à mot » le livre que lui présente un autre jeune officiant et on le pousse en avant. De plus en plus effrayé, de plus en plus gauche, il essaie de lire (un bizarre vertige passe dans sa tête, il voit les caractères pointus et rouges du grimoire de son oncle, ils sont là devant ses yeux, ils dansent, ils remuent), de prononcer les premières questions... C'est alors qu'un énorme rire, fou, interminable, part du fond de la gorge de Louise : on la dirait secouée, agitée par tous ses démons ensemble. Elle se prend le ventre à deux mains et, retrouvant tout d'un coup son parler natif, s'écrie en provençal : « *Eh ! qui aurié jamais dich que Louys nous aguesso exorcisat !* » (eh ! qui aurait jamais dit que Louis nous exorciserait !). Aussitôt, Madeleine, sortant de sa demi-torpeur, se met à rire elle aussi, comme si elle ne pouvait faire autrement qu'imiter sa compagne, mais d'un rire qui donne l'impression qu'elle grelotte, qu'elle claque des dents. Pendant de longues minutes, on peut voir les deux femmes secouées par leur hilarité démente. L'assistance est partagée entre la contagion du rire et une peur muette devant ce qui apparaît une fois de plus comme une manifestation satanique.

Louis, pendant ce temps, ne sait trop que faire. On le presse de poser les questions rituelles, de prendre le Saint Ciboire et l'eau bénite qu'on vient d'apporter. Mais, décontenancé, effrayé, il reste immobile. C'est alors que Louise cesse de rire et, changeant tout d'un coup de visage, lui montre Madeleine qui vient de tomber à terre et se tord sur la dalle, la bave aux lèvres, les yeux complètement révulsés, le corps arc-bouté. Elle semble s'adresser à lui et lui demander des comptes de ce spectacle. Louis, épouvanté, la figure couverte de sueur, ne peut détourner les yeux de Madeleine. Tous les participants sont convaincus que la seule approche de Gaufridy a déchaîné Belzébuth, que c'est lui qui se tord dans le corps de Madeleine. Louise n'est pas fille à laisser échapper une telle situation. Elle renverse les rôles et se fait questionneuse de l'exorciste. Elle lui désigne du doigt la présence du Démon. Oserait-il dire, en public, devant tous ces diables qui grouillent dans cette chair, « s'il croye que Dieu est tout-puissant, et que l'Eglise, par la puissance que Dieu luy a laissée, puisse contraindre les démons de dire la vérité » ? Il répond oui, hébété, sans savoir. Elle lui demande, comme pour bien préciser sa pensée, s'il faut entendre qu'il considère que le Diable « peut faire un serment recevable ». Il répond encore oui, d'un signe de tête, balbutie quelques autres mots inintelligibles. Alors, Louise, se faisant extraordinairement solennelle, étend la main sur le Saint Ciboire, et d'une voix très forte, très claire, déclare : « Eh bien, je jure que Louis Gaufridy est un magicien ! » Mouvement d'horreur, d'effroi dans l'assistance. Signes de croix de tous côtés. Louis, se sentant pris au piège, retrouve un peu de sens, proteste, tente de jurer sur le ciboire à son tour. On raconte ici que, dans son affolement, cherchant à prendre à témoin ceux qui l'entouraient, il aurait eu l'extrême maladresse de dire à mi-voix : « Si je suis sorcier, je veux bien me donner *à tous les mille diables !* », ce qui était une affirmation assez conforme à sa manière de parler et à l'humeur méridionale qui l'emportait certaines fois, mais qui fut pris *à la lettre* et aussitôt consigné sur le registre de Domptius. C'est en tout cas ce que les PP. Antonin, Billiet et Gombert rappelèrent dans leurs dépositions, lors du procès, ne paraissant pas mesurer la dérisoire sottise de cette interprétation. Il serait difficile de trouver un détail plus révélateur du climat de suspicion et d'hystérie collectives qui s'était installé à la Sainte-Baume, où le moindre mot, le moindre propos imprudent pouvait prendre des résonances terrifiantes, mener à sa perte qui l'avait prononcé. On est sur la voie des aveux de Louis. Il confesse lui-même qu'il se donne à tous les diables. Sentant que sa position devient de plus en plus dangereuse, il tente de faire appel à la bonne foi de l'auditoire et demande aux religieux qui sont autour de lui s'il en est un qui accorde vraiment crédit aux paroles supposées de Verrine. Il se heurte à un mur de silence. Louise, ne se contrôlant plus et comprenant d'instinct qu'il faut clore la séance, ne plus laisser à Louis la moindre échappatoire, s'écrie alors comme une folle, en provençal, à l'intention de Michaëlis, à qui elle s'adresse nommément : « *Puisque Dieu ta mes en man Lou Prince deis Magiciens, garde te ben de lou leissa escapa, car Dieu t'en demandarié compte !* » (puisque Dieu a mis entre tes mains le Prince des magiciens, garde-toi bien de le laisser échapper, car Dieu t'en demanderait compte !). Et elle suggère immédiatement qu'on l'enferme dans la Pénitence.

La Pénitence était un lieu étroit, froid et humide, situé derrière la partie la plus haute de la grotte, creusé à même le roc. C'était là, disait-on, que Marie-Madeleine repentante s'isolait pour ses méditations. On avait fait poser à l'entrée une lourde porte de fer fermant à clé, ce qui donnait désormais à cette retraite l'allure d'une véritable prison. On décide sur l'heure que Louis y sera en effet placé le soir même, selon l'admonestation jugée sage de la Capeau. Il y passe la nuit du 31 décembre au 1er janvier. Il importe de dire ici que c'est la première fois qu'une mesure de répression (et de répression pénitentiaire, puisque aussi bien ce mot de « Pénitence » parle de lui-même) est prise et appliquée contre lui. Il en est tellement stupéfait, il est si sûr de son innocence et incapable d'imaginer que les choses ne se redressent en sa faveur, qu'il se laisse faire sans opposer de résistance. Il passe donc la nuit de la Saint-Sylvestre dans ce réduit sombre et mouillé, où on lui a jeté une paillasse. Un certain P. Boiletot, délégué par le P. Billiet, est chargé de « l'assister et de l'accompagner ». Mais ce Boiletot ne réussit même pas à allumer un peu de feu dans la cellule. Louis, toute la nuit, se plaint du froid, des douleurs qui gagnent ses membres, réclame un peu de chaleur. Ce n'est qu'au petit matin qu'on décide de le faire descendre au réfectoire, paralysé, engourdi. Cet épisode pourrait d'ailleurs n'être qu'une sinistre parenthèse, si ne s'y greffaient diverses provocations. La plus grossière (grossière ou naïve) est le fait du P. Boiletot lui-même qui déclare que, tandis qu'il essayait d'allumer du feu, il a été maléficié par le « magicien », envahi par un étrange sommeil, avec le sentiment qu'un enduit bizarre, une sorte de graisse, lui était passé sur la bouche (il se sentit, déclara-t-il, « les bouches ointes dessus et dessous ne sachant de quoi ») et à son réveil il avait constaté que ses lèvres étaient « toutes gattées tant dessus que dessous et coriasses »... Probablement une affaire de gerçures, avec le froid qu'il faisait. Et on peut même penser que Gaufridy avait sorti de sa poche une vaseline quelconque pour la proposer à Boiletot. C'était oublier que tout était piégé, truqué, à la Sainte-Baume, frappé de charmes et de sortilèges. Et surtout que le malheureux Louis ne pouvait plus faire un geste qui ne se retournât contre lui.

5

Michaëlis tenait désormais ce qu'il voulait. L'enfermement de Louis prouvait en quelque sorte, manifestait publiquement sa culpabilité. C'était une logique dont le grand inquisiteur connaissait parfaitement les ressorts. De fait, dès le 1er janvier 1611, au seuil de cette année qui va voir le destin de Gaufridy s'abîmer littéralement, se disloquer de jour en jour davantage, il s'efforce de créer les conditions qui permettront de faire passer l' « affaire » du plan de l'instruction canonique à celui de la justice séculière.

Une grande salle de conseil existait parmi les bâtiments de la Sainte-Baume, qu'on appelait la Chambre royale, parce que les rois qui étaient venus en pèlerinage y avaient été logés. C'est là qu'il réunit, avec une volonté évidente d'apparat, plusieurs des religieux qui avaient suivi de près l'évolution des événements : le P. Billiet, le capucin Antonin, les PP. Gombert et de Rez, le P. Boiletot, le sous-prieur d'Ambruc, le P. Bonnard. On note l'absence — remarquable et remarquée — du P. Domptius. Mais on en comprend vite la raison. Le grand inquisiteur ne cache pas son mécontentement sur la façon dont a été menée l'affaire. Certes, on est parvenu à un résultat positif. Mais combien de fois Louise Capeau, par ses excès, n'a-t-elle pas failli tout faire échouer ? Lui en demandait-on tant ? N'a-t-elle pas un peu rajouté ? Et le P. Domptius a-t-il su la gouverner ? Maintenant que ses procédés ont pu semer le doute, Gaufridy ne va-t-il pas trouver des défenseurs parmi ceux qui ont été témoins de telles outrances ? Michaëlis parle avec sérénité, sang-froid, calme (baissant les yeux sur la table, lissant négligemment sa barbe), mais en maître. Il reconnaît lui-même que cette autocritique vient un peu tard et se déclare prêt à prendre sa part de responsabilité dans la mauvaise conduite des choses, admettant qu'il a sous-estimé certaines réactions de l'assistance et placé trop de confiance dans les capacités d'organisation de certains de ses collaborateurs (sans nier pour autant, précise-t-il, que l'intervention de Louise fût nécessaire, car il est bien clair qu'elle a seule permis les progrès accomplis) dans une conjoncture où le moindre faux pas peut avoir des conséquences incalculables. Il est désireux d'avoir l'avis de chacun là-dessus. Il donne la parole à qui la demande. Personne n'est pressé de la prendre. Tout se passe comme si les implications de l'affaire étaient telles qu'une réserve mal formulée pût faire passer tôt ou tard son auteur du côté de Gaufridy et de tout le soufre qu'il remuait. Il était sage de mesurer ses paroles. Il était pourtant clair qu'on ne pouvait avoir l'air de prendre le parti de Domptius contre lequel Michaëlis paraissait assez monté. Mieux valait en dire le moins possible. Se contenter de quelques hochements de tête, de quelques gestes évasifs. Dans ces conditions, le débat ne pouvait pas durer très longtemps.

On raconte que Domptius, dès qu'il sut que la réunion avait eu lieu, éprouva une vive irritation. Que tramait-on dans son dos ? Il alla voir sans tarder Michaëlis. Ici se déroula une scène grandiose. Domptius se prosterna devant le grand inquisiteur, touchant de son front la dalle plusieurs fois, devant ses pieds, selon la coutume de son ordre, en présence des autres pères, mais en se relevant il n'en montra pas moins un visage « tout courroucé » et dit en face à Michaëlis ce qu'il pensait de la façon dont on tentait de l'éliminer : si on l'écartait du conseil, c'est qu'on faisait fi des déclarations de Verrine qu'il avait su arracher et consigner une à une, dans ces conditions il n'avait plus qu'à se retirer, il demandait « licence de s'en retourner en sa province ». Si l'on considérait, comme on le lui avait rapporté, « qu'il était un superbe, un désobeyssant, un ambitieux, un désireux de vaine gloire, qui ne cherchait que soy-mesme en toutes ces choses », il fallait en tirer les conclusions. Sa voix tremblait de colère contenue. Michaëlis ne répondit pas.

Le même jour, dans la même salle, au début de l'après-midi, il réunit ses conseillers et leur fait savoir qu'il résulte de la conférence du matin qu'il faut désormais, sans perdre un instant, si l'on ne veut pas que la situation se retourne, pousser l'enquête. Il propose que l'on procède sur-le-champ à une confrontation de Louis et de Madeleine. Les « conseillers » se regardent en coulisse les uns les autres, n'osant une fois encore dire ni oui ni non, se demandant si Madeleine est vraiment en état de subir cette nouvelle épreuve, redoutant de nouvelles scènes démoniaques, des manifestations du Malin encore plus violentes que les précédentes, bref, hésitant à prendre des risques excessifs. Mais le ton de Michaëlis s'est fait impératif. La confrontation aura lieu.

Elle a lieu, en effet. Séance encore plus lamentable que toutes les précédentes. Tandis que Gaufridy se présente hésitant, le visage marqué par l'inquiétude et une nuit sans sommeil (on peut se demander en fait si cette privation de sommeil n'est pas entrée dans la stratégie globale de Michaëlis en vue de le préparer aux interrogatoires qui commencent), Madeleine arrive toute raide, hagarde, devant cet aréopage auquel elle semble prête à déclarer ce qu'on voudra. Visiblement, elle n'est pas sous le coup d'une crise, mais son calme apparent, la fixité de son regard annoncent un désordre intérieur qui n'est pas de meilleur augure. Elle se met à parler comme une somnambule, sans jamais regarder Louis. Elle précise d'ailleurs qu'elle évite de le regarder, parce que dès la veille elle a compris qu'il était dangereux pour elle de le dévisager et, comme elle a été contrainte de le rencontrer, elle a pris soin de fermer les yeux « afin de ne le voir, ayant horreur de voir un trompeur, un magicien, un homme détestable comme il était » (propos rapportés et donnés pour exacts par Michaëlis, dans l'*Histoire admirable*). Dès les premières questions, elle indique de la manière la plus affirmative que Louis seul est la cause de tous ses maux, qu'il l'a séduite, trompée, « menée en ce labyrinthe ». Suivent des détails jetés pêle-mêle (et attestant la plus grande confusion mentale) sur différentes actions qu'il a entreprises sur elle : il lui a donné une pêche magique, une noix « charmée », il a placé à côté d'elle en permanence un gentilhomme revêtu d'un habit vert — Belzébuth lui-même —, il l'a transportée sur les montagnes qui avoisinent Marseille, à la Synagogue des sorciers, où il lui a donné le baptême du Diable, l'a ointe, marquée. Mais surtout — et ici il paraît certain que Madeleine, se portant comme au-devant de ce qu'attend cette assemblée d'hommes, de vieillards, les yeux fixés sur elle, est décidée à aller le plus loin possible — il « l'a connue charnellement ». A quoi Gaufridy ne peut s'empêcher de réagir avec violence, s'écriant qu'« elle est une folle », « une mauvaise fille », qu'il « ne l'avait jamais touchée », qu'il « ne sçavait rien des charmes ny de la magie » (propos tous relevés par les témoins et cités dans leurs dépositions, notamment celles du P. Gombert et du P. Antonin). Il ajoutait dans un sursaut de révolte

« qu'il ne sortirait de la Sainte-Baume qu'il ne fût déclaré innocent ». Comme on semblait solliciter une réponse de Madeleine, elle s'avance d'un pas et, continuant à éviter de regarder Louis mais s'adressant très nettement à lui : « Vous sçavés bien que vous avés fait de moi tout ce que vous avés voulu tant devant que derrière ; vrai que j'étais couverte tant en la chapelle qu'en votre chambre. » Gaufridy reste un moment muet, accablé. Puis, résolu à ne pas se laisser faire, il affirme que Madeleine ment, jure par Dieu le Père, par le Fils, par le Saint-Esprit, par la Vierge, par saint Jean, que tout cela est faux et archifaux. A quoi, Madeleine, toujours aussi imperturbable, mais comme lointaine, absente, réplique : « Par Dieu le Père, vous entendez Lucifer, par le Fils, Belzébuth, par le Saint-Esprit, Léviathan, par la Vierge, la mère de l'Antéchrist, par saint Jean, le précurseur de l'Antéchrist : c'est le serment de la Synagogue. » Michaëlis n'en espérait pas tant. Il fit noter ces paroles scrupuleusement.

Il est peut-être intéressant d'ouvrir ici une brève parenthèse pour rappeler qu'aujourd'hui encore, dans les annales des tribunaux, spécialement à propos des affaires d'attentat à la pudeur, on enregistre de nombreuses déclarations d'enfants ou de jeunes filles d'une stupéfiante précision dans les détails et qui relèvent pourtant de la mythomanie. Les mécanismes qui permettent de telles déclarations, sur des réalités sexuelles généralement complexes, sont connus. Une assimilation pathologique, mais extrêmement « réaliste » dans le principe, de données venues de lectures, de propos, entendus ou rapportés, de voisins ou de familiers, de conversations imprudentes tenues par des adultes, créent toutes les conditions d'une extrême crédibilité. Mais surtout la manière pressante dont sont interrogées les présumées victimes sur l'heure, le lieu, le mobile, les circonstances et les *formes* précises de l'acte incriminé, leur dicte inconsciemment des réponses rigoureuses, parfaitement adaptées au questionnaire, aussi rigides que lui. Elles aboutissent à un système d'affirmations si construites que les médecins légistes les plus avertis s'y trompent, mais dont la cohérence repose d'abord sur le fait que l'on s'y tienne sans jamais varier. D'où le caractère souvent calme, pondéré, répétitif, précis, insistant de tels témoignages.

On conviendra que le bruit assourdissant de sorcellerie, pratiques démoniaques, fornications, copulations et sodomisations de toute espèce qui était fait à l'époque autour des oreilles de jeunes filles comme Madeleine et ses compagnes ursulines, avait largement valeur d'un réseau de conversations, de paroles ou de lectures. Et, en outre, il est clair que des gens comme Michaëlis et ses agents possédaient une maîtrise peu commune dans l'art de poser des questions précises appelant des réponses précises : tout un immense secteur de la pratique religieuse, allant du rituel de la confession aux catalogues des requêtes inquisitoriales dressés avec la plus extrême minutie par Eymerich et Peña, est commandé par ce système. On verra l'usage particulièrement efficace qui en fut fait contre Gaufridy. C'est, à la limite, le dispositif qui permet d'obtenir des aveux fabriqués sans défaut.

On était en trop bonne voie pour s'arrêter. Michaëlis décide qu'il faut avoir maintenant des précisions sur la cédule, le pacte avec le Diable. Cette donnée capitale de toutes les affaires de sorcellerie a une signification bien claire : calquée sur une structure sociale établie, le contrat d'allégeance qui lie le vassal au suzerain, elle en reproduit tout le symbolisme de classe. La signature d'un pacte avec le Diable, surtout scellé par le sang, exprime une situation de dépendance, mais *renversée,* puisqu'elle est à l'opposé d'une dépendance matérielle et terrestre, et signifie au contraire la renonciation au salut éternel, l'abandon des avantages spirituels du baptême qu'elle annule. D'où son extrême importance, et la nécessité qu'il y a de la prouver. Michaëlis met donc en œuvre tous les moyens nécessaires, mais, comme il comprend que Gaufridy ne cédera pas facilement sur ce point, il suggère discrètement à ses adjoints de faire l'essai d'autres procédés. On pratique donc sur lui l'alternance policière classique qui consiste à passer d'un traitement de rigueur à un traitement de feinte compréhension. On commence par la bienveillance amicale : on veut son bien, son salut, on veut l'*aider*. Le P. Gombert, chargé de cette forme délicate d'intervention, le prend à part et lui fait entendre qu'il est temps pour lui de « penser à son âme ». Il l'exhorte à faire un effort sur lui-même, en lui promettant « toutes sortes de charitables amitiés, et de tenir secret ce qu'il luy dirait », ajoutant que beaucoup de prêtres ont commis des erreurs et qu'un grand nombre a été pardonné. Louis, une fois de plus naïf et confiant, répond qu'il le sait bien et qu'il se souvient justement du cas du P. Pauly qui, à Marseille, avait eu des ennuis pour ses écarts de conduite et son libertinage, et que lui, Gaufridy, chargé d'une mission d'enquête à son sujet, avait charitablement prévenu et tiré d'affaire (ce qu'il ignorait, c'est qu'au moment même où il parlait, ledit Pauly, apparemment peu soucieux de gratitude, n'hésitait pas à faire chorus avec les autres pour le charger et l'accuser de magie). On continue par le charme : on évoque devant lui ces gentilles fillettes du couvent des Ursulines qu'il « faudrait prendre quelque expédient pour guérir », on l'attendrit sur la personne de Madeleine, si douce, si belle, si fragile, mais qui ne retrouvera jamais santé et paix « tant qu'elle croirait que ce fut luy qui lui eu donné ce mal » : il répond cette fois qu'il ne connaît, hélas, pas de remèdes pour les jeunes religieuses d'Aix, mais que pour Madeleine — qu'il vaudrait mieux, à son avis, ramener à la campagne, dans la bastide de son grand-père — il propose de la confesser (ce qui fait sursauter Michaëlis, et lui paraît tout à fait « hors de propos »). Pendant trois jours, on le tourne, le retourne, l'admoneste, on le flatte, le met en garde. Il ne reconnaît rien.

On décide donc de revenir à la manière forte. On lui apprend qu'il est invité, après consultation de tous les experts, à prononcer une « abjuration et renonciation solennelle » qui montrera clairement sa volonté de rompre avec le Diable : un prêtre conscient de ses devoirs comme lui ne peut pas se dérober à cette exigence. Il accepte. Devant tous les pères, les prêtres et les officiants, il gravit les escaliers du maître-autel, s'agenouille, pose deux cierges à côté de lui et, d'une voix haute, claire, ferme, lit la formule d'abjuration qu'on a préparée. Mais Michaëlis, à la dernière seconde, fait appeler Louise et Madeleine qui, en entendant l'abjuration, éclatent de leur rire dément. Louise, grimaçant, louchant, lâche dans son provençal insolent : « *Tu non lou dises pas de bon cor !* », et elle lance un *amen* de dérision après chaque phrase de la formule. Il n'en faut pas plus pour tout arrêter, on constate que le Diable n'est pas d'humeur à tolérer la cérémonie. La seule solution est d'exorciser Gaufridy lui-même. Là, Louis se rebelle, estime qu'on dépasse un peu la mesure. Mais on ne lui demande pas son avis. Un certain P. François, dominicain, s'avance avec l'étole, les reliques, l'eau bénite. Il prononce une exhortation terrible. Tout le monde s'agenouille. Louis est courbé au sol par des mains qui pèsent sur ses épaules. On lui adresse les interrogations, les sommations d'usage. On applique les froides reliques sur son cou, ses bras. On avance la croix près de son visage. Il rejette la tête en arrière, bégaie, tremble. Derrière lui, Madeleine et Louise se mettent à entrer en convulsions. Preuve que le Diable n'apprécie pas. Qu'il n'est pas prêt à se laisser faire.

6

On admirera (dans cette histoire « admirable ») avec quelle maestria on a fait passer Gaufridy, en quatre jours, de l'état d'exorciste à celui d'exorcisé. Toujours le système éprouvé, qui consiste à créer des faits accomplis irréversibles. Les signes de la culpabilité font le coupable. Mais pour que tout cela soit porté, soutenu et comme justifié par un mouvement collectif, il faut maintenant renforcer autour du « magicien » une psychose de diabolisme.

Chose curieuse, Michaëlis et les siens n'ont pas beaucoup d'efforts à déployer pour cela. Très naturellement se développe à la Sainte-Baume une atmosphère de sabbat. Il semble même, d'après les recoupements qu'on peut opérer sur de nombreux témoignages, que c'est là qu'eurent lieu les vrais sabbats de l'affaire, beaucoup plus qu'aux grottes de Loubières ou à Marseilleveyre. Il est assez difficile aujourd'hui d'imaginer l'étrange mixte de dévotion superstitieuse et de satanisme qui affectait fréquemment les conduites des gens de ce temps. Plus on redoute le Diable, plus on en parle, et plus on en parle, plus on imite ce qu'il dicte ou inspire. C'est un processus d'intoxication qui peut prendre des proportions démesurées. Il est permis de penser qu'avec la promiscuité qui régnait à la Sainte-Baume, les incessants remuements de foule qui s'y faisaient, l'échauffement des esprits qui y régnait, les défoulements qu'y imposait la tension terrible de certains épisodes, avaient lieu un peu partout (dans les coins, serait-on tenté de dire) des scènes de luxure et d'érotisme tendant à reproduire les représentations qui habitaient les consciences. On devait s'accoupler, forniquer en différents lieux, malgré la saison, le froid, la neige, et l'on s'arrangeait pour mettre cela sur le compte des démons, des succubes et des boucs que la présence du « sorcier » faisait fatalement sortir de toute part. La présence d'hommes et de femmes de milieux sociaux très divers, oubliant leur différence de conditions, éloignés de leurs lieux de vie habituels, portés à toutes les transgressions par le climat de fantasmes où ils étaient plongés, rêvant d'actes contre nature, de bestialité, d'inceste, d'unions charnelles avec les sorcières, les *masqs* ou les diables, favorisait cela. Et le rituel religieux était comme le stimulant permanent de ces comportements où le sacré pouvait prendre toutes les formes de l'*excès*. Ce qui n'excluait pas une éventuelle gaieté collective dans la licence sexuelle. Michelet a employé le mot parfaitement juste de « grande farce libidineuse » pour désigner ces « parties » : les sabbats devaient être exactement cela, et il y a toute chance que des épisodes comme ceux de la grotte de Loubières, par exemple, n'aient eu aucune autre portée. Mais l'imagination avait vite fait d'amplifier et de dénaturer le sens des moindres faits. A plus forte raison, lorsque les choses s'inscrivaient déjà, comme à la Sainte-Baume, sur un fond d'angoisse religieuse et de satanisme.

De fait, depuis que Gaufridy a été soumis à l'exorcisme, on constate que la frénésie générale redouble. Des troubles bizarres apparaissent, des maladies se déclarent (la sœur Catherine Ravelle, par exemple, si saine, a tout d'un coup des symptômes vénériens plus que suspects). Des senteurs empestées sont repérées en plusieurs endroits, affectent parfois les corps, les chairs. Des plaies s'ouvrent. Des blessures suppurent. Des impulsions sexuelles irrésistibles s'emparent des uns ou des autres. Des scènes de masturbation publique se multiplient. Des hommes et des femmes se caressent ouvertement. L'impudicité la plus générale règne. Louise n'échappe pas à la règle. Ni Madeleine. Elle vient dire un jour au P. Billiet qu'Asmodée, un des diables qui l'habitent, lui a fait faire « diverses actions grandement sales » au réfectoire, devant tout le monde, « en intention de la rendre honteuse devant les assistants », et que maintenant elle meurt de honte et ne veut plus se montrer devant personne. Partout, on entend des cris, des gémissements, des soupirs.

On fait circuler des onguents, des poudres et des drogues de toute espèce. Les uns « planent », les autres ont d'incroyables visions. Certains restent effondrés sur le sol, les yeux vides, le visage stupéfait. D'autres s'agitent, sentent leur cœur battre à une vitesse folle. Ils disent qu'ils se transforment, s'envolent, quittent la terre, éprouvent des sensations inconnues, sont au sommet de la puissance, font un extraordinaire « voyage ». Ils échangent, à voix basse, à gestes lents, leurs sachets, leurs petites boîtes, leurs flacons. On les entend chuchoter dans l'ombre, chercher des prosélytes dans la foule, proposer au besoin une pomme, une amande, une noix, comme celle que Louis a offerte à Madeleine, ou un *agnus-dei* dans la cire duquel a été mêlée une poudre sanctifiante qu'ils invitent à respirer.

Pour corser le tout, les manifestations hystériques les plus diverses surviennent, et, bien entendu, surtout de la part de Louise. Elle se met à aboyer avec violence, comme une chienne furieuse, et, quand on lui demande la raison de ce comportement, elle répond qu'elle aboie parce qu'elle voit le Loup rôder sous les arbres (le Loup, bien sûr : un avatar du Diable). Elle annonce un matin qu'elle va parler espagnol, grec, italien, et la nouvelle se répand à toute allure. Elle menace les uns et les autres des pires maux, déclare à un moine qu'il va devenir boiteux, à un prieur qu'il sera bientôt « borgne d'un œil », elle parle sans cesse de bûcher, de flammes. Elle invective un jour, à grands cris, la cité de Sodome, évoque ses ruines fumantes. Elle croit voir des torches s'allumer partout, entendre des hurlements, des « vacarmes de sorciers ». Madeleine n'est pas en reste. Elle clame son impureté, son infamie. Elle réunit ceux qu'elle trouve, le soir dans sa chambre, et leur raconte tranquillement au coin du feu les pires extravagances. Le jour, elle se comporte comme une folle déclarée. Elle crie, vocifère, donne à plusieurs reprises des coups de tête contre un rocher et se blesse, dans une véritable tentative suicidaire. Elle entre en extase, le visage ruisselant de larmes, et déclare qu'elle voit devant elle le Christ, son flanc percé, ses pieds ensanglantés, le visage rieur de l'enfant Jésus à travers une hostie. Ou bien, au contraire, elle danse, rit, fait des cabrioles, fredonne des chansons obscènes, imite le chant des oiseaux, notamment de la caille, ou le hennissement du cheval, fait aux uns et aux autres des farces d'un goût douteux, cachant par exemple les burettes du P. Billiet ou accrochant des petits morceaux de chiffon à sa chasuble, montant sur les marches de l'autel avec de gros souliers.

Mais aussi, il y a de sa part ces actes très troublants par lesquels elle semble confirmer que le Démon est dans son corps. Elle se prend la gorge à deux mains et déclare y sentir un crapaud qui remue et l'étouffe. Elle appuie sur son estomac, en affirmant qu'il est plein de grenouilles. Et un jour surtout — épisode qui semble avoir marqué tous les esprits et dont il sera souvent question dans l'instruction du procès — elle crache en présence du P. Fourez, modeste vicaire à la Sainte-Baume, qui en est tout retourné, « une boule gluante ressemblant à du miel ». On croit d'abord que c'est une limace. Mais à y regarder de plus près, c'est une boule d'une matière brunâtre, très collante, avec des poils. L'aspect ne peut être plus désagréable, plus inquiétant. Il est clair pour tout le monde que c'est là quelque chose qui tient au Diable, peut-être même le Diable lui-même, ou une parcelle du Diable (ou de l'un des 6 666 démons repérés), car à l'évidence Madeleine n'est pas débarrassée de ce qui l'encombre. Néanmoins, elle a expulsé quelque chose de son corps. L'importance accordée à ces expulsions est bien dans la ligne d'une symptomatologie moderne, dont on a déjà rencontré de nombreux indices, tendant à lier tous les processus d'abréaction psychanalytique à l'élimination d'un « corps étranger » qui s'est installé, incrusté dans le psychisme : qu'il soit collant indique assez qu'il est difficile à extirper, qu'il soit velu et d'apparence déplaisante fait référence à une réalité animale ou organique obscure, primitive, qu'il soit craché montre qu'il ne peut être éliminé que violemment. Reste que la présence de cet objet insolite dans l'estomac, la gorge ou les muqueuses de Madeleine pouvait peut-être s'expliquer médicalement ou par les conditions d'hygiène qui régnaient à l'époque, où d'innombrables déchets, saletés, souillures de toute espèce étaient quotidiennement respirés ou brassés. En tout cas, on vit là un prodige de plus. La « chose » fut montrée, examinée, conservée. On se gardait de laisser échapper les rares preuves tangibles par lesquelles le Diable avait la fantaisie de se signaler.

Ce climat général était ce qu'il fallait à Michaëlis pour pousser ses dernières enquêtes, l'ensemble de diversions dont il avait absolument besoin. Mais il n'avait plus de temps à perdre. Aussi mène-t-il désormais les choses rapidement. Comme l'affaire de la cédule lui paraît absolument décisive et que Gaufridy s'obstine à dire : « Pas de cédule. Je ne sais pas. Je n'ai pas fait de cédules », il prend la décision de faire faire une perquisition à Marseille, aux Accoules, dans les appartements de Louis, pour qu'on découvre ce document diabolique et qu'on le ramène à la Sainte-Baume afin de confondre le sorcier. Il s'ensuit un ensemble de manigances quasi rocambolesques, avec missions confidentielles, nouvelles ambassades, expéditions de toutes sortes, dont le tour devient de plus en plus policier. Il faut absolument mettre la main sur ces cédules. Michaëlis fait porter en hâte une lettre à Marseille au procureur général du roi pour lui demander de faire établir un ordre de visite de « la chambre, antichambre et cabinet de Messire Loys Gaufridy ». Le procureur désigne Me Louis Vento, protonotaire apostolique, pour accomplir cette délicate inspection, avec l'assistance d'un certain Jacques Carenne, « professeur en sainte théologie » et gardien de l'Observance à Marseille. On ne trouve rien. Rien en tout cas, écrivent les inspecteurs dans leur rapport, « qui ne fût convenable à un bon chrétien et digne d'un homme d'Eglise, aulcune chose qui fût approchant de la magie ». Ce Vento et ce Carenne sont des imbéciles ou des incapables. Il faut les remplacer. On cherche du côté des capucins de Marseille. Ce sont des auxiliaires incommodes, mais le P. Antonin, qui commence à en savoir assez long sur l'affaire, pourrait leur demander de faire un effort. On en choisit un et on lui demande d'aller faire un petit tour au domicile d'un certain Biche, près de l'église collégiale Saint-Martin. Ce Dominique Biche, dont personne n'a jamais entendu parler, mais dont le nom surgit tout à coup (Louise, paraît-il, s'est mise à le crier à travers la montagne, comme en proie à une illumination, et Madeleine, pantelante, les yeux rivés au sol, a hurlé elle aussi : « Biche, Biche, Biche ! »), est un ancien vicaire des Accoules à qui Gaufridy aurait pu dire certaines choses et confier un certain nombre d'objets en dépôt. Si personne ne le connaît, c'est que le secret a été bien gardé. Il faut aller chez lui. Le capucin y va. Il fait venir après lui Vento et Carenne. On se fait remettre toutes les clés, on remue tout, on fouille tout, même le lit, la paillasse. Rien !

Tout ce remue-ménage commençait à faire du bruit à Marseille. Et dans certains milieux on ne goûtait pas tellement l'agitation suscitée autour de cette histoire de cédules. L'évêque de Marseille notamment, Mgr Turricella, n'appréciait pas la querelle qui était faite à un des prêtres de son diocèse et, s'il ne pouvait ouvertement s'opposer à une enquête de l'Inquisition menée contre lui, il entendait bien le défendre. Il était appuyé par une large fraction de l'opinion marseillaise, particulièrement vigilante dans l'entourage de Pierre de Libertat, le Corse libérateur de la ville. Il se trouvait, en effet, que ce dernier avait une femme, des filles et des parentes qui avaient pris fait et cause pour Gaufridy, probablement sensibles comme beaucoup d'autres à son charme et à sa réputation, et ce clan des demoiselles Libertat militait très fort et très haut en faveur du bénéficier dont elles avaient eu l'occasion de priser les sermons et les confessions. On voyait venir le moment où la ville entière se diviserait pour ou contre Louis, se partagerait en deux camps, se mettrait sur un pied de guerre civile. On discutait dans les rues, dans les églises, sur les marchés, dans les salons, dans les familles. Et, de façon générale, cela ne tournait guère à l'avantage de Michaëlis dont les méthodes commençaient à indisposer le particularisme marseillais.

Il avait d'autres difficultés du côté de Domptius. Le Flamand, qui gardait sur le cœur l'affront dont il avait été l'objet, disait à qui voulait l'entendre qu'il allait se rendre en Avignon pour se plaindre auprès du révérend père théologal et, indirectement, auprès du pape, et qu'il emporterait avec lui le fameux registre et ses pages, car, disait-il, on voulait le lui prendre pour le « déchirer ou le brusler », ou du moins pour l'altérer, le modifier en vue de perdre sa chère Louise. En fait, Michaëlis tenait à ne pas laisser échapper ce document pour le produire devant la cour du Parlement d'Aix, quand le moment serait venu. Mais Domptius considérait que ces cahiers lui appartenaient et tenait bon pour le voyage en Avignon. Il le fit. Mais les hautes personnalités ecclésiastiques et civiles qu'il rencontra dans la Cité des papes ne voulaient visiblement pas se mettre Michaëlis à dos et lui donnèrent le conseil de retourner à la Sainte-Baume dans un esprit de compromis. Il y revint la rage au cœur, car il se fit brocarder par tous ceux qui préféraient rester du côté de la puissance, et dut finalement plier et se soumettre. On força la porte de sa chambre sur ordre du roi, pour prendre le registre. Il passa dans le secret de son cœur du côté des Marseillais et de l'évêque Turricella.

Michaëlis, dans cette conjoncture complexe, perd évidemment un peu pied. Mais, comme toujours, il agit vite, impose des situations exemplaires ou dissuasives. C'est ainsi qu'il fait remettre Gaufridy dans la Pénitence, pensant peu à peu le briser, l'obliger à avouer ce qu'on lui demande sur les affaires de cédules, donner en tout cas de lui l'image d'un vrai prisonnier. Et c'est bien en prison préventive qu'il est mis, dans l'intérêt de ce qu'on appelle aujourd'hui « la manifestation de la vérité ». Il y passe des jours et des nuits, car tout trahit son endurcissement. Michaëlis a fait remarquer que, lors de l'exorcisme, il est resté immobile, inerte et semblable à unc « statue » (pétrifié de douleur et de surprise, sans doute), et il insiste sur le fait qu'il faut voir là l'insensibilité la plus suspecte, une absence de tout repentir, la sécheresse d'un cœur abandonné par la grâce. Lors des petites promenades qu'on l'autorise à faire, quelques minutes par jour, sous les arbres, on note qu'il baisse constamment le nez vers le sol : il s'entretient avec les démons, bien évidemment. Au réfectoire, où on le mène deux fois par jour, il n'a jamais d'appétit et il écoute distraitement les lectures édifiantes qu'on lui fait en vue de sa « conversion » (son esprit est ailleurs, il pense au Diable, bien sûr !). Mieux vaut le laisser dans la Pénitence, au fond de la grotte. Le froid, l'humidité et la nuit ne peuvent qu'être favorables à son salut.

Ainsi passent les jours. Gaufridy souffre, se morfond, se désespère, ignorant tous des événements de Marseille et du mouvement d'opinion qui se dessine en sa faveur. C'est alors que la nouvelle éclate comme une bombe, le 7 janvier. Le protonotaire Vento, accompagné d'un grand vicaire de l'évêque de Marseille, du capiscol de l'église de la Major et d'un chanoine, arrive à la Sainte-Baume. Mgr Turricella les a envoyés. Il leur a donné mission de ramener à Marseille son prêtre. Il estime que cette incroyable affaire à assez duré.

Et l'inimaginable arrive. Gaufridy est ramené chez lui. Version immédiate : le « magicien » a été enlevé et sauvé par les diables ! En fait, après un bref crochet par Avignon (où il était toujours prudent de passer), il gagne très vite Marseille où l'attend un véritable triomphe. Mgr Turricella le reçoit dans son château d'Aubagne. Autour de l'évêque, on parle de fermer les maisons des Ursulines, de dissoudre l'ordre, de mettre en prison les fous et les folles de la Sainte-Baume. Louis demande qu'on ne perde pas son sang-froid, qu'on montre de la compassion pour de pauvres filles qui ne sont « possédées que dans leur imagination ». Une fois de plus, il fait preuve d'une confiance excessive, car au même moment un jacobin zélé part en flèche vers la Sainte-Baume raconter ce qu'il a entendu et qui est en train de se tramer.

Michaëlis sent qu'il peut perdre la partie et que ce retournement inattendu risque de le frustrer du fruit de sa persévérance. Il n'est pas homme à accepter cela. Il se retire pendant deux journées. Ne tolère comme compagnie que celle de Louise, qui lui rend courage en murmurant à son oreille : « Vous en verrez la fin. Le ver à soie ne fait que commencer, mais le tapis n'est pas encore fait. » Il la regarde. Il la trouve belle, avec ses yeux ardents, malgré la fatigue et la déception qui marquent son visage, sous le long crêpe noir. Il se sent attiré vers elle par une affection paternelle, oublie les erreurs qu'elle a commises. Il aurait envie de la prendre par la main, de la faire approcher de lui. Il comprend à cet instant-là qu'il n'a plus d'autre solution que de porter l'affaire sur un autre terrain : celui de la justice criminelle. Il doit justement retourner à Aix, au début de la semaine qui s'ouvre, pour y prononcer les sermons du Carême. Il se rendra au Parlement, ouvrira ses dossiers. Il part, accompagné d'un seul père dominicain, abandonne la montagne et sa neige, le 5 février.

III

1

A Aix, autour du Parlement, vivaient des gens qui cultivaient le bel esprit, le beau langage, le bon usage. Nicolas Peiresc, conseiller, collectionneur d'antiquités, de monnaies et de tableaux. Julien Du Périer, proche parent du poète François Du Périer, ami de Malherbe. Malherbe lui-même, époux de la fille d'un président au Parlement. Jean de Coriolis, son beau-frère, quatrième président de la cour. Raymond Maynier d'Oppède, conseiller. Jean-Baptiste Chaine, conseiller. Ils allaient parfois dans les rues de la ville en robes rouges, manteaux et mortiers. On les reconnaissait de loin. Les jours de fête, ils paraissaient sur des estradates et sous des dais dorés. Mais ils restaient le plus souvent chez eux, se recevant dans leurs salons, se montrant leurs médailles et leurs estampes dans la tiédeur de leurs cabinets, se communiquant à voix basse des renseignements généraux dans l'ombre de leurs antichambres. Ils formaient un réseau serré d'intérêts et de vigilance, ils parlaient avec élégance la langue de la police et de la culture. Le plus célèbre de ces parlementaires était le président lui-même de la haute assemblée, Guillaume Du Vair, belle âme stoïcienne et noble orateur, qui après avoir soutenu la Ligue s'était fermement rallié à Henri IV et écrivait maintenant sur la paix et la rigueur morale, tout en traduisant Epictète, Démosthène et Cicéron.

C'est chez lui que Michaëlis se rendit, directement. Ils se connaissaient. Ils se comprenaient. Ils avaient en commun d'avoir bénéficié de la protection d'Henri IV et de se méfier des « Marseillais ». Du Vair commençait d'ailleurs à entendre beaucoup parler de cette affaire du bénéficier des Accoules et de Madeleine de Demandolx de la Palud, et avait envie d'être informé. Michaëlis alla droit au fait. Il raconta ce qui s'était passé à la Sainte-Baume, pendant douze semaines. Il apportait des preuves indubitables que Madeleine était bien possédée (Du Vair pensa tout de suite avec chagrin à Du Périer qui avait des liens de parenté avec les Demandolx : un conseiller, allié à la famille d'une « possédée » !). Il sortit son énorme registre, des cahiers, des documents, des notes. Il les feuilleta devant le président, choisissant les faits les plus récents, les plus parlants. Madeleine avait expulsé par la bouche une boule gluante, collante. Elle avait la tête et le ventre pleins de grenouilles. Un crapaud s'agitait dans sa gorge. La présence du Diable en elle était si violente, si intense, qu'elle ne supportait pas les exorcismes : chaque fois, elle défaillait ou se roulait à terre, se convulsait. Chose particulièrement suspecte, elle parlait toujours français ou provençal, jamais latin, et il était bien connu que, quand le Diable parle à travers le corps d'une femme, il ne s'exprime jamais en latin. Autant de preuves concordantes. Guillaume Du Vair n'en revenait pas. Il sentait son front se mouiller de sueur. Il avait fait apporter par son valet de chambre une chandelle supplémentaire et, du fond de son grand fauteuil de velours, il approchait le registre de la flamme vacillante, en inspectait chaque ligne, les doigts tremblants, découvrait de page en page des révélations toujours plus affreuses. Michaëlis prenait soin de guider sa lecture, en indiquant que, malgré tout, ces cahiers ne respiraient pas que l'horreur, qu'ils apportaient aussi « de fort belles choses, rares et inconnues, conformes à la Sainte Ecriture sur les démons et sur les bons anges contraires à eux ». Au bout d'un moment, Du Vair leva la tête, le regard interrogateur. Il voulait savoir la cause, la raison de ces abominations. Michaëlis répondit simplement : « La séduction de Loys Gaufridy, Prince des magiciens, demeurant à Marseille. »

Deux jours après, le président décidait de prendre l'affaire en main. Il n'avait pas tellement d'occasions de marquer la prééminence de la justice laïque sur la justice ecclésiastique. Il ne devait pas manquer celle qui s'offrait, puisque aussi bien on venait au-devant de lui. Il fit savoir qu'avant toute chose il était indispensable qu'il voie lui-même, de ses yeux, les deux possédées et en particulier Madeleine. Il demanda qu'elle lui soit présentée le plus tôt possible. La rencontre eut lieu au palais archiépiscopal, en présence de trois vicaires, dans un cabinet privé utilisé comme salle de secrétariat, garni de lourdes tentures qui étouffaient tous les bruits. Madeleine était accompagnée par Catherine de Gaumer. Très amaigrie, mais bien soignée, bien coiffée, proprement mise pour la circonstance, elle avait un air d'écolière docile. Comme elle commençait à baisser les yeux en se croisant les mains sur le buste, Guillaume Du Vair lui dit de ne pas craindre de le regarder en face et de bien vouloir lui exposer « la vérité du fait depuis le commencement jusques à la fin ». Elle pouvait avoir confiance, il ne la « punirait » pas.

Madeleine, une fois de plus, raconte. La séduction, le

magicien, le sabbat... Du Vair ouvre toutes grandes ses oreilles, va d'étonnement en « émerveillement » (le vocabulaire de l'époque navigue allègrement de la merveille à l'horreur, qui peuvent se superposer et même se confondre). Tandis que la jeune fille parle, il remarque que ses yeux « tournent » parfois drôlement, se révulsent (c'est le Diable qui l'étrangle, l'étouffe, probablement pour la forcer à se taire, curieux Diable qui tantôt est un bavard impénitent, tantôt un ennemi de la parole !). Il n'est pas très rassuré, mais se fait un devoir d'écouter jusqu'à la fin. Quand Madeleine a terminé, il déclare que non seulement ses propos sont horrifiants, mais qu'il n'y a guère de doute, à l'observer, qu'elle soit possédée. Cependant, il existe un moyen très simple de faire la preuve. Madeleine n'a-t-elle pas une de ces marques qui attestent la présence du Diable ? Si, dit-elle avec empressement, elle en a justement une sous la plante du pied droit. Elle va la montrer. Parfait. On la déchausse. On l'installe dans un des fauteuils. Catherine de Gaumer enlève précautionneusement son bas. Mais Madeleine va plus vite qu'elle, l'aide à dérouler le fin tissu, paraît très pressée de présenter sa marque. Elle étend sa jambe, l'allonge sur le genou de Catherine. Un des vicaires s'approche, met ses lunettes, regarde. Guillaume Du Vair se penche à son tour, prend délicatement entre ses mains le mollet de Madeleine, passe ses doigts sur la cheville, le cou-de-pied, comme pour mieux présenter la plante à son examen, puis, d'un geste vif, sort du revers de son pourpoint une sorte de court stylet, de poinçon, une « alêne » à percer le cuir sans doute, et d'un seul coup pique la petite tache sombre qu'il a cru repérer. Madeleine pousse un cri et retire vivement le pied. Très intéressant. Stupeur. Merveille. Il n'y a pas eu la moindre goutte de sang. On dirait qu'on vient de traverser « un parchemin percé ». Du Vair se relève, le visage empourpré de s'être baissé, mais gravement rayonnant. Aucun doute. La preuve est faite. Les personnes présentes dans le cabinet sont abasourdies, bouleversées. C'est à ce moment précis que Michaëlis, retardé par un de ses sermons du Carême, arrive, entre dans la pièce. On l'informe de ce qui vient d'être constaté. Il ne saurait, évidemment, s'en étonner. Mais Du Vair insiste pour pousser l'exploration un peu plus loin tout de suite. Il a l'habitude de ces examens. Il y a dix ans, il a eu affaire à un curé sodomite particulièrement endurci, il a eu beaucoup de mal à venir à bout de sa résistance et à le faire condamner : il sait depuis quelles sont les ruses et manifestations du Diable. Il en remontrerait à beaucoup là-dessus. Il demande que Madeleine se mette debout et entreprend de lui palper la tête et le cou. Il fait cela délicatement, avec même un certain doigté médical, comme s'il cherchait des ganglions, et au bout de quelques minutes décèle sans hésitation la présence de Belzébuth au-dessus du front, de Léviathan sous la nuque. Ils sont bien là, on les sent rouler sous les doigts. Il est d'ailleurs clair qu'à la palpation ils remuent, s'agitent. Le président invite Michaëlis à l'imiter : il se rendra compte par lui-même. Les vicaires palpent aussi. Aucun doute possible. Madeleine, heureuse de se sentir confirmée dans ses infortunes, acquiesce doucement de la tête. Du Vair conclut qu'il est urgent de se tourner vers les médecins et les chirurgiens qui feront des constatations plus scientifiques. Mais, comme il ne faut pas laisser dormir l'instruction criminelle, il nomme un commissaire, Me Séguiran, conseiller du roi, pour ouvrir une information définitive « sur l'accusation de rapt, séduction, impiété, magie, sorcellerie et autres abominations, portée contre Loys Gaufridy ». Un juge, Antoine Thoron, est désigné pour entendre Madeleine.

Les médecins ne manquaient pas à Aix. Le plus célèbre restait Mérindol, qui avait déjà eu le loisir de s'occuper de Madeleine, au temps de ses premiers troubles. Il était très ami de Guillaume Du Vair qui l'avait fait nommer médecin ordinaire du roi. Jacques Fontaine, son confrère, avait moins de prestige, mais il avait reçu publiquement l'offre de la deuxième chaire de la Faculté de médecine, et son autorité s'affirmait de jour en jour. Il y avait aussi Grassi et Bontemps, le premier savant physiologiste, le second chirurgien et expert anatomiste renommé. Tous commençaient à s'agiter beaucoup autour de cette affaire, dont on leur disait les prodigieux aspects médicaux. Et cela d'autant plus que la médecine traversait une crise sérieuse à Aix. La population depuis plusieurs années manifestait un engouement inquiétant pour un certain Nicolas Colingo, qui se faisait appeler pompeusement Nicolas de Castelmont et pratiquait la *spagyrie*. Les spagyristes étaient à la mode un peu partout ; leur médecine reposait sur l'analyse et la recomposition des corps et des substances, bref sur la chimie, et très probablement ils avaient eu le mérite, à leur heure, de pressentir certaines chimiothérapies efficaces. Mais la médecine officielle ne les voyait pas d'un très bon œil. Colingo avait en outre des airs de charlatan et de parvenu qui étaient bien faits pour indisposer. Il allait en carrosse, portait des vêtements élégants, buvait du bon vin et avait, grâce à l'énorme clientèle qu'il s'était constituée, des revenus démesurés : il accumulait une vraie fortune. Mérindol et Fontaine allaient souvent à pied et portaient quelquefois des robes râpées. Ils répétaient que Colingo était un imposteur dangereux, qu'il fallait l'arrêter, l'emprisonner, et croyaient faire un bon mot en déclarant qu'il n'avait dit la vérité qu'une fois dans sa vie, le jour où il avait prononcé la parole du sage : *unum scio quod nihil scio.* Mais il arrivait que les sentences latines cèdent la place à des injures très ordurières que le corps médical officiel et Colingo échangeaient quelquefois dans les rues et sur les places de la ville, sous les yeux effarés des passants. Dans cette conjoncture, il apparaissait nécessaire de conforter la bonne médecine par tous les moyens, au besoin par un coup d'éclat. L' « affaire » pouvait en donner l'occasion. Il ne fallait pas se montrer au-dessous des responsabilités.

Mérindol, le premier mandé, arrive un jour auprès de Madeleine, une fois de plus extraite de sa cellule. Avec sa tête chauve, sa figure allongée et maigre qui émerge de sa fraise à trois doubles, ses yeux vifs, son nez busqué, sa moustache et sa barbe finement taillée (qui lui donne un faux air d'Ambroise Paré), il semble décidé à ne pas s'en laisser conter. Il ne pose presque aucune question. Il se borne à inspecter, examiner, observer, faisant d'anodines remarques de sa voix douce, affable, un peu grêle. Il échange de temps en temps quelques brefs propos avec un apothicaire qui l'accompagne. Il déclare qu'il doit consulter ses confrères. Jacques Fontaine, quelques jours plus tard, procède au même examen. Mais il a cru astucieux de se déguiser en curé de village, pour ne pas mettre Madeleine sur ses gardes et éviter toute simulation de sa part. Or elle connaît très bien son visage, elle évente la ruse, lui crie : « Si tu es un prestre, prens l'étolle et monstre-moi ta tonsure », ajoutant même avec beaucoup d'irrévérence : « Tu es de ceux qui les guéris quand tu peux et les laisse quand tu ne peux ! » (propos rapportés dans l'*Histoire admirable*). Fontaine, vexé, n'insiste pas.

Mieux valait montrer un front uni de la médecine. Les illustres praticiens résolurent d'agir ensemble. On fixa au 26 et au 27 février une séance d'examen approfondi et on décida, pour plus de solennité, qu'elle aurait lieu à l'archevêché. Le 26 au matin, Mérindol, Grassi, Fontaine et un de ses assistants, le Dr Yveton, se présentèrent au palais, dans leurs robes noires d'apparat, le chirurgien Bontemps, drapé dans sa grande blouse de toile. Leurs aides, leurs auxiliaires les accompagnaient : des barbiers, des chirurgiens adjoints, des « piqueurs » dont la spécialité était de sonder avec des aiguilles les marques du Diable. Un exorciste était là pour sommer ce dernier de se manifester. On plaça Madeleine à genoux et on commença par palper minutieusement sa tête, son cou et ses épaules. Les médecins se relayèrent dans cette tâche délicate. Belzébuth, une fois encore, fut repéré du côté de la nuque. Sa manifestation tenait dans « un mouvement et agitation de bouillonnement impétueux du cerveau dessous la main gauche ». On en resta pratiquement là, la suite de la séance se limitant à des échanges d'opinions et à la préparation de l'examen du lendemain, dont le caractère devait être plus expressément médical. Il eut lieu le 27 dans l'après-midi. En raison de l'intérêt du spectacle, quelques privilégiés avaient été invités à y assister : le conseiller Flotte, le conseiller de Thomassin, le conseiller d'Eynac, Peiresc lui-même dont l'humanisme ne dédaignait pas les révélations de la chirurgie et de l'anatomie appliquée.

Au milieu de ce cercle d'observateurs, un aide avança un tabouret sur lequel Madeleine fut priée de poser son pied droit. On examina, puis un chirurgien souleva le pied et, avec un stylet, piqua l'emplacement de la marque, sous la plante. Cette fois, Madeleine ne bougea même pas, donna l'impression de ne rien sentir. Il fallait maintenant aller plus loin. On déshabille complètement Madeleine : deux religieuses, déléguées par Catherine de Gaumer, aident à lui retirer sa robe, sa chemise, les bandes qui enveloppent ses seins, sa taille. Elle apparaît, pâle, affaiblie, mais belle, dans sa nudité frileuse, au milieu de cette haute salle voûtée, mal chauffée, ne conservant sur son ventre qu'une pièce de toile grise qu'elle maintient maladroitement d'une main, essayant de placer son autre main sur ses seins. Mérindol, qui a l'œil médical, fait tout de suite observer qu'une autre marque diabolique est aisément décelable « dessous le tétin gauche » (peut-être un grain de beauté, une lentille ?) et qu'il faut l'explorer. Le chirurgien s'avance, soulève légèrement le sein, le piqueur s'approche, enfonce l'aiguille. Madeleine a un très léger sursaut, ferme une seconde les yeux, mais ne semble éprouver aucune douleur sérieuse. Nulle goutte de sang. Fontaine prend alors la parole pour dire que, selon les observations qu'il a pu faire, il faut maintenant opérer un sondage dans le dos de Madeleine où il y a probablement quelque chose de suspect « dessus l'épine du dos, environ la quatrième ou cinquième côte de la poitrine ». On la retourne donc. Elle se laisse faire, manipuler par tous ces doigts qui courent sur sa peau, honteuse, baissant la tête, laissant glisser, dans sa peur, la toile grise qui découvre un instant son petit pubis noir. On l'oriente le mieux possible. Les notables, les conseillers, les docteurs resserrent le cercle pour mieux voir, pour ne rien perdre de la « merveille ». Le chirurgien tend la peau entre deux doigts pour dégager un emplacement de la dimension d'une pièce d'un écu, près de la colonne vertébrale. Le piqueur enfonce son aiguille, de deux ou trois bons centimètres, la laisse un moment dans la chair, la retire d'un geste preste avant de l'essuyer dans un linge blanc que lui tend un de ses aides. Pas la plus petite trace de sang. A peine Madeleine a-t-elle réagi. De nombreux hochements de tête approbateurs expriment une conviction qui se renforce. Mérindol fait alors remarquer qu'à son avis il faut tenter une nouvelle épreuve plus bas, dans une région du corps plus secrète et dissimulée au regard, mais où il pense qu'il existe sûrement une marque diabolique, car c'est une zone où le Diable par définition aime à se loger : il veut dire la région de l'anus, certes difficile à atteindre, mais qu'il faut se garder de laisser inexplorée, si l'on ne veut pas favoriser les ruses du Malin. On retourne donc une fois de plus Madeleine et on l'invite à se pencher en avant. Bontemps commence à écarter ses fesses à deux mains, tandis que le barbier prépare son aiguille. C'est alors que le Dr Yveton s'interpose et marque son désaccord : non seulement l'opération lui paraît impudique et humiliante, il la croit aussi dangereuse. On lui répond sur un ton cassant que, s'il entend se faire le complice du Démon, il vaut mieux qu'il le dise clairement. Une polémique aigre-douce s'ensuit, où les maîtres de la médecine haussent un peu le ton. Yveton tient bon et adjure Jacques Fontaine, son patron, au nom de l'enseignement médical de haute valeur qu'il lui a dispensé, de ne pas laisser faire cette ignominie. Fontaine paraît ébranlé, essaie de glisser des arguments scientifiques. Les autres lui répliquent avec violence, accusent Yveton de complaisance pour la magie, la sorcellerie, laissent entendre que son cas pourrait être soumis au Parlement et à l'Eglise (ceci, en présence de plusieurs conseillers), que de sérieux ennuis pourraient lui advenir, dont le moindre serait probablement la ruine de sa carrière. Yveton ne cède pas, déclare même crûment que toutes ces piqûres lui paraissent absolument inutiles, qu'il peut exister des zones de la peau parfaitement insensibles, qu'on est en train d'infliger pour rien des souffrances supplémentaires à Madeleine. Et, dans un mouvement de compassion pour elle, la voyant toujours frissonnante, la tête baissée, il prend sa chemise, jetée sur une chaise, et lui en couvre les reins.

Cette fois, c'en est trop. On préfère carrément ignorer Yveton (Fontaine lui-même s'écarte un peu de lui) et continuer comme s'il n'était pas là. Mais on renonce aux parties secrètes. On remonte vers les parties nobles. La tête, le cou que les démons investissent également si bien. On pique Madeleine sous la nuque et « en la partie antérieure de la teste, environ deux doigts dessus le front ». Là, le barbier a remplacé l'aiguille, sans doute parce qu'il s'agit d'une partie osseuse, par une sorte de lancette. Il pique, un peu au-dessous des cheveux. Madeleine pousse un cri et une perle de sang jaillit. Aussitôt s'établit une discussion confuse, où s'exprime beaucoup d'étonnement, de déception. Grassi intervient alors pour dire qu'il ne faut pas être dupe des ruses du Diable, et qu'une de ses fourberies favorites est de faire couler le sang là où il ne devrait pas couler, de rendre provisoirement sensible une de ces marques qui devrait normalement être insensible. Ici, il faut s'arrêter une seconde sur un type de raisonnement paradoxal profondément enraciné dans les consciences de l'époque — la fréquence en est assez confondante, tant dans les débats de l'Inquisition que dans ceux de la justice laïque ou de la médecine — qui consiste à dire que si une manifestation de la présence du Diable n'a pas lieu conformément à certaines prévisions, c'est précisément parce que le Malin a, entre autres pouvoirs, *aussi* celui de la masquer, pour brouiller les pistes. Ce qui est d'un confort à peu près sans limites. Par exemple, un paysan d'un bourg du Nivernais est un jour accusé d'avoir envoyé sa femme au sabbat pendant la nuit, on vient le surprendre à deux heures du matin et il fait constater que son épouse est couchée à côté de lui, dans son lit : le magistrat qui mène l'enquête est un instant perplexe, mais il décide aussitôt qu'il n'y a aucune difficulté pour le Diable à avoir placé dans le lit la forme et l'apparence de ladite Margot, pendant qu'elle, en réalité, prend ses ébats avec d'autres sorcières, dans les bois. Le paysan est arrêté, interrogé, brûlé. Une personne possédée devrait normalement parler en latin : si elle ne le fait pas, c'est que le Diable délibérément y renonce et feint de parler français. Une sorcière est déchirée par la torture et n'a rien à avouer : c'est que le Diable l'a rendue insensible à la douleur et, de surcroît, lui a ôté la mémoire au bon moment. Robert Mandrou, dans son ouvrage sur les *Magistrats et Sorciers en France au XVIIe siècle,* a appelé avec juste raison « déduction tautologique » ces formes à la fois naïves et perverses de raisonnement : il est clair qu'elles ouvrent la voie à toutes les procédures inquisitoriales où il est admis que la preuve (et donc l'aveu qui en découle) doit nécessairement exister avant même d'être constituée.

Une nouvelle polémique, assez vive, s'ensuit entre les médecins. Le ton est moins violent que dans le premier affrontement, mais assez vif pourtant pour que Madeleine, tout à coup, sans doute secouée par le bruit fait autour d'elle, soumise à de trop insupportables épreuves, affolée peut-être par la goutte de sang qui roule sur son sourcil, tombe sur le sol et entre en convulsions. Ils s'écartent tous, véritablement pris de peur, animés par un réflexe d'éloignement qui fait faire à chacun deux ou trois pas en arrière, comme s'il fallait d'abord éviter la proximité du Démon ou le danger de recevoir de lui un mauvais coup, une ruade quelconque. Les conseillers au Parlement en particulier se tiennent tout près des portes et des tentures, considérant que, n'étant point spécialistes, ils n'ont pas à partager les risques des médecins et des chirurgiens, et à s'exposer autant qu'eux. Sous leurs yeux, Madeleine nue se tord, l'écume aux lèvres, les yeux blancs, le corps arqué, tendu en une suite de sursauts impudiques. D'un coup de pied, elle a renversé une chaise où le barbier avait posé son plat et sa lancette. Ils se sont éloignés plus encore. Seul Yveton n'a pas bougé. Le visage anxieux, crispé, douloureux presque, il observe. Dès que la crise est passée, tandis que les autres ne cessent pas de faire des signes de croix ou d'éponger la sueur de leur front, il se tourne vers les religieuses hésitantes pour leur demander de couvrir Madeleine et de la relever. Mérindol dit que si l'on voulait une preuve nouvelle, tangible, de la possession, on l'a. Yveton marche vers lui et, le regardant dans les yeux, prononce alors ces mots d'une voix calme, appuyée : « Il est plus raisonnable de penser que ceux qui publient si hardiment les possessions ne sçavent pas ce que peut sur les corps une humeur mélancolique bruslée, ou la malignité d'une semence pourrie et renfermée en sorte qu'elle n'ayt point d'issue. »

L'insolence paraît démesurée. On échange des regards et l'on se demande si le moment n'est pas venu d'expulser purement et simplement Yveton, en tout cas de lui retirer son droit d'exercer et, plus encore, la parole. Il semble décidé à tenir tête : une lumière provocante, chaude, traverse son regard. Fontaine essaie de le rappeler à la raison, en lui demandant à quoi il a voulu faire allusion : se hasarderait-il à parler de l'intimité de Madeleine, de sa virginité, que sait-il de ces choses, que prétend-il soutenir ? Il répond que ses propos ont été suffisamment clairs, qu'il n'a rien à ajouter, qu'il est las de faire face à la sottise, qu'il se retire. Le Dr Grassi propose alors de le prendre au mot et de démontrer sur-le-champ que la virginité de Madeleine est fort incertaine. Il répond que cela lui est égal, qu'il n'a jamais prétendu le contraire et qu'on veut lui faire dire ce qu'il n'a pas dit. Grassi insiste et affirme que de toute façon cet examen s'impose, car il faut savoir si effectivement il y a eu commerce charnel entre elle et Gaufridy. Les médecins se consultent et tombent d'accord pour reconnaître que cette recherche est au moins aussi nécessaire que celle des marques diaboliques. On passe donc à une exploration plus intime qui a lieu avec l'assistance d'une des religieuses et du chirurgien Bontemps, dans un endroit un peu écarté de la pièce, sur un lit bas à courtepointe grenat où Madeleine, à peu près inanimée, d'une pâleur de cire, a été transportée. Ces messieurs constatent qu'elle a été déflorée (rapport dit de la « visitation » de Madeleine de Demandolx, dans les pièces du procès).

La procédure de recherche du signe du Diable — le *sigillum diaboli* — est tellement courante, générale, systématique dans les affaires de sorcellerie de ce temps, qu'il vaut la peine d'en apprécier la signification. La présence de ce signe, de ces marques est le corollaire du pacte signé avec le Démon : plus exactement la manifestation concrète, tangible, repérable. C'est l'envers de la marque du baptême, de l'onction du saint chrême baptismal. Cette marque inversée atteste l'état d'esclavage satanique, de dépendance dans lequel s'est placé celui qui s'est lié au

Diable. Elle est donc par définition indélébile, elle est le *stigma* qui ne s'efface pas. Aussi apparaît-elle d'une importance extrême dans les enquêtes qui tendent à établir la culpabilité de celui qui a traité avec le Malin : elle est la donnée médico-policière par excellence (et, de fait, sa recherche prend très curieusement les apparences d'une investigation de médecine légale) qui pourra apporter des preuves matériellement vérifiables, donc irréfutables, là où les déclarations, témoignages, confessions, aveux ont déjà tenu leur rôle.

On comprend qu'elle soit recherchée avec âpreté. Avec tant d'âpreté même qu'il est établi d'avance qu'on la trouvera à tout prix. Son caractère essentiel étant d'être indolore, il suffira de piquer le corps partout jusqu'à ce qu'on la trouve (qu'on *les* trouve, car il est rare qu'il n'y en ait qu'une seule, mais cela n'est pas du tout exclu). D'où ce dispositif chirurgical prévoyant des barbiers, des « piqueurs », des « sondeurs », en vue des explorations nécessaires. Les marques sont réputées d'une profondeur d'environ deux, trois ou même quatre doigts, parfaitement insensibles, ne produisant, à la piqûre d'une aiguille, d'un stylet ou d'une alêne, aucune effusion de sang ni d'eau, ne causant aucune douleur. En raison de l'exiguïté de leur surface, la recherche est forcément patiente et difficile. Si des indices visibles n'existent pas, on n'hésite pas à pousser la barbarie jusqu'à percer toutes les parcelles de la peau une à une, méthodiquement. Nombre de femmes et d'hommes ont été piqués, perforés comme cela, avec minutie, y compris dans les zones les plus intimes de leur chair, leurs muqueuses les plus secrètes. Comme il était essentiel que le corps « parlât » d'une manière ou d'une autre, il était de pratique assez courante de recourir à des formes d'intervention qui évitaient toute déconvenue : par exemple, à l'usage de stylets truqués, à lames rentrantes, ou d'aiguilles que l'on pouvait dissimuler au dernier moment sous les ongles, et qui permettaient aux chirurgiens et aux barbiers de *toujours* découvrir, au profit de l'Inquisition, les marques insensibles. Madeleine fut probablement, comme beaucoup d'autres, « sondée » de cette manière.

Quant à la nature de ces marques, si elles existaient réellement, ce qu'on sait aujourd'hui des analgésies hystériques l'éclaire suffisamment. Charcot insistait déjà sur ce phénomène qu'il appelait « le symptôme hystérique par excellence ». Et Freud a signalé chez nombre de ses malades ces plaques analgésiques parfaitement décelables : par exemple chez Miss Lucy R..., cette Anglaise, gouvernante d'un directeur d'usine de la banlieue de Vienne, qui venait le consulter vers la fin de 1892 pour des névralgies et divers maux de tête et qui se révéla avoir, par épisodes, l'intérieur du nez et d'autres zones du corps totalement insensibles, ne réagissant à aucun contact, à aucune piqûre d'aiguille. Son état hystérique se déclara vite par la suite, avec les symptômes les plus marquants : l'extrême rétrécissement du champ visuel, les contractures, les hallucinations récurrentes... On voit donc que les marques du Diable n'étaient pas inventées et pouvaient avoir une existence bien réelle (sauf à se confondre, cela arrivait aussi, avec des verrues, envies, nœvi ou grains de beauté). Ce qui était proprement démoniaque, c'était l'acharnement et le sadisme tranquille avec lesquels elles étaient traquées et produites comme « preuves extraordinaires » : car telle était leur solennelle désignation.

On chercha donc les « preuves extraordinaires » chez Gaufridy aussi. Puisqu'il était Prince des magiciens, il fallait qu'il fût également marqué. En prenant toutes les précautions nécessaires pour ne pas éveiller ses soupçons, Me Séguiran, qui avait été chargé par Guillaume Du Vair de mener l'information, l'invita à venir se présenter à Aix, « librement » et sans crainte, pour répondre à quelques questions qu'on souhaitait lui poser (il lui laissait entendre toutefois que s'il se dérobait ou tentait de « changer de lieu », « sa fuite le rendrait coupable »). Louis, une fois de plus trop confiant, et fort de ses soutiens marseillais, répondit à cette sollicitation et arriva à Aix le 20 février. Il flâna une journée dans les rues de la ville : ce fut sa dernière promenade. Le lendemain, le piège se referma sur lui. Le commissaire le fit enfermer dans une salle du palais des comtes de Provence et lui expliqua sans ménagement qu'il s'agissait moins d'un interrogatoire que d'une « visitation ». On devait explorer son corps, y trouver des preuves, des signes. Il essaya de protester. Il n'en eut même pas le temps. Après quelques jours de garde à vue, il était tiré du palais pour être dirigé sur l'archevêché où, décidément, avaient toujours lieu les grandes manifestations médicales. On l'enferma dans la Chambre des décimes (ainsi appelée parce qu'elle servait de bureau au receveur des décimes du diocèse), proche de la pièce où Madeleine avait été examinée, et où d'ailleurs on la ramenait de temps en temps (situation bizarre, pouvant faire penser à celle de deux personnes interrogées, torturées dans des pièces voisines, comme il arrive si souvent aujourd'hui, en tel ou tel point du monde des bourreaux modernes). Il vit arriver Mérindol, Fontaine et Bontemps, auxquels s'était joint cette fois un autre chirurgien, Proët et toute leur escorte.

On recommence. Avec probablement moins de curiosité, mais un peu plus de rudesse. Louis est brutalement déshabillé et, dès qu'il est nu, on constate qu'il a des dispositions lubriques très marquées, très visibles (« le dépouillant de ses habits ils furent tout honteux de voir en luy la forme et la disposition de honte si lubrique »), et ces messieurs, paraît-il, détournèrent pudiquement leurs yeux « pour ne point voir ceste saleté ». Il s'agit de réprimer cela avec vigueur. On lui bande les yeux (pour qu'il n' « attende » pas les piqûres). On le rase sur tout le corps : c'est une petite humiliation supplémentaire pour les hommes, pour les femmes on n'ose pas toujours nettoyer le pubis où le Diable pourrait pourtant bien se loger, mais pour les hommes on débroussaille tous ces fourrés qui sont autant de cachettes à démons et rendent le travail difficile, les barbiers s'en donnent à cœur joie. On va même jusqu'à ne rien laisser, ni cheveux ni poils, tout est rasé de haut en bas, raclé, poncé avec des instruments et des produits spéciaux, selon un usage établi (ce qui pouvait éventuellement, probablement, suffire à rendre la peau insensible ici ou là !). Et on se met à piquer. Gaufridy est lardé, percé, impitoyablement, partout. Le sang ruisselle, mais il ne faut pas se décourager, il faut à tout prix trouver les endroits d'où il ne coulera point. Il crie, se débat. On tourne et retourne son corps. On n'oublie aucun recoin. Et surtout pas le « secretum ». Les parties génitales, le pourtour de l'anus sont explorés. On y trouvera plus tard des plaies énormes, des abcès dus à l'infection causée par les aiguilles, à la maladresse hasardeuse des sondages (la chirurgie de cette époque bat des records dans les dégâts opérés dans les organes génitaux, souvent taillés, mutilés au petit bonheur) : justement les stigmates du Diable ! On trouve de toute façon ce qu'on voulait trouver. Au moins trois marques, dont la topographie est indiscutable. Une sur la cuisse gauche, « sur le milieu et en la partie intérieure », une « en la région des lombes, en la partie droite, un poulce près de l'épine du dos et quatre doigts au-dessus les muscles des fesses », une troisième « vers la région du cœur ». Aucune des trois n'a saigné. Deux se sont révélées parfaitement indolores. Seule celle de la région du cœur a fait hurler Louis, quand l'aiguille s'y est enfoncée. La preuve est faite. Les savants hommes de l'art rédigent leur rapport, en affirmant leur certitude que rien, de ces phénomènes et prodiges, n'a pu « arriver par aulcune maladie du cuir précédente ».

Le pauvre Louis, probablement à bout de forces, n'essaie même pas de nier la réalité de ces marques, si évidentes, donc de la présence du Diable en lui. Tout ce qu'il trouve à dire, dans sa honte, c'est que le Malin, qui est capable de tout, ne recule sans doute pas devant l'idée de « marquer mesme un chrétien innocent ». Ce doit être la calamité qui lui arrive ! Là, médecins et chirurgiens sont un peu pris de court. Il faut qu'un homme d'Eglise se prononce. Un théologien érudit de préférence. Pourquoi pas Michaëlis en personne, qu'on n'a pas vu depuis quelque temps ? On le mande. Il vient. Après un instant de recueillement, il déclare, le visage grave, le front plissé, qu'en effet il y a là un problème, mais que sa solution réside dans la distinction qu'il faut savoir faire entre les marques « baillées par Dieu » pour éprouver ou châtier les hommes (celles que reçut Job, par exemple, dans son corps) et les marques sataniques imprimées par le Diable à seule fin d'asservir définitivement ses dévots. Aucun doute que l'on ne se trouvât dans le deuxième cas, en ce qui concernait Gaufridy. Sa qualité de prêtre n'empêchait rien, bien au contraire. Michaëlis, regardant ses interlocuteurs dans les yeux, précisa sentencieusement que le Diable, s'il le voulait, « pouvait marquer mesme le Pape ». A plus forte raison le Prince des magiciens.

2

Pendant ce temps, Me Séguiran menait bon train son enquête. Il avait vite compris que c'était à Marseille, et à Marseille seulement, qu'il obtiendrait les renseignements et témoignages qui lui étaient indispensables.

Il se rendit donc dans cette ville, s'y installa pour quelques jours et fit défiler devant lui tous ceux qui avaient approché Gaufridy d'une manière ou d'une autre. Cela commença par le protonotaire Louis de Vento et le P. Carenne qui avaient eu la mission de perquisitionner chez Louis. Ils ne purent que confirmer, le ton et l'œil penauds, ce qu'ils avaient déjà dit : rien de suspect dans l'appartement du bénéficier. Comparut ensuite le fameux Biche, qui, pendant un temps, avait été désigné comme le « lieutenant du magicien » : hébété, ne sachant pas ce qu'on lui voulait, il affirma que Messire Louis était selon lui « un homme fort débonnaire » qu'il n'avait jamais vu faire « un acte indigne de sa profession ». Lui succéda le doyen en exercice des Accoules, Jean Arnaud, qui déclara avec bon sens et humour que Louis, pour n'être point « bigot », était malgré tout fort « dévotieux », et que la raison pour laquelle il était si entouré était que par sa « bonne conversation il s'attirait facilement l'amitié de chacun ». Vint enfin un médecin, le Dr Cassaigne, qui avait soigné Madeleine lorsqu'elle était petite : il fit observer que tout ce qu'il avait appris des traitements et exorcismes auxquels on avait soumis la jeune religieuse lui paraissait très inquiétant, et ajouta, avec un brin de pédantisme provincial, qu'à Rome, à ce qu'il savait, on n'exorcisait point si légèrement et qu'on ne se prononçait point sur la présence du Diable dans un corps qu'elle ne se fût expressément manifestée par des voix bizarres sortant « du gosier, comme de la poitrine, du ventre, de la nature ou du fondement ». Etait-ce le cas ?

Me Séguiran avait assez d'expérience pour comprendre que ces diverses déclarations n'apportaient pas grand-chose à son dossier. Qu'elles allaient plutôt dans le mauvais sens. Son flair de commissaire lui disait qu'il valait mieux en rester là et se tourner vers d'autres milieux d'où émergeraient des éléments d'information plus intéressants. Et notamment le milieu des femmes que fréquentait Gaufridy. Il mettait en pratique ce vieux précepte policier selon lequel là où il y a des femmes, il y a des jaloux, et là où il y a des jaloux, il y a des bavards. On l'aiguilla vers Victoire Corbie et son mari François Perrin. Victoire se montra relativement discrète : elle ne dissimula pas que son mari ne lui était « de rien » et qu'elle était très attachée à Louis Gaufridy. Mais elle plaça tout sur le plan de la religion, se disant persuadée que Louis était le seul homme qui « la sauverait ».

François Perrin n'eut pas la même élégance. Pour mieux le faire parler, Me Séguiran le convoqua sur le port et l'interrogea tout en déambulant avec lui devant les boutiques et les ateliers. Les coups de marteaux des taillandiers, le bruit des rabots des tonneliers ne facilitaient guère la conversation, mais en un sens cela permettait au commissaire de ne pas précipiter ses questions et à Perrin d'arranger ses réponses. Le temps était très beau, très clair, ensoleillé, presque chaud, malgré un léger mistral qui se levait. De fines rides apparaissaient sur l'eau moirée du port et quelques voiles semblaient déjà se gonfler. Des débris d'étoupe, des copeaux voletaient dans les ruisseaux, au milieu des épluchures, des déchets de poisson, des dépotoirs de fortune qui se formaient un peu partout. Des gamins, le cheveu noir, la peau brune, le nez morveux, se poursuivaient en criant, en remuant de leurs pieds nus ces ordures. Me Séguiran les écartait avec irritation. Perrin essayait de se montrer calme, attentif, mais son attitude était curieuse. Mari complaisant s'il en fut et familier toujours bien traité de Gaufridy, il découvrait brutalement la possibilité de retourner la situation, de régler quelques comptes et de se libérer du même coup de ses complexes. Il raconta que, passé la quarantaine, il avait eu le malheur d'épouser en secondes noces une folle. Pendant six ou sept ans, cela avait pu aller. Puis Victoire s'était entichée de ce Gaufridy au point d'en perdre complètement le sens. Non seulement elle se confessait à lui sous le moindre prétexte, mais elle se mettait à son service jour et nuit, trouvant toujours une bonne raison d'être à ses côtés, aussi bien à l'aube « pour ouïr matines », que le soir, où il fallait aller la chercher « quasi aux flambeaux » pour la ramener au logis conjugal. A vrai dire, elle partageait ce zèle avec un certain nombre de dévotes aussi folles qu'elle qui passaient leur temps à « s'asseoir et caqueter avec leur père confesseur ». Mais, dans son cas, cela était si obstiné, si déréglé, qu'il n'était pas possible de se contenter d'explications naturelles : il fallait bien qu'il y eût du *charme*. François Perrin avait lâché le mot, sachant ce qu'il faisait. Il prétendait d'ailleurs ne faire que rapporter les paroles d'un « bon vieux prêtre » de Marseille, un certain Messire Jehan, qui avait beaucoup d'expérience et avait pris le temps de réfléchir sur le comportement de Gaufridy. Là-dessus, François se mit à broder, expliquant que l'attachement de sa femme à Louis devenait un véritable *mal* dont il avait tout fait pour essayer de la guérir : consultations de médecins, secours demandés à divers ecclésiastiques, conseils sollicités de nombreux amis. Aucun résultat. Victoire était incurable. Il avait finalement envisagé de l'éloigner de Gaufridy par des moyens physiques, de lui interdire de le voir et, en particulier, de se confesser à lui. Rien n'y faisait. Victoire bénéficiait de la complicité d'une certaine Pintade et d'une abominable bossue qui, sous prétexte de l'empêcher de devenir enceinte, lui avait fait boire un breuvage magique qui l'avait ensorcelée encore davantage et la livrait absolument sans défense au magicien. Ainsi parlait François Perrin tout en continuant à arpenter le port avec Me Séguiran. Ils se trouvèrent pris tout à coup dans un attroupement formé autour d'un groupe de portefaix qui s'efforçaient de soulever une lourde pièce de bois, au moyen de cordes qui leur sciaient les reins, les épaules et se tendaient même sur leur front protégé par un bourrelet. Des passants, des enfants regardaient cela, un infirme rôdait dans le groupe, à la fois aveugle et manchot, mais à l'allure si feutrée qu'on pouvait se demander s'il n'était pas surtout un tire-laine. D'ailleurs, l'approche de deux sergents dispersa très vite l'attroupement. Mais Me Séguiran en avait entendu assez.

Cet entretien eut pour effet de le persuader que, coupable ou pas, Louis Gaufridy avait eu, à plusieurs reprises, un comportement tel qu'un faisceau de présomptions pouvait facilement être réuni, établissant que sa conduite n'était pas *normale*. Ce que cela pouvait vouloir dire, Séguiran s'en souciait très peu. L'important était que cette non-conformité des manières et des attitudes de Gaufridy, qu'elles fussent imputables à son libertinage ou à son imprudence, fût attestée par des témoignages convergents qui appuieraient les démonstrations en cours à Aix. Or, ces témoignages pouvaient être obtenus. Si un homme simple, direct et un peu fruste comme François Perrin, marchand honnête, habitué de longue date à vivre dans l'entourage de Louis, en arrivait à dire des choses si précises, si accusatrices même sur ses façons de vivre, c'était que d'autres pouvaient le faire. Me Séguiran entrevoyait des possibilités d'enquête inespérées.

Il continua avec obstination et patience. Il alla voir Jean et Jeanne Gay. Il interrogea Pintade. Il rendit visite à la famille Demandolx, vit tout le monde, père, mère, frère, sœur. Il se rendit à Fontobscure pour questionner le personnel domestique. Il rencontra un par un tous les prêtres et chanoines des Accoules, le P. Roulier, le P. Fournier, le P. Pistre, le P. Ganteaume, le chanoine Bruni et naturellement le doyen Arnaud, qu'il revit. Il posa des questions aux ursulines de Marseille comme à celles d'Aix, eut des entretiens particuliers avec Catherine de Gaumer comme avec Catherine de Bus, n'oublia pas Louise Capeau dont la « possession » commençait à sortir des mémoires. Il poursuivit son enquête dans les prieurés, dans les couvents, dans les églises, dans les lieux publics, dans les quartiers, dans les rues, dans les venelles, partout où quelque rumeur pouvait être surprise, quelque chuchotement intercepté. Il rencontra des résistances, en particulier de la part du clan Libertat qui n'avait pas désarmé et lui envoya une véhémente députation de femmes pour défendre « son » bénéficier. Mais il connaissait assez son métier pour ne pas se laisser décourager par ces obstacles. Avec patience, ruse, souplesse, efficacité, il constitua un dossier solide. C'est de ce moment qu'affluèrent avec une spontanéité de plus en plus troublante les témoignages qui, au moment du procès, devaient s'épanouir en *dépositions* circonstanciées. On reste confondu devant la sottise, la vilenie, les dérèglements d'imagination et surtout la lâcheté qui les ont inspirés. Tout se passait comme si, l'affaire s'aggravant et devenant de plus en plus inquiétante aux yeux de l'opinion, il apparaissait préférable de se trouver du côté de ceux qui démasquaient la sorcellerie et le satanisme, en apportant la preuve ou la confirmation que le comportement de Gaufridy avait été suspect, pour un motif ou un détail quelconque, à un moment ou l'autre de sa vie ou de sa carrière. Comme il est facile de toujours fonder rétroactivement la culpabilité de celui qu'on veut coupable, et que de surcroît la conduite de Gaufridy était exceptionnellement fertile en incidents qui le prenaient au piège, la peur et la veulerie générale, sous les dehors patelins de la nuance, de la prudence, de la fausse sincérité, de l'objectivité feinte, s'en donnèrent à cœur joie. Un beau travail de police.

En même temps, on augmentait les pressions physiques qui s'exerçaient sur Louis. Comme les examens chirurgicaux avaient apporté des présomptions inquiétantes, il paraissait sage de ne point trop le laisser courir. On décida de le ramener au palais des comtes de Provence, mais dans des conditions un peu particulières. L'édifice avait à l'époque grande allure. On y accédait par une ancienne voie romaine qui s'ouvrait entre deux tours — dont la prestigieuse tour de l'Horloge, flanquée d'un mausolée. D'âge en âge, de règne en règne, des bâtiments résidentiels, des bâtiments administratifs, des bureaux, des secrétaireries, des chapelles, des couvents étaient venus remplir l'espace actuellement occupé par le palais de justice et la prison d'Aix-en-Provence, le tout assorti de loggias, de portes ouvragées, de balcons, d'escaliers. Mais ce palais comtal avait aussi ses zones d'ombre, et même ses oubliettes. On choisit pour

Louis un « croton » bien protégé. On désignait ainsi une sorte de cave, pleine de rats et de vermine, où languissaient déjà quelques malheureux, promis aux galères, qui attendaient leur jugement. Qui prit la décision ? Quelle instance assuma la responsabilité de cette incarcération qui, pour préventive qu'elle fût toujours, signifiait clairement désormais que Louis était *arrêté* et qu'on entendait le réduire à merci ? Selon toute vraisemblance, Michaëlis fit pression sur Du Vair pour que les choses prennent ce cours, dans la conviction où il était qu'après les multiples difficultés et échecs partiels qu'il avait rencontrés, mieux valait désormais créer au plus vite des situations irréversibles. La chance était que Louis fût venu de lui-même, sans méfiance, et qu'on n'avait pas eu à le contraindre. Maintenant qu'on le tenait, on ne le lâcherait plus.

Michaëlis, en prenant cette mesure, ne faisait qu'appliquer les recommandations d'Eymerich et de Peña touchant l'usage de la « prison inquisitoriale ». La section E de la troisième partie du *Manuel des inquisiteurs* qui en traite est tout à fait édifiante à ce sujet. L'idée centrale est que cette prison doit être « terrible », car elle est conçue beaucoup plus « pour le supplice des condamnés que pour leur simple détention ». Ce qui ne signifie pas que ce supplice ait une valeur de châtiment, puisque l'incarcération est généralement antérieure au procès et au verdict : sa fonction est de placer l'accusé dans une situation suffisamment déprimante pour qu'il soit en condition de comprendre qu'il a intérêt à « avouer spontanément pour voir son affaire vivement expédiée » (formule textuellement employée par Peña dans son commentaire). A cet effet, on préférera un « cachot particulièrement noir, bien gardé et épouvantable ». Mais on prévoit toutes sortes de degrés, de nuances : « selon le délit et la qualité de l'accusé », le régime pénitentiaire sera plus souple ou plus dur, les cellules plus nues et plus obscures, ou au contraire plus gaies et plus riantes *(laetiora et amoeniora)*. L'inquisiteur choisira des gardiens « discrets, rusés et très croyants » qui veilleront surtout à interdire les visites, à ne laisser personne accéder au cachot. Seul l'inquisiteur lui-même pourra y venir de temps en temps ou y envoyer certaines personnes qui « consoleront » le prisonnier et l'« aideront » à avouer. Mais il faudra veiller à ce qu'elles ne lui parlent strictement que « de ce qui concerne le procès et l'accusation et de rien d'autre ». On voit que tout cela n'obéit pas du tout au hasard, mais à un système précis et bien arrêté. Il faut cependant voir que l'Inquisition avait fait de l'emmurement une sorte de pratique qui trouvait aussi sa finalité en elle-même, dans la mesure où l'isolement absolu, la séparation du monde dans des conditions physiques très rudes permettaient la conjonction d'une répression radicale et d'une pénitence sans retour par l'obligation du repliement douloureux sur soi-même. Michelet a parfaitement compris le sens de cette machine à briser : « L'horreur, c'est l'*in-pace*. C'est ce mot qui revient sans cesse, comme une cloche d'abomination qu'on sonne et qu'on resonne, pour désoler les morts-vivants, mot toujours le même : *emmurés*. Epouvantable mécanique d'écrasement, d'aplatissement, cruel pressoir à briser l'âme. De tour de vis en tour de vis, ne respirant plus et craquant, elle jaillit de la machine et tomba au monde inconnu. »

Le croton où Gaufridy fut enfermé, bien qu'étant par certains côtés un cachot de fortune, avait toutes les caractéristiques du lieu de réclusion inquisitorial. D'abord, le prisonnier y était enchaîné par des fers très lourds, qui enserraient ses chevilles et étaient reliés à deux anneaux scellés dans la partie basse de la muraille, peu au-dessus du sol, ce qui évidemment était supposé prévenir toute chance d'évasion, mais donnait aussi l'occasion d'un terrible rituel, où le travail des gardiens-forgerons intervenait, avec le bruit des marteaux, des enclumes qui frappait le prisonnier dès qu'il entrait, l'atteignait d'emblée cruellement dans sa chair. Ensuite, l'obscurité était presque totale. La cave — véritable caveau — n'était éclairée que par un étroit soupirail d'où n'entrait même pas la lumière du jour, puisqu'il s'ouvrait sur une cour intérieure elle-même enfouie et fort obscure. L'air qui en arrivait était vicié, imprégné d'odeurs moisies et nauséabondes. Le sol, de terre noire, durcie, pierreuse, était pénétré d'humidité par les nombreuses infiltrations qui traversaient les soubassements du palais et y composaient comme un réseau de ruisseaux et de rigoles. Bien entendu, les rats rôdaient, grattaient la pierre : quand ils n'étaient pas assez nombreux dans ce genre de décor, il arrivait qu'on en mît, qu'on en apportât, comme on repeuple une rivière. Avec les rats, d'autres bêtes : araignées, cancrelats, et surtout les puces, les poux qui grouillaient vite. Tout comptait, chaque détail sordide ou cruel jouait son rôle. L'emprisonné était rapidement réduit, broyé. Le froid et l'humidité avaient raison de ses membres. La nuit et le silence, de son cerveau. Chaque fois qu'on l'extrayait du cachot pour le conduire à un interrogatoire, il passait des ténèbres à une lumière qui le blessait, l'aveuglait, le jetait titubant devant ses juges. Ses chevilles ou ses poignets étaient sciés. Sa peau, sa chair, rongées, couvertes de croûtes, trouées de piqûres. Il n'était soutenu que par une nourriture dérisoire, réduite généralement à un brouet, à un peu de pain et d'eau : encore arrivait-il que ce pain lui soit jeté par le soupirail, à même la terre, par des gens, peut-être charitables, peut-être féroces, qui longeaient la cour et ne montraient que leurs yeux. Certains vécurent ainsi des années entières. Gaufridy ne fit que passer dans le croton. Mais assez pour être en peu de temps méconnaissable. Ceux qui venaient le visiter profitaient alors de son état d'épuisement progressif pour le faire parler. Il essayait de résister à ces « référents », le plus souvent des religieux, en leur opposant ce qu'il croyait être encore la vérité, et la dignité rebelle qui demeurait en lui. Il restait convaincu que tout s'éclairerait, serait porté à la lumière. Mais le temps, l'obscurité et Michaëlis faisaient leur œuvre.

3

Tandis que l'enquête de police se déroulait à Marseille, l'instruction se poursuivait à Aix. Elle était entièrement entre les mains du juge Thoron qui avait la confiance absolue de Guillaume Du Vair et était assisté par le très zélé Me Garandeau. Thoron n'avait pas beaucoup d'imagination, et le seul moyen d'agir lui paraissait être d'interroger sans relâche Madeleine et Gaufridy. Séparément, autant que possible. Il fallait en effet que leurs déclarations se recoupent, et surtout on n'attendait rien de bon des confrontations qui pouvaient toujours déclencher des crises violentes : il était préférable de mener les choses sans trop mettre les démons dans le cas de se manifester dangereusement.

Pendant plusieurs jours, donc, on tira régulièrement Madeleine de sa cellule et Gaufridy de son cachot pour les amener à l'archevêché où avaient lieu les interrogatoires, tantôt aux Décimes, tantôt dans les salles de secrétariat, tantôt à la chapelle. Cela commençait à devenir routinier, jusqu'au moment où, très étrangement, Madeleine, revenant à une passagère lucidité, changea d'attitude. Il semble en fait que les informations qui lui parvinrent sur la manière dont on traitait Louis, les conditions dans lesquelles on l'avait fait venir de Marseille et arrêté, l'obstination avec laquelle on rassemblait des témoignages à charge provoquèrent en elle un sursaut de révolte accompagné d'un éclair de conscience. Brusquement, elle se rétracta. Pour la première fois, semble-t-il, le 21 février, alors qu'on venait de l'exorciser, comme on le faisait à peu près chaque jour, et qu'on l'avait traînée à la chapelle de l'archevêché où attendait, sur le seuil, une foule avide de la voir se convulser ou délirer publiquement (ou chanter, rire, danser, pousser des cris, comme il lui arrivait fréquemment). Elle déclara tout d'un coup, mêlant le provençal au français : « *Non, non, sont tout d'imaginations, sont d'illusions, non n'est pas vray !* » Elle précisa qu'elle avait parlé à tort et à travers et que, si elle avait su que Du Vair avait été si prompt à faire enquêter à Marseille, elle se serait tue ces derniers jours. Elle ajouta, s'adressant au juge, que désormais elle ne dirait plus un mot : « *Non, non as bel a faire, parlara pas... non, non, parlara pas... la gardaray ben de parla.* » Thoron était atterré. Il alerta immédiatement Michaëlis et Du Vair qui conseillèrent de ne rien précipiter, de gagner du temps, de renvoyer provisoirement Madeleine au couvent.

Mais quand on l'en sortit pour un nouvel interrogatoire, ses rétractations furent encore plus nettes. Elle dit que Louis était « un homme de bien », qu'il devait « être mis sur un autel pour être adoré » (ce qu'on put, heureusement, interpréter comme un aveu de culte démoniaque !). Et, à la surprise générale, elle sortit de sa ceinture une petite lettre pliée, froissée, jaunie, dont elle voulut donner lecture. On tenta de l'en empêcher, mais elle s'obstina. C'était une lettre, disait-elle, que Louis lui avait adressée à l'époque où il était venu la voir, au couvent, une réponse à une lettre écrite par elle-même « avec licence de sa supérieure ». D'une voix faible, tremblante, émue, elle lut : « Très chère sœur et amie, je vous prie de croire que l'amour et l'affection que je vous porte est si grande que je désire que mon cœur soit tout à fait entrelacé et anéanti dans le vôtre et le vôtre dans le mien... » Ici Madeleine s'interrompit et leva la tête pour dire : « Et après ces paroles, il y avait deux cœurs entrelacés l'un dans l'autre avec deux flèches l'une dans l'autre, avec ces mots : “ Ma très chère et bien aimée amie, voilà comme je désire que votre cœur soit avec le mien, et le miens avec le vôtre ”... » Elle s'arrêta de nouveau, les larmes aux yeux. Le ton quasi mystique de cette correspondance (à quel point même : étonnant, ce cœur *anéanti !*) fit une certaine impression sur l'assistance, et l'on jugea qu'il valait mieux ne pas poursuivre. Mais Madeleine s'entêtait dans le lyrisme amoureux. Elle parlait de la rencontre au couvent, du jardin, du cloître, du parloir, elle évoquait Fontobscure, les arbres, les ombrages, les vignes autour de la bastide, le banc dans le parc. On aurait dit qu'elle s'était vidée de ses fantasmes, de ses cauchemars, qu'une étrange euphorie affective et mystique, en effet, s'emparait d'elle.

Deux jours après, c'était encore plus net. Pour la conduire à dire la vérité et à ne plus se rétracter, on lui fit savoir que Louis était là, dans une salle voisine de la chapelle (et on l'y avait emmené, semble-t-il, effectivement, en vue d'interrogatoires parallèles), qu'il était en train de parler, d'avouer, de l'autre côté du mur. Elle s'écria avec violence : « *Courage, mon grand amy, courage, tout ce que n'autres aven dich es faux, sont d'imaginations !* », ajoutant qu'elle ne parlerait plus, ne dirait plus rien contre lui, précisant même : « *O que si aqueste lengo li poudie pourta uno boueno paraulo a l'aureillo, que contentamen !* » (oh ! si cette langue pouvait lui porter une bonne parole à l'oreille, quel contentement !). Comme elle semblait s'adresser directement à lui, à travers la cloison, on modifia la mise en scène, on tourna « le siège et accoudoir » pour qu'elle ne pût plus l'interpeller, le prendre à témoin et surtout subir l'influence subtile qu'il exerçait sur elle. Rien n'y faisait. On sentait que Madeleine avait complètement changé de registre. Certes, elle paraissait toujours folle, égarée. Mais sa folie, maintenant, était tendre, douce, aimante. Les yeux levés vers le plafond, elle soulevait ses cheveux blonds, les faisait gonfler au-dessus de sa tête et disait que Louis lui avait demandé un jour *un* de ses cheveux, puis se ravisant : « Non, la moitié d'un cheveu. » En même temps, elle racontait des rêves, disant par exemple qu'un matin elle s'était vue transportée au sabbat sous la forme d'une statue toute dorée : les magiciens étaient autour d'elle, lui offrant du sang qu'ils venaient de tirer de leurs bras avec une lancette, l'un d'eux, un très beau jeune homme, avait déclaré qu'il était prêt à mourir pour elle, à être immolé sur place pour elle... Bref, elle délirait toujours, mais dans le sens du rêve, de la poésie, de l'amour, des noces mystiques. Et Louis, de plus en plus, était épargné, célébré, fêté, lavé de toute faute.

Comme pour appuyer ce retournement, Catherine de Gaumer vint apporter un jour une information nouvelle selon laquelle, si Madeleine avait appartenu à Louis, c'était tout simplement « parce que son père (ce père dont on parlait si peu !) la luy avait donnée un certain mois d'août au jardin de la bastide, et à midy ». D'où tenait-elle cela ? Peu importait. Mais on substituait des données humaines (aussi inattendues fussent-elles) à des interventions sataniques. De la même façon, Mme de Demandolx venait raconter tout d'un coup qu'à l'époque des rencontres à la bastide Madeleine avait l'habitude de coucher dans le même lit qu'elle, et que Louis Gaufridy s'était un jour étonné de cela, notant que la jeune fille était assez grande pour dormir toute seule et demandant : « Vous ne sauriez lui faire un autre lit ? » : question qui pouvait paraître assez libertine et pleine d'intentions inavouées, mais qui enfin ramenait une fois encore les choses à des proportions humaines et naturelles. Donc, une série de détails, de rectifications survenaient, qui peu à peu remettaient « l'affaire » en place, dégonflaient les fantasmes.

Il était clair que la vraie raison de tout cela était le retour progressif de Madeleine à une certaine forme de sens et de lucidité. Une contre-épreuve existait d'ailleurs, assez terrible. La jeune fille, consciente de ce que son égarement et le désordre de son esprit l'avaient amenée à dire, se retournait contre elle-même au moment où elle émergeait de ses mensonges et de ses délires, comme prise d'une horreur insurmontable devant l'ampleur du mal qu'elle avait pu faire. Il y eut de sa part, dans cette période, des tentatives de suicide presque quotidiennes. On la trouva avec un couteau qu'elle s'apprêtait à s'enfoncer dans la poitrine et qu'on lui enleva de justesse. Immédiatement après, elle tenta de s'étrangler avec un mouchoir. Un autre jour, elle utilisa une lancette pour essayer de s'ouvrir la gorge et ne fut encore sauvée qu'au dernier moment. Il lui arriva enfin de s'enfoncer une très longue aiguille dans l'oreille — avec l'intention, semblait-il, de se transpercer la tête tout entière — et on eut beaucoup de mal à enlever « ladite épingle, qu'on ne sçut jamais tirer avec les doigts » : il y fallut des « petites pincettes ».

Ces accès dépressifs réitérés, ce violent désir de mourir, s'expliquaient évidemment par les effroyables distorsions que vivait Madeleine, revenant à la conscience et à la raison, voyant en face sa folie et son hystérie, comprenant les dégâts et les saccages qu'elle avait commis, irréparables pour l'homme qu'elle aimait peut-être encore.

Une fois de plus, Michaëlis prit rapidement la mesure de la situation qui se créait. Il en vit les dangers. Ne trouvant pas les moyens d'y parer d'une manière décisive, il préféra, selon son habitude, gagner du temps en répandant l'idée que c'était, bien évidemment, le Diable qui avait envoyé auprès de Madeleine une nouvelle légion de ses lieutenants, en vue de la faire changer d'attitude et de lui inspirer une tactique de diversion. Il fallait donc éviter que ces diables, venus du dehors, ne prennent contact avec ceux du dedans. Il eut la très curieuse idée pour intimider Madeleine de la faire enfermer pendant plusieurs jours dans une chambre, en compagnie de deux hallebardiers et d'un homme d'armes, un certain Gaubert, dont la mission était de frapper l'air, autour d'elle, à coups d'épée pour pourfendre les démons. Scène de comédie assez incroyable : Gaubert agitant son épée nue partout, devant le manteau de la cheminée, devant les fenêtres, les hallebardiers montant la garde. Le résultat fut maigre. Madeleine ne démordait pas de ses idées, essayait même de profiter de la complicité d'une servante de l'archevêché, une certaine Cécile, pour faire passer une lettre à Gaufridy. Elle voulait à tout prix entrer en communication avec lui, le revoir, lui dire son amour.

Michaëlis jugea alors qu'il fallait tenter autre chose, de plus décisif. Comme il commençait malgré tout à être un peu désemparé, il appela le juge Thoron et Me Garandeau en consultation. Les trois hommes envisageaient plusieurs hypothèses, creusaient leur imagination, lorsque Garandeau eut une idée. Il fallait mettre Madeleine dans le cas d'échapper à toute nouvelle influence pernicieuse du Malin, ou de Gaufridy lui-même, en la plaçant au contact direct de ce qui la protégerait le mieux et la ramènerait au plus vite sur la voie de son salut : les reliques des saints. Or, il existait, Garandeau pouvait donner toute précision là-dessus, dans l'église cathédrale Saint-Sauveur un cabinet très secret, très fermé, très souterrain, au fond d'une chapelle, où se trouvaient de nombreux ossements, des squelettes entiers même, appartenant aux saints les plus illustres de la Provence. Il fallait l'enfermer un certain temps dans cet ossuaire, et on verrait bien si elle ne changerait pas d'attitude, ne reviendrait pas à de meilleures dispositions, on verrait surtout « ce que serait la contenance des diables ». Michaëlis trouva l'idée fort bonne et décida, séance tenante, qu'on l'exécuterait. N'avait-elle pas le double avantage d'être conforme aux saintes doctrines et d'une efficacité prometteuse ? On reste stupéfait aujourd'hui de l'émulation et de la solidarité dans le sadisme des hommes d'Eglise et de justice de ce temps. Il est de fait que, cette fois, ils se surpassèrent. Mettre une jeune fille aussi atteinte dans sa santé mentale et psychique que Madeleine dans un véritable « pourrissoir » ne pouvait naître que de cerveaux malades et retors.

Pourrissoir, l'ossuaire en était bien un. Il se trouvait soit au fond de la chapelle aménagée dans l'ancien narthex du baptistère de la cathédrale, soit sous la dalle même de la nef. Aujourd'hui encore, semble-t-il, plusieurs ossuaires subsistent sous de larges socles de pierre pouvant être soulevés comme des trappes, en divers endroits de l'église. Mais il est peu probable qu'ils soient très profonds. Divers aménagements, diverses dénivellations de terrain ont modifié, au cours des âges, la configuration des lieux. A l'époque, le cabinet en question devait être suffisamment profond et sombre pour inspirer l'effroi. Quand on y amena Madeleine, elle vit un entassement de squelettes appuyés sur le mur du fond et, par terre, des tibias, des fémurs, des têtes de mort qui roulaient de tous les côtés. Une poussière âcre la prenait à la gorge. Elle tenta de reculer, saisie d'horreur, se signant à gestes saccadés, désordonnés, haletante. Mais Michaëlis lui dit de rester calme et de ne pas bouger. Il expliqua longuement devant Thoron, Garandeau, les deux vicaires et les deux gardes qui les accompagnaient, que ces reliques étaient parmi les plus « hautes » qu'on pût considérer : elles appartenaient non seulement à des saints, mais à des dignitaires, des princes, des notables, des hommes de la plus grande piété. Les diables, en leur présence, n'auraient qu'à bien se tenir. Leurs fourches n'étaient pas habituées à remuer des squelettes dans l'Enfer. Ils verraient. Ils reculeraient. Ils seraient saisis de panique. Ils renonceraient à détourner Madeleine du chemin du repentir et de la vérité.

Pour faire une démonstration immédiate de ce qu'il attendait, il se baissa, ramassa lui-même deux têtes de mort par terre, et les appliqua lentement sur différentes parties du corps de Madeleine que maintenaient une religieuse et un garde. En particulier sur ses joues, sur ses tempes, sur son cou, sur ses bras. L'effet ne se fit pas attendre. Madeleine hurla, se tordit, se convulsa, bava. Elle ne cessait de remuer la tête, de droite à gauche, en criant : « Oste moy cela, oste moy cela ! » Michaëlis dit qu'il était tout à fait clair que les diables ne pouvaient « demeurer en repos au contact des saintes reliques ». Il élevait en l'air, dans la lumière grise qui filtrait de la porte restée entrouverte, les deux têtes, les comparant, faisant remarquer que l'une était plus petite que l'autre, affirmant sa certitude qu'elles appartenaient à des évêques illustres, ensevelis ici, l'un hautain, l'autre humble, tous deux dévoués jusqu'à leur dernier souffle à la cause de Dieu. On voyait bien l'horreur qu'elles inspiraient au Malin. Il ne fallait pas s'en tenir là. Michaëlis demanda qu'on allât chercher plusieurs prêtres, et même fit procéder sur place à deux exorcismes sur Madeleine, puis donna l'ordre que l'on entonnât un *Te Deum* en l'honneur des saints et des évêques. Après quoi, il insista pour qu'on recommençât un certain nombre de fois les applications de reliques. La malheureuse se débattait, criait, donnait l'impression de devenir complètement folle, se mettant à débiter des paroles incohérentes, désignant à plusieurs reprises une de ces têtes comme celle de Belzébuth même, suppliant qu'on ne la touchât plus, qu'on ne l'approchât plus. Michaëlis décida d'interrompre la séance mais recommanda qu'on laissât Madeleine un certain nombre d'heures seule dans l'ossuaire, avec les squlettes, pour lui permettre de méditer. Ce qui fut fait. (Chose curieuse, Freud, relatant le cas d'Anna O..., raconte que ses hallucinations étaient « pleines de têtes de mort et de squelettes ».)

Le lendemain, on recommença. Détail particulièrement macabre, quelqu'un eut l'idée d'aller chercher une tête de mort plus « fraîche », au cimetière voisin de l'église, et ce fut cette fois un crâne moins décharné qu'on eut le sadisme d'appliquer sur la joue de Madeleine et sur son épaule. On se donna pour justification de dire que c'était la tête d'un homme important, d'un saint contemporain, particulièrement vénérable. La jeune fille hurla d'effroi, en disant que c'était celle d'un damné. On lui expliqua que bien au contraire elle avait eu l'insigne avantage d'entrer en contact avec le crâne d' « un évêque d'Arles » ou d'« un évêque d'Aix ». Que d'évêques, dans le pourrissoir ! Que d'ombres grandioses pour protéger, exorciser, sanctifier Madeleine, mettre en déroute ses démons ! Elle criait, sautait, cherchait à s'enfuir, se jetait contre les murs, se portant « d'un costé et d'autre, tremblant et ne pouvant demeurer ny debout ny assise », disant « qu'elle sentait comme une grande flamme de feu au-dedans de son corps et qu'elle entendait parler les démons ». L'expérience était concluante. On referma la porte et on la laissa de nouveau un certain temps dans la nuit de l'ossuaire. Michelet écrit qu'après cela « elle ne mourut pas d'horreur, mais elle fut dès lors à discrétion ».

4

Pour Gaufridy, l'écrou se resserrait de la même manière. Ses « référents » venaient le voir régulièrement dans sa prison, lui prodiguant des sourires et des conseils, l'invitant à avouer, l'encourageant de toutes les manières possibles, comme deux « charitables pères » qu'ils étaient (on avait désigné le P. Antonin d'Aix et un autre capucin, gardien du couvent, le P. Celse). Mais, eux repartis, il retrouvait la solitude, l'obscurité, l'humidité, les rats, les fers. On avait jeté de la paille au fond du cachot, mais cette paille, pénétrée d'eau, peu à peu pourrissait, se décomposait en boue gluante, répandait une odeur insupportable. C'était le lit où il devait dormir, les anneaux qui enserraient ses chevilles ne lui permettant de se tenir que sur un côté, toujours le même. S'il lui arrivait de fermer les yeux, très vite les rats venaient rôder autour de sa figure, attaquant à petits coups de dents les brins de paille. Il préférait finalement rester assis, de longues heures, rivé au sol, se tenant la tête dans les mains, immobile, courbé. De temps en temps, un bruit lui faisait lever les yeux : un verrou qu'on poussait, une porte qui tournait sur ses gonds, le geôlier peut-être qui approchait. Il allait déposer sur la pierre plate posée contre le mur du fond une écuelle de brouet, toujours aussi gris, toujours aussi clair, malgré les quelques haricots moisis qui y nageaient. Louis aurait-il seulement la force de se baisser pour la saisir, la porter à ses lèvres avec ses mains, ses poignets ankylosés ? Puis il retomberait dans le silence, dans la nuit, dans le bourdonnement obscur qui battait sous son front.

Les capucins avaient quelquefois l'impression qu'il devenait fou. Un jour, ils l'avaient vu tenir longuement un brin de paille entre ses doigts, le retourner en tous sens, l'examiner avec minutie, les yeux fixes, ce qui leur avait paru bizarre et presque suspect. Une autre fois, ils avaient noté qu'il pleurait. Lentement, en silence. Les larmes ruisselaient doucement sur les ailes de son nez, dans les sillons de ses joues. Mais on n'entendait rien, aucun soupir, aucun sanglot : c'était une assez singulière manière de pleurer. Les capucins avaient le temps de l'observer de très près, car il leur arrivait de passer de longues heures avec lui. Parfois des nuits entières, partageant le cachot, la litière de paille. Il fallait qu'ils soient là au moment où son cœur et sa bouche s'ouvriraient aux aveux. La pire chose, de sa part, était l'endurcissement, le mutisme. Leur devoir était, par tous les moyens, et au prix d'une patience sans défaut, de le conduire à vaincre les résistances qui l'empêchaient de céder. Les PP. Antonin et Celse savaient s'y prendre. Ils pratiquaient une méthode qui consistait à entrecouper les interventions de leur charité active par des considérations désespérées sur les « tourments » qui attendaient Louis, s'il ne s'abandonnait pas à la confession et au repentir : la question, les supplices de toutes sortes, le bûcher, l'horreur des chairs tenaillées, le grésillement des flammes. Et la torture de ce cachot qui pouvait durer des jours et des nuits encore. Après quoi, ils revenaient aux exhortations, aux « consolations », lançaient des appels à sa confiance, l'entouraient, le pressaient, l'assiégeaient sans repos. Comme il était à bout de force et de conscience, il se rapprochait peu à peu du moment de l'aveu. Celse et Antonin auraient voulu que cela advînt pour le jour de Pâques, comme on le leur avait prescrit, ce qui aurait donné à l'événement un aspect solennel et grandiose. Si on avait pu même brûler Gaufridy pour Pâques, c'eût été encore plus beau : on ne perdait jamais de vue ce rythme des fêtes religieuses qui devait scander la vie et la mort, il fallait savoir parfois presser les choses pour s'y conformer. Mais les deux capucins étaient convaincus qu'ils ne réussiraient qu'en prenant leur temps et en dosant leurs efforts et leurs effets. Ils connaissaient parfaitement, eux aussi, les prescriptions inquisitoriales sur les interrogatoires des hérétiques et plus particulièrement sur cette catégorie rebelle et perverse qu'étaient les « magiciens hérétisants » évoqués par Eymerich et Peña dans la section 29 du chapitre E de la deuxième partie de leur livre, ces hommes qui pratiquaient la « magie de sorcellerie (*venefica*) », ou magie maléfique particulièrement impure et dangereuse, longuement décrite dans le célèbre *Marteau des sorcières (Malleus maleficorum)* du démonologue Sprenger. Il fallait répliquer à leur ruse par la ruse, prévoir leur art de cacher la vérité, de répondre à côté de la question sans avouer vraiment, d'utiliser des astuces trompeuses (le *Manuel* énumérait longuement les « dix astuces des hérétiques pour ne pas avouer », auxquelles il faisait correspondre les « dix astuces de l'inquisiteur pour déjouer celles de l'hérétique »), de « tergiverser les mots de la question », de feindre une habile surprise. Il fallait aussi ne pas se laisser apitoyer par leurs façons de feindre la folie (« pour en avoir le cœur net, on torturera le fou, vrai ou faux ») ou de dire que les supplices les tueront (« ils se disent malades, si on les torture, et les femmes disent qu'elles ont leurs règles »). Il était en outre nécessaire d'utiliser toutes les promesses possibles pour les amener à céder, y compris la promesse de leur grâce, le mensonge en ce domaine n'ayant aucune importance, car « dans ce qu'on fait pour la conversion des hérétiques, tout en effet est grâce » (textuellement !). Spontanément, avec un grand zèle, un grand art et une grande patience, les deux pères jouaient sur ce multiple registre.

De temps en temps, on se retournait vers Madeleine pour voir ce qu'elle pensait des réactions de Louis, ou quelles admonestations elle avait à lui transmettre. Devenue complètement folle, elle acquiesçait à tout ce qu'on voulait. Quand on lui raconta la méditation hagarde du prisonnier sur le brin de paille, elle dit : « Pas étonnant. On connaît un magicien aux yeux, quand il regarde fixement en terre, et ne peut fixement regarder les gens qui le regardent. On les connaît quand ils s'inclinent en terre, prenant une paille, car lors, ils demandent conseil au Diable et luy font hommage de cette paille. » Si on lui disait qu'il pleurait dans son cachot, elle répliquait que c'était Belzébuth qui était allé vers lui pour « l'advertir de plorer », et elle ajoutait : « Quand les sorciers ou magiciens veulent plorer, ils mettent les deux doigts plus proches du poulce sur les deux tempes de la teste, et lors ils plorent, mais non pas chaudement comme les autres, quoy qu'ils se voient en danger de mort, mais froidement et par contraincte, et à peine tombent leurs larmes plus avant que des joues. » Celse et Antonin, on le devine, écoutaient béats.

Au fur et à mesure que la jeune fille revenait à ces sages dispositions, des « merveilles » advenaient : les marques diaboliques qui stigmatisaient son corps disparaissaient peu à peu. On la faisait de nouveau piquer, percer, sonder. Stupeur ! Elle sentait les aiguilles, le sang coulait ! Signe bien évident, disait Michaëlis, que devant sa bonne volonté et à l'approche des aveux de Gaufridy, le Diable était pris de panique et commençait à battre en retraite. Les barbiers, les chirurgiens eux-mêmes en étaient confondus. De surcroît, Me Garandeau mourut un beau matin d'un accident cardiaque. C'était peut-être un signe du ciel, une punition de Dieu sur l'homme qui avait eu l'idée de la réclusion dans l'ossuaire, un avertissement du destin signifiant qu'on avait eu tort de ne pas faire confiance à la jeune nonne. Il ne fallait pas pourtant qu'elle se crût trop à l'honneur désormais et qu'un vain orgueil la poussât à reprendre le contrôle des événements. Le P. Romillon, qui était un peu sorti du jeu mais qui revenait à point nommé pour veiller sur le salut de sa chère ursuline, suggéra qu'on ferait bien de la tondre. Il donnait pour argument que sa chevelure blonde, si l'on voulait bien y réfléchir, était une des principales causes des maux affreux qu'on avait eu à endurer dans toute cette affaire : elle était l'emblème de sa féminité dangereuse, de sa coquetterie redoutable, de l'insolence irrévérencieuse dont elle faisait preuve trop souvent, des « charmes » exercés sur elle par Gaufridy. Oui, il fallait lui raser le crâne, pour lui apprendre l'humilité : « A raison, dit exactement Romillon, d'une complaisance qu'elle avait eue sur ses cheveux blonds. » On le fit. Madeleine se débattit. Elle pleurait, elle criait, elle remuait la tête en tous sens pour échapper aux ciseaux « par un continuel mouvement jusque à terre, tantost devant, tantost derrière », se donnant en même temps « des coups de poings au front ». Mais les cheveux tombèrent. L'humiliation ultime de la pécheresse fut consommée.

A Marseille aussi, on s'employait à faire savoir comment Louis se comportait en prison, comment il s'avançait sur la voie des aveux. Des *monitoires* étaient placardés un peu partout, affichés dans les églises, lus en chaire (on y invitait les fidèles à venir révéler tous les faits qu'ils pouvaient connaître sur l'affaire, sous peine d'excommunication), signés de la main même de Guillaume Du Vair. Apparemment, cela suffisait à calmer les dernières ardeurs qui pouvaient se manifester encore en faveur de Gaufridy. Il ne restait presque plus rien du mouvement de solidarité qui l'avait soutenu. Au contraire, la peur faisait fleurir les témoignages hostiles. En deux semaines, vingt-quatre dépositions nouvelles s'accumulèrent, plus folles, plus basses les unes que les autres. Pêle-mêle, dans les dossiers, on trouve les imputations de la femme Bouchette que Louis avait fréquentée dans les premiers temps de son installation à Marseille et de nouvelles divagations de Pintade, de Victoire Corbie, de François Perrin. Mais surtout des inconnus surgissent, disent leur mot, retrouvent un épisode insolite au fond de leur mémoire ou de leur imagination. Une servante explique que le bénéficier, un jour, a voulu la marier à un jeune homme blond, malgré elle. Une dévote relate un de ses rêves dans lequel elle a vu Louis s'allonger démesurément et devenir « un grand diable devant Dieu ». Une vieille femme déclare qu'elle l'a surpris en train de rire, un matin, au passage d'une procession et qu'elle sait de source sûre qu'il donnait parfois la communion sans avoir prononcé les paroles de l'absolution. Un avocat raconte avec force détails qu'il l'a rencontré une nuit, à une heure très tardive, dans un quartier des plus mal famés de Marseille : à sa question : « Que faites-vous là ? », l'autre répond avec la plus incroyable des insolences : « Qu'y faites-vous vous-même ? », sur quoi il disparaît et l'avocat aperçoit à travers une fenêtre une jeune personne qui plus tard devait devenir « débauchée et fille de bordeau » ; de plus, le témoin devait voir, quelques jours après, son enfant de trente mois se tuer en tombant de son berceau et devenir noir comme charbon, comble d'horreur et affreux sortilège ! Une femme de ménage expose qu'il lui arrivait souvent en nettoyant sa chambre de trouver le lit dans un bizarre état. Un marchand se souvient qu'il avait une allure étrange quand il entrait dans sa boutique et lui passait des commandes suspectes. Jean de Demandolx lui-même, fils naturel d'Antoine de la Palud (et donc frère naturel de Madeleine), qui s'était jusqu'à présent tenu à l'écart de toute l'affaire, se croit obligé de venir dire ce qu'on ne lui demande pas, dans une suite de propos vagues et confus : Madeleine était douce, bonne, pure, sans tache, elle ne s'intéressait pas aux hommes, ne leur parlait pas, baissait le front et rougissait devant eux, Gaufridy était bien le seul qui ait jamais osé l' « accoster ».

Mais ceux qui renchérirent le plus furent les prêtres, vicaires, chanoines et prieurs des Accoules. Ils n'étaient pas très méchants, à vrai dire, et pendant longtemps avaient fait des efforts pour tenir leurs langues, ne pas en dire plus sur Gaufridy qu'ils ne savaient réellement. Mais maintenant le courant était trop fort, l'émulation trop vive — et les risques peut-être trop grands —, chacun y allait de son petit récit. L'un revenait sur les histoires de pigeons et de « bons mourceaux », insistait même sur le goût que Louis avait pour « les épicettes en ses viandes », sur sa manie de relever avec des sauces très fortes les artichauts et les cardes. Un autre disait qu'il se couchait « tout nud au lit, avec les femmes », qu'il l'avait constaté de ses yeux. Un troisième racontait qu'un jour, dans la sacristie, il s'était curieusement déguisé et avait eu certaines attitudes difficiles à relater. Un quatrième expliquait qu'il était venu une fois au réfectoire accompagné d'un chat gris — sans doute un *masq* — qui griffait tout le monde et qu'on ne réussissait pas à chasser ; on l'avait même jeté par une fenêtre et il était revenu par une autre. Certains, enfin, à voix basse, évoquaient des scènes de l'enfance de Louis, qui leur avaient été relatées et qui laissaient une impression plus que bizarre. On murmurait que, lorsqu'il était berger à Beauvezer, il avait avec les animaux des rapports étranges. On disait même qu'un jour dans la maison que ses parents occupaient à flanc de rocher, un peu en dehors du village, il lui était arrivé une chose singulière : alors qu'il dormait, à l'approche de minuit, les diables étaient venus l'enlever de son lit pour le porter sur le *solleiyaire* qui s'ouvrait à l'étage, et de là ils l'avaient précipité par terre en prenant soin d'ailleurs qu'il ne se fît aucun mal, il s'était relevé miraculeusement indemne. Bref, jusque dans ses plus lointaines années, il y avait des faits étranges, des conduites singulières qu'on aurait pu déceler aisément si l'on avait été clairvoyant. Mais on n'avait rien vu. Maintenant il était temps d'ouvrir les yeux. Tout devenait clair, dans le présent comme dans le passé. Ainsi parlaient les bons prêtres. Et ils déposaient scrupuleusement leurs témoignages. Une montagne de déclarations, de confessions, de relations, de révélations s'accumulait.

Louis ignorait cela. Mais, soumis à la rigueur carcérale, il commençait à vaciller. Le 10 avril 1611, qui était le Vendredi saint, il demanda les deux capucins qui, tous les jours précédents de la Semaine sainte, l'avaient pressé et exhorté avec une insistance particulière, et leur dit, la voix blanche, les yeux hagards : « Le Diable m'a accusé du crime de magie et que j'estais le Prince de la synagogue : son accusation est véritable, car je le suis. » Silence. Moment de stupeur et de jubilation chez Antonin et Celse. La gloire de Dieu si haut proclamée, un Vendredi saint, dans les basses-fosses de l'illustre palais comtal ! Il fallait être calme, patient. Ne rien compromettre. Se faire d'abord répéter la chose. Louis répète. La faire connaître à Michaëlis, sans perdre de temps. Il est une fois de plus en train de prêcher, à Saint-Sauveur. Il exalte la Passion du Christ. On lui dépêche un émissaire qui l'informe au sortir de la chaire. Très vite, la foule assemblée dans l'église sent que quelque chose arrive, qu'un événement se prépare. Michaëlis apaise les fidèles, les invite à se concentrer dans la prière. Sans perdre de temps, il quitte la cathédrale pour rencontrer les deux capucins. Il leur demande de ne rien laisser échapper des aveux de Gaufridy, de les prendre par écrit, de les consigner dans le plus grand détail.

Ce qui fut fait. Il en résulta une plaquette, imprimée en un temps record pour l'époque et mise en circulation dès la mi-avril. On peut en voir un exemplaire à la Bibliothèque de Marseille, dans les Archives du diocèse de la ville. Ce document porte pour titre :

Confession faicte par Messire Loys Gaufridy prestre en l'église des Accoules de Marseille, Prince des magiciens depuis Constantinople jusqu'à Paris, à deux Pères capucins du couvent d'Aix, la veille de Pâques, le onzième avril mil six cent onze.

A Aix, par Jean Tholozan, imprimeur du Roi et de ladicte ville, MVCXI.

Avec la permission de la cour de Parlement.

Un détail retient immédiatement l'attention : la veille de Pâques était le 2 et non le 11 avril. L'erreur semble avoir été volontairement commise afin de laisser penser que la révélation publique de ces extraordinaires « aveux » coïncidait avec la fête de Pâques : toujours la même obsession des grandes échéances du calendrier religieux ; faute de pouvoir brûler Gaufridy le jour de la résurrection du Seigneur, on produisait à cette date les pièces qui l'enverraient au bûcher.

Ces aveux, à vrai dire, avaient dû être obtenus et transcrits au moment où Louis, à bout de résistance, broyé par le cachot, affamé, privé de sommeil, menacé des plus affreuses tortures, était en condition de dire tout ce qu'on voulait entendre de lui. Les capucins qui se relayaient sans cesse à son côté étaient prêts, depuis longtemps, à les recueillir. L'un d'eux même, les derniers temps, ne le quittait plus et dormait sur la paille de la prison, près de lui. Il parla donc. Il ne fit pas le détail. Il consentit à tout. Le document est étonnant en ceci qu'il va au-delà de l'imaginable et du crédible. Il dépasse les espérances des questionneurs. Il est, dans le domaine des confessions extorquées et fabriquées, un modèle du genre. La vieille langue française augmente encore son effrayante saveur de culpabilité volontaire, délirante et naïve.

Il commence par un préambule évoquant une visite de Lucifer « revestu en gentilhomme » dans la chambre de Gaufridy un jour où, comme par hasard, il était en train de lire le fameux livre « de magie », légué par son oncle. Louis y raconte comment le Diable, qui était bon juriste et n'aimait pas laisser ses intérêts au hasard, lui imposa la signature d'une « promesse » rédigée avec autant de rigueur et de précision qu'une pièce notariée. Il en donne les termes exacts :

> *Je, Loys Gaufridy, renonce à tous les biens, tant spirituels que temporels, qui me pourroient être conférés de la part de Dieu, de la Vierge Marie, de tous les saincts et sainctes du Paradis, particulièrement de mon patron saint Jean Baptiste, saint Pierre, saint Paul et saint François, et me donne corps et âme à vous Lucifer icy présent, avec tous les biens que je possèderay (excepté de la valeur des sacrements pour le regard de ceux qui le recevront). Ainsi signé et arresté.*

> (La façon dont les contrats passés avec le Diable sont faits à l'imitation des contrats de propriété, de vente, de donation, etc., dans une société très « marchande », se passe de commentaire).

Il reconnaît ensuite dans une longue et monotone litanie en cinquante-deux paragraphes, tous ouverts par les mots « J'advouë » (comme si le martèlement, la répétition mécanique du verbe « avouer » était la garantie même de l'aveu), l'ensemble des griefs qu'on lui a imputés à un moment ou l'autre de l'enquête. Par exemple, qu'il pratiquait quotidiennement le livre de magie de son oncle, qui avait favorisé la visite du Diable :

> 2. *J'advouë que je tenois le susdit livre de magie dessous le manteau de la cheminée de ma chambre*

à main gauche, sur un petit aix de bois attaché d'un clou.
3. J'advouë comme je prenois un extrême plaisir à lire ledit livre et, le lisant, le Diable s'apparut à moy en la mesme forme que dessus.

Il reconnaît de la même manière le pouvoir que lui a donné le Diable, par la signature de la fameuse cédule, de *souffler* les filles et les femmes :

4. J'advouë que deux ou trois jours après ladite promesse, ce mesme Diable retourna (comme il m'avoit promis) et me dit alors que par la vertu de mon souffle j'enflammerois à mon tour toutes les filles ou femmes dont j'auroys envie de jouyr, pourveu que mon souffle leur arrivast aux narrines ; et dès lors je commençay à souffler toutes celles qui me venoient à gré.
5. J'advouë comme le Diable m'apporta une cédule signée de luy, contenant la vertu du souffle, laquelle j'ai encore chez moy.
6. J'advouë comme j'ai soufflé mille filles, ou femmes, prenant un extrême plaisir à les voir enflammées de mon amour ; j'ay dit plusieurs fois en parlant de quelques-unes particulières à leurs pères : Vos filles en ont autant qu'elles peuvent porter, sans m'expliquer autrement.

Il expose en détail sa rencontre avec Madeleine et les « manœuvres » qu'il entreprit sur elle :

9. J'advouë comme la première fois que je voulus jouyr de Magdelaine, je luy mis la main sur la bouche, et sur le front, et puis où logeait la virginité, ce qu'elle endura.
10. J'advouë que je soufflay cette damoiselle plusieurs

fois, car tant plus que je la soufflois, tant plus elle estoit désespérée de ma jouissance. Je voulois que l'effet de la concupiscence vînt de sa part ; aussi je l'infectay si bien par mon souffle qu'elle mouroit d'impatience quand je n'estois pas avec elle : elle me venoit chercher aux champs, à l'église, et vouloit que je fusse toujours chez son père. Aussi l'ai-je congneuë comme j'ay voulu.

Puis il expose comment il l'a fait escorter d'un diable nommé Asmodée et l'a donnée à un autre nommé Belzébuth, toujours dans les formes d'un engagement juridique scellé par le sang :

12. J'advouë qu'en la présence du diable Belzébuth, je la picquay avec un petit poinçon fort deslié (fait en façon d'aiguille) dans la jointure du petit doigt de la main droite, pour avoir du sang pour signer ladite promesse.

Vient ensuite le récit des actes de magie et de sorcellerie qui découlèrent de ces liens, et notamment les escapades au Sabbat, sur lesquelles les aveux sont sans faille :

17. J'advouë comme la première fois que l'on va au Sabath, tous, Masqs, Sorciers, Sorcières et Magiciens sont marquez avec le petit doigt du Diable qui a cette charge.

18. J'advouë que j'ay esté marqué au Sabath de mon consentement et y ay fait marquer Magdelaine. Elle est marquée à la teste, au cœur, au ventre, aux cuisses, aux jambes, aux pieds, et en plusieurs autres parties de son corps : elle a encore une aiguille dans sa cuisse qu'elle ne sent poinct, laquelle je luy ay veu mettre, et lorsque l'aiguille entre, vous diriez qu'on perce une peau de parchemin.

Des indications précises de lieux sont données :

> *21. J'advouë comme je me suis trouvé au Sabath en plusieurs lieux, sçavoir à la baume de Roland, à la baume de Loubières et deux ou trois fois à la Saincte-Baume. Y allant une fois exprès pour faire emporter Magdelaine par le Diable et la traîner par tous les bois de la Saincte-Baume.*
> *22. J'advouë que lors que je voulois aller au Sabath, je me mettois la nuict à la fenestre, toute ouverte : autres fois je sortois de ma chambre, la fermant à clef, et ayant mis mes clefs à ma pochette, Lucifer me prenoit et à un instant je me treuvois transporté au lieu où le Sabath se tenoit, y demeurant quelquefois une, deux, trois ou quatre heures pour le plus souvent, suivant les affections.*

Le rituel et les cérémonies du Sabbat sont décrits avec complaisance :

> *23. J'advouë comme à l'entrée et sortie du Sabath, tous les Masqs, Sorciers et Magiciens adorent le Diable, luy rendent l'hommage, chacun selon son degré, sçavoir : les Masqs l'adorent tout couchez à terre, les Sorciers estant à genoux, et fléchissant le corps ; et les Magiciens, comme Princes du Sabath, se mettent seulement à genoux.*
> *24. J'advouë qu'aussi-tost qu'on est entré au Sabath, il y a un Diable qui a commandement de faire renier Dieu à chacun, tous les Saints et Sainctes, et particulièrement saint François.*
> *25. J'advouë que je me suis trouvé souvent au Sabath avec Magdelaine, et luy ay fait avaler des caractères dans une escuelle, les uns escrits par les Diables, et*

les autres par moy, pour la faire enrager davantage à mon amour.

.. ..

29. J'advouë comme on fait une forme de Baptesme au Sabath, et que chacun sorcier fait vœu particulièrement, se donnant au Diable, et fait baptiser tous ses enfants au Sabath, si faire se peut, comme aussi l'on impose des noms à chacun de ceux qui sont au Sabath, différents de leur propre nom.

30. J'advouë comme en ceste forme de Baptesme on se sert de l'eau, du soufre et du sel : le soufre rend esclave du Diable et le sel pour confirmer le baptesme au service du Diable.

.. ..

35. J'advouë comme les chandelles qu'on y brûle sont de poudre et de soufre.

36. J'advouë comme le prestre qui dit ceste forme de messe est porté au Sabath par son diable, ayant une chasuble violette.

37. J'advouë comme la cloche avec laquelle on la sonne est de corne, ayant son batail de bois pour la sonner.

.. ..

40. J'advouë comme on consacre beaucoup de croustes et de morceaux pour donner aux assistants, et quand il n'y a assez de croustes du dessous, on prend de celles du dessus.

41. J'advouë comme on lève la crouste offerte, chacun renie Dieu tout haut et crie : Maistre, ayde nous, s'adressant à Lucifer et autres diables.

42. J'advouë comme l'on offre du sang dans un bassin ou vaisseau assez grand, et puis après, quand l'offerte est faicte, le prestre qui dit cette forme de messe prend un aspergès, le baigne dedans, et puis après en asperge les assistans.

> *43. J'advouë comme tous en prennent à belles mains, et en mettent sur leurs testes, disant :* Sanguis ejus super nos et super filios nostros.
> *44. J'advouë que toutes les croix qu'on faict durant cette messe sont faictes au rebours comme dessus.*
> *45. J'advouë que quand on dit* Agnus dei *et* Domine non sum dignus, *chacun enrage dans son cœur, et tous crient comme désespérez, adressans leurs paroles au Diable, disant : Maistre, aide nous toujours.*
> *46. J'advouë que chacun est obligé de prendre leur communion, et quand on ne le faict, on est tenu de faire manger son morceau de crouste de pain à un diable transformé en chien ; et me souviens fort bien que le diable qui avoit ceste charge fut reprins fort aigrement des autres pour ne s'en estre pas bien acquitté.*

Et, pour terminer et tout résumer :

> *51. J'advouë comme le Diable ne me laissoit jamais si ce n'est lorsque j'entrois à l'Eglise des Capucins : là il m'attendait à la porte.*
> *52. J'advouë comme il y a treize ou quatorze ans que je me suis baillé au Diable, corps et âme, et ay renoncé à tout ce que je pouvois espérer de la miséricorde de Dieu.*

Aveux complets, on le voit. Et dont l'avant-dernier article a même l'avantage de « signer » clairement le document. C'est Gaufridy qui « advouë », mais ce sont les capucins qui rédigent, et ils ont bien pris soin, dans leurs naïves et scrupuleuses formulations, de tenir l'église des Capucins hors de portée du Diable : une bonne chose de faite au passage ! Pour le reste, les méandres, fioritures et éventuelles préciosités du style (dont les inflexions, par moments, se font curieusement littéraires) suffisent : on sent que l'important est que les choses soient non seulement dites, mais *écrites*. Et écrites, elles le sont en effet, avec art (cet éclat du soufre et du sel !), sentiment (ces femmes « enflammées » d'amour !), hardiesse (ce beau chiffre rond de *mille*, pour le nombre des filles « soufflées » !), raffinement (ces lettres, ces « caractères » que Madeleine a avalés dans une écuelle pour être mieux liée !). Mais avec assez de sûreté et de précision policières surtout pour que l'on retire de ces aveux l'impression que de tels faits ne peuvent pas s'inventer, que le déroulement du cérémonial sabbatique, décrit avec une telle exactitude, ne peut être que réel, que des pratiques de séduction aussi minutieusement reconstituées ne peuvent relever du rêve. Pour que l'aveu ne se dérobe pas, il faut qu'il fuie le vague, le douteux, le diffus, il faut qu'il tombe sur un écritoire ou sous les touches d'une machine à écrire, avec une force tranquille, butée et opaque qui ne laisse pas de place à la fissure, à l'hésitation, au sous-entendu : ces cinquante-deux paragraphes ont la rectitude énumérative de la chose écrite devenue chose de plomb.

5

Dans les jours qui suivirent, Louis trouva pourtant assez de force en lui pour revenir sur tout cela devant ses juges. Ils se réunissaient dans la salle des Monnaies, au deuxième étage du palais, et le convoquaient régulièrement en audience. Antoine Thoron présidait la séance, Me Séguiran l'assistait, un nouveau magistrat chargé de suivre l'affaire, le conseiller Olivier, était là, divers ecclésiastiques siégeaient à leur côté, le procureur général Louis-François de Rabasse écoutait en silence, Guillaume Du Vair venait quelquefois. Louis n'était plus qu'une loque inerte, passive, devant eux.

Mais ce matin-là, alors qu'on lui lisait des extraits de ses aveux, il déclara d'une voix très basse, mais calme, qu'il avait « fait remplir le papier de mensonges et de faussetés, le tout par la seule appréhension de la mort et des douleurs qu'il se présentait qu'il avait à souffrir et desquelles il pensait se pouvoir garantir par ce moyen des confessions par luy depuis hier faites [...] et encore auparavant en présence de M. le Premier Président et notaire ». Il faisait allusion à des propos récents qui avaient pu sembler confirmer ses aveux écrits. Très clairement, il expliquait que seule la peur de la torture et des supplices (dont on ne s'était pas fait faute de brandir devant lui la menace) l'avait amené à dire tout cela. Il ajoutait que les pères capucins étaient venus à bout de sa patience. Ils l'avaient « assailli de toutes sortes de consolations », allant jusqu'à dormir à côté de lui, au croton, sur la paille, « le pressant et l'importunant de dire la vérité durant plus de vingt jours ». Il avait fini par céder, « ce, plus pour les contenter, vu la grande et continuelle peine qu'ils prenaient autour de luy, que pour le remords de sa conscience ; et aussi parce qu'ils luy remontraient que c'était le vray moyen pour obtenir miséricorde de la justice ». Plusieurs fois, il insista sur cette idée qu'il avait fini par dire ce qu'on voulait pour donner « du contentement aux pères capucins ». Ses propos n'étaient que « choses fausses par luy composées et inventées pour donner plus de couleur et de créance à son dire ».

Il se tenait à peine debout. Sa chemise n'était plus que lambeaux qui découvraient son corps maigre. Mais il parlait, les yeux pleins de fièvre dans son visage ravagé. On le considéra avec réprobation. Comment se permettait-il ? Que voulait-il insinuer ? Quelle liberté prenait-il avec un jeu dont on croyait qu'il avait compris les règles ? Devant l'embarras général, le juge Thoron s'éclaircit une ou deux fois la gorge en toussotant et consulta ses confrères sur la conduite à tenir. Après une courte délibération, chuchotée et pleine de sous-entendus, il fut décidé que les aveux devaient être confirmés par des interrogatoires publics où Gaufridy n'aurait pas la possibilité d'éluder la vérité. Ces interrogatoires venaient un peu tard, mais ils avaient au moins le mérite de la clarté : le *procès* disait maintenant franchement son nom. Louis y avait été conduit par étapes graduelles, sans qu'on dise jamais nettement quelle était la nature précise de l'action engagée contre lui. Désormais le fait devenait droit. Les choses furent donc menées selon les exigences apparentes de la Justice, mais à un rythme accéléré. Il était clair que, dans l'esprit des juges, sous l'évidente et insistante pression de l'autorité ecclésiastique, les aveux recueillis par les capucins devaient absolument servir de base à tout ce qui fonderait le jugement. Il ne pouvait être question que de les appuyer de preuves annexes.

Pour cela on multiplia, en l'espace d'une quinzaine de jours, toutes sortes de procédures plus expéditives les unes que les autres. Madeleine et Louis furent encore confrontés : comme la malheureuse avait pratiquement perdu la raison, on n'eut aucune difficulté à obtenir d'elle un certain nombre de propos supplémentaires aussi délirants qu'accablants. Tout le dossier médical fut étalé au grand jour, et Mérindol, Fontaine, Grassi, Bontemps, qui furent entendus, ne purent que donner leur aval aux pénibles constatations des barbiers et des chirurgiens. Tous les registres de Me Séguiran furent ouverts et commentés, et l'on ne put que prendre acte de la somme impressionnante de témoignages à charge qui s'étaient accumulés à Aix et surtout à Marseille. Pour la bonne règle, on fit comparaître tous ces témoins, dans la mesure où il fut possible de les joindre et de les convoquer. Le défilé de la sottise et de la bassesse eut lieu, pendant plusieurs jours, dans la salle des Auditoires. C'était une triste mascarade qui voulait se donner une apparence de sérieux, mais on ne demandait rien d'autre aux témoins que de confirmer par quelque geste ou propos hâtif ce qu'ils avaient dûment déposé par écrit. Et tout cela ne se faisait guère dans la bonne conscience.

De toute façon, la peur physique du Diable dominait ces séances, donnée que l'on risque de perdre de vue aujourd'hui mais qui ne pouvait être qu'extrêmement sensible, à tout moment, aux gens de l'époque. Le fait de discuter, discourir, débattre, témoigner autour du Démon, dans une affaire de sorcellerie, était vécu par eux comme une façon angoissante de le provoquer, d'exciter son courroux et sa vindicte, de rendre sa présence active parmi les hommes encore plus malfaisante qu'elle n'avait été jusqu'à présent. On en jugera par une anecdote qui mérite d'être relatée dans la mesure où, curieusement, elle fait verser tout d'un coup cette angoisse dans la bouffonnerie et la farce. Mais c'est précisément ce qui la rend significative : elle révèle le climat d'hystérie collective qui régnait alors chez les juges eux-mêmes et en fait en même temps la critique par la dérision. Il semble en tout cas qu'elle ait frappé les contemporains, puisqu'elle a été relatée à plusieurs reprises dans des documents de l'époque, et ensuite colportée de récit en récit.

Un jour, le juge Thoron donnait audience à différents témoins et entendait des dépositions, assisté de la commission d'enquête au grand complet où se trouvaient non seulement d'autres magistrats, mais de nombreux prêtres, vicaires et secrétaires. Un grand vacarme se fit soudain dans l'immense cheminée de la salle. Les yeux se levèrent. Une inquiétude pesait sur toute l'assistance. Le bruit, non seulement se précisait, mais s'amplifiait. Une sorte de grondement sourd accompagné de raclements. Juges, commissaires, témoins se regardaient les uns les autres, sans oser faire un mouvement. L'anxiété devenait générale. Le premier, un magistrat se leva, se drapa dans sa robe et gagna la porte. Les autres le suivirent, se drapant avec le même empressement. On commença à se bousculer pour quitter les lieux au plus vite. Et on détournait la tête du manteau de la cheminée. Tout à coup, un grand homme noir en sortit, couvert de suie luisante, secouant la tête et se remuant en tous sens. Ce fut la panique la plus complète. Pas un des participants ne douta que le Diable en personne ne venait d'apparaître, volant au secours de son « élève », de son « disciple », qu'il entendait soustraire à la Justice. On tomba, on se heurta, on s'écrasa vers la porte, avec des cris d'effroi. Le juge Thoron, qui avait un instant essayé de calmer les esprits, n'entendit pas être le dernier à s'enfuir. Malheureusement sa longue robe se trouva prise sous le pied de son fauteuil. Elle se déchira en partie, mais pas assez pour le libérer. Il se jeta alors à genoux devant le Diable, faisant force signes de croix pour le faire reculer et le conjurant en même temps solennellement de l'épargner. Il se découvrit alors que le Malin n'était qu'un pauvre ramoneur qu'on avait chargé, sans en informer la commission, de nettoyer les cheminées du palais comtal. Il s'était trompé de salle, avait fait une chute pénible en accomplissant son travail et s'était relevé ahuri, contusionné, moulu. Devant la terreur qu'il semblait inspirer, il ne savait plus que faire et s'agenouillait lui-même maintenant devant le juge, implorant sa clémence et sa pitié. Situation d'un comique un peu trop beau pour être vrai. Mais extraordinairement révélatrice de la charge d'angoisse et de *peur* véritable qu'il y avait derrière chaque péripétie de l'affaire.

Des épisodes de ce genre ne pouvaient qu'amener les juges à presser le mouvement. Les derniers interrogatoires de Gaufridy eurent lieu fin avril. Le tout dernier fut fixé au 28. On décida de le tenir dans la Grande Chambre de la cour, pour lui donner plus de solennité aux yeux de l'opinion. Louis y comparut enchaîné, un crucifix sur la poitrine. Il dut prêter le serment des prêtres et faire plusieurs fois le signe de la croix avant de s'asseoir sur la sellette placée au milieu de la salle. Rituel terrible qui le plaçait d'emblée dans une position abaissée, écrasée, d'où il ne lui était pratiquement plus possible de se défendre. On reste pourtant étonné, à lire les minutes de cet interrogatoire, de voir à quel point les réponses qu'il donna aux questions précises qu'on lui posait restent éloignées des aveux écrits faits aux capucins. Tout se passe comme si, retrouvant la faculté de parler seul et libre, malgré le cérémonial qui l'accablait, il ne pouvait faire autrement que de dire les choses telles qu'elles étaient, sans outrance, sans complaisance pour les hantises ou les fantasmes de ses persécuteurs, presque banalement, platement. Le décalage entre les termes de cet interrogatoire et le texte des aveux correspond à l'abîme qui s'était peu à peu creusé dans cette affaire entre la simple réalité et l'interprétation qu'en avait faite, au fil des jours, la folie collective d'une époque et qu'entendaient imposer les autorités civiles et religieuses.

Par exemple, dès le début, tandis qu'on le presse de « confesser la vérité ingénument » sur toute sa vie passée, il raconte son enfance dans les montagnes de Beauvezer et à Pourrières, ses études à Arles et à Marseille, avec la plus grande simplicité, évitant très naturellement les pièges des juges qui veulent voir dans le moindre de ses comportements une intervention du Démon. Il parle de son père, de sa mère, de son oncle, de sa vie de berger avec naturel, ramenant l'histoire de sa chute du *solleiyaire* à de justes proportions, malgré le scepticisme ricanant de ceux qui l'écoutent et soutiennent que, de ce jour-là, il a été

« enlevé dans les airs » par les diables. A propos du livre du vieux chanoine, il remet aussi les choses à leur place :

— Votre oncle, avant de mourir, vous a-t-il donné un livre de magie ?

— Oui, il contenait cinq ou six feuillets.

— Quelles figures y avait-il audit livre ?

— Il y avait quarante caractères.

— Vous êtes-vous tout de suite donné à cette vilenie ?

— Non, il n'y a que cinq ans et demi.

— Quelle fantaisie vous prit-il de lire ce livre ?

— Un petit enfant me demanda un livre des *Epîtres* de Cicéron ; en le cherchant, je trouvai ce livre.

Interrogé ensuite sur son activité de prêtre à Marseille, son installation aux Accoules, ses relations avec la famille de Demandolx de la Palud, il garde le même langage. De Madeleine, il se borne à reconnaître ceci : « Je crois qu'elle est illudée et que le Diable l'a gagnée. »

— Quand elle était à Marseille, n'avez-vous pas dit que les médecins n'entendaient rien à sa maladie et que vous la guéririez ?

— Non.

— Comment a-t-elle été sitôt guérie ?

— Notre Seigneur l'a voulu ainsi.

— Pendant sa convalescence, ne vous portait-elle pas dédain et sa mère ne le lui reprochait-elle pas ?

— Sa mère me disait qu'elle était morne.

— Ne lui avez-vous pas donné un jour une pêche que vous avez mangée ensemble ?

— Je ne m'en souviens pas. J'en ai donné à tant d'autres. Dans ces pêches, il n'y avait rien d'autre que lesdites pêches.

— Et plus tard une noix ?

— Peut-être.

— Avez-vous eu des privautés avec la fille ?

— Je ne l'ai jamaïs « connue ».

— Ne l'avez-vous pas baisée, touchée ?

— J'ai été fort familier en sa maison, mais ne l'ai jamais touchée.

— Ne l'avez-vous pas violée ?

— J'ai opinion que c'est le Diable.

— Madeleine n'a-t-elle pas dit que vous aviez « cohabité charnellement » avec elle, et ne se plaignait-elle pas que vous aviez eu sa virginité ? Le P. Billiet ne vous l'a-t-il pas dit aussi ?

— En effet, le P. Billiet est venu à Marseille pour m'en faire correction.

Sur les marques diaboliques :

— Cette fille n'est-elle pas marquée ? Qui l'a conduite à ces malices ?

— Je pense qu'elle s'est donnée au Diable et qu'après il l'a marquée.

— Le Diable l'a-t-il marquée après qu'elle s'était donnée à lui ?

— C'est une chose qui m'a donné bien à penser.

— Et vous, n'êtes-vous pas marqué ?

— On me l'a dit.

— Ne l'avez-vous pas vu vous-même ?

— Oui, je me suis trouvé quelques petites marques.

— Madeleine a dit, étant en son bon sens, que vous l'avez débauchée et qu'elle est marquée ?

— Je ne peux dire que la vérité : je n'ai jamais su comment les marques ont été faites.

— N'avez-vous pas dit que, lorsque vous avez été marqué, vous avez senti quelque douleur comme chaleur ?

— Oui...

On revient aux pratiques de magie :

— Avez-vous étudié en théologie ?

— Non.

— Avez-vous lu des livres de magie ?

— Non.

— Puisque vous n'en avez point lu, pourquoi avez-vous lu et déclaré des choses qui sont dans ces livres ?

— Si cela est vrai, je suis le plus grand sorcier du monde !

On revient aux actes de séduction :

— Pourquoi avez-vous soufflé la femme de Perrin, puisque vous dites que vous n'avez pas joui d'elle ?

— Ce sont les astuces du Diable... Je n'ai pas voulu jouir d'elle, parce qu'elle l'eût publié partout.

— Combien de femmes avez-vous soufflées ?

— Cinq seulement à Marseille, mais avec le temps cela s'évada.

Pêle-mêle, les questions fusent, les plus perfides, les plus saugrenues, les plus contradictoires. On le fait parler sur tout, sur les cédules, sur le sabbat, on lui rappelle le détail de ce qu'il a déclaré dans ses aveux sur le cérémonial satanique, on le presse de questions sur l'apparence du Diable à la grotte de Loubières, sur le vêtement qu'il portait, sur l'ordre hiérarchique des lieutenants de Satan, leur rang, les diverses places où ils se tenaient assis, sur le rituel d'adoration qui se déroulait, les débauches qui s'ensuivaient. Il se trouble, dit n'importe quoi, balbutie, hésite, ne sait plus quoi répondre, se demande s'il doit inventer pour faire plaisir aux juges ou refuser d'accepter leurs questions démentes. L'un d'eux veut savoir si l'on porte vraiment des enfants rôtis à la synagogue. Un autre s'il ne s'est pas tenu un sabbat en Palestine en présence du roi d'Espagne, et si Louis n'y a pas participé. S'il refuse d'admettre certains faits, exprime un simple démenti d'un signe de tête, on lui objecte aussitôt ce qu'il a reconnu par écrit. Il finit par répondre :

— Oui, certainement. J'ai eu tort de le dire. Si je l'ai dit, c'est seulement pour avoir grâce et pour contenter tout le monde.

Et là-dessus, il se met à pleurer, tout bas, silencieusement, murmurant des mots comme « adieu », « point de Diable », « tourments », essayant d'élever ses poignets enchaînés jusqu'à son visage, implorant la pitié de Dieu, ne cherchant pas à dissimuler sa peur des tortures qui le guettent, de la mort, du bûcher, quêtant en vain le secours d'un regard miséricordieux de la part des puissants et des fous qui le cernent.

Il était patent non seulement que cet ultime interrogatoire n'apportait rien, mais que le caractère vague, imprécis, lassé, de nombreuses réponses, l'abondance des simples « oui », « non », « peut-être », se trouvaient en discordance parfaite avec la rigueur scrupuleuse et maniaque des aveux faits aux capucins. On estima pourtant que ces aveux étaient confirmés, que les tentatives de rétractation de Louis avaient été déjouées, que tout était clair, bien établi, définitif. Entre-temps, le procureur général de Rabasse avait déposé ses conclusions. Il déclarait suffisamment prouvés les crimes de magie, sorcellerie, idolâtrie, lubricité abominable, imputés à Gaufridy, « diffamé publiquement pour un magicien », prenait acte de la réalité des marques du Diable sur lui et Madeleine, ainsi que des manœuvres de séduction et subornation exercées sur la jeune fille. Il concluait que « pour ces causes » et, plus encore, « pour l'obstination diabolique » dont Louis n'avait cessé de faire preuve au cours de ses confessions et dénégations successives, il ne pouvait que requérir contre lui l'amende honorable, la question et le bûcher. Le dossier constitué par les derniers interrogatoires ne faisait que le fortifier dans sa conviction.

L'arrêt du Parlement tomba le 30 avril 1611. Au terme d'une longue suite d'attendus évoquant les multiples procès-verbaux établis au cours de l'instruction, l'enquête conduite par le P. Michaëlis à la Sainte-Baume, les rapports d'expertise médicale des Drs Mérindol, Fontaine, Grassi et Bontemps, le registre de dépositions dressé par Me Séguiran, les minutes des interrogatoires et débats menés par le juge Thoron, les réquisitions du procureur de Rabasse, toutes preuves et pièces à conviction jointes à l'appui — le tout sous la signature d'un certain Malyverni, secrétaire et greffier de la Cour —, un verdict très détaillé et circonstancié était rendu. En voici le texte exact :

> *Il sera dict que la Cour a déclairé et déclaire ledict Loys Gaufridy attainct, confès et convaincu desdits cas et crismes à luy imposés, pour réparation desquels l'a condamné d'estre livré ès mains de l'exécuteur de la haulte justice, mené et conduict par touts les lieux et carrefours de ceste ville d'Aix accoustumés et au-devant de la grande porte de l'église métropolitaine Saint-Saulveur, dudict Aix, faire amende honorable teste nue et pieds nuds, la hart au col, tenant un flambeau ardent en ses mains, et illec à genoulx demander pardon à Dieu, au Roy et à la Justice, et, ce faict, être mené en la place des Prêcheurs de ladicte ville et y estre ars et bruslé tout vif sur un buscher que à ces fins y sera dressé, jusques à ce que son corps et ossements soient consumés et réduicts en*

cendres, et icelles après jettées au vent. Et touts et chascuns ses biens acquis et confisqués au Roy ; et avant estre exécuté sera mis et appliqué à la question ordinaire et extraordinaire pour avoir, de sa bouche, la vérité des complices. Et néanmoings avant que estre procédé à ladite exécution, qu'il sera préalablement remis entre les mains de l'évesque dudict Marseille, son diocésain, ou en son deffault d'aultre prélat de la qualité requise, pour estre dégradé en la manière accoustumée.

Cela était signé : Guillaume Du Vair et Jean-Pierre Olivier.

6

L'arrêt fut « publié à la barre » le lendemain 30 avril. Il était immédiatement exécutoire. Le dispositif de la justice était tel qu'on prévoyait plusieurs jours à l'avance la sentence et le verdict, et que, le moment venu, l'application des peines était en quelque sorte immédiate. Cette journée du 30 fut donc celle de la mise à terre, de la mise au supplice et de la mise à mort confondues. En quelques lugubres heures, tout se déroula impitoyablement, inexorablement.

Dès le matin, quelque chose de funèbre flottait dans l'air légèrement brumeux de la saison. Les cloches avaient sonné très tôt. Il y en avait une, au sommet de la tour de l'Horloge, que l'on avait affectée de longue date à accompagner l'agonie des suppliciés. Dès l'aube, elle tintait pour préparer les fidèles et surtout le condamné lui-même : une sorte de glas grêle, lent, mat. Les gens affluaient très tôt sur la place des Prêcheurs, car, bien évidemment, il s'agissait du spectacle entre les spectacles, et il fallait trouver sa place, mais aussi parce que le rituel lui-même de la pénitence et du supplice ne pouvait se comprendre sans la présence d'une foule nombreuse qu'il avait pour fonction de tenir en respect. En outre, dans cette conjoncture précise, l'affaire avait fait tellement de bruit, depuis des mois, à travers la ville, et avait tant occupé les esprits, qu'elle ne pouvait que déplacer une population considérable.

C'est ce qui arriva. Les abords de l'église des Jacobins — l'actuelle église de la Madeleine — dans l'angle nord-est de la place des Prêcheurs étaient noirs de monde à partir de sept heures. Plusieurs rangées de hallebardiers montaient la garde. Les archers du prévôt avaient été postés dans les rues avoisinantes pour prévenir des mouvements de foule. Des sergents, munis de piques, n'hésitaient pas à bourrer les côtes et à larder les flancs de ceux qui approchaient trop, repoussant des enfants à coups de bottes, donnant des poings, des genoux contre ceux qui dépassaient une certaine limite. Il fallait laisser le passage à l'évêque de Marseille, Mgr Turricella, qui allait arriver d'un moment à l'autre.

Que dire de Turricella ? Ses origines toscanes ne lui avaient probablement pas forgé un caractère intraitable. Il avait fait tout ce qu'il avait pu pour protéger et sauver Gaufridy, tant que cela lui paraissait encore possible. Maintenant il ne pouvait plus que céder et s'incliner. Il aurait aimé qu'on lui laissât au moins le refuge de la neutralité. Il n'en fut rien. Le dernier paragraphe de l'arrêt, machiavéliquement préparé et mis au point, stipulait, on l'a vu, que lui-même aurait à dégrader Louis, de ses mains. Il ne pouvait se dérober à ce protocole, parfaitement conforme aux règles ecclésiastiques, par lequel on l'obligeait à aller publiquement jusqu'au bout de l'abandon de celui qu'il avait prétendu couvrir, c'est-à-dire jusqu'à son propre reniement. Il se prêta sans murmurer à cet abaissement. La honte au cœur, on l'espère. Quand il arriva, la tête courbée sous sa mitre des grands jours, avec son escorte de chanoines, de prêtres et de vicaires revêtus de moire, de passementerie et de soie, accueilli sur le seuil par le juge Thoron qui lui apportait le salut des autorités civiles, une rumeur d'aise et d'ironie passa dans le bon peuple. Quelques instants après, elle se changea en frémissement de haine et d'horreur, quand Louis arriva, traînant ses chaînes, les vêtements déchirés, les pieds nus, encadré de sergents en armes. On se signait à son passage, certains lançaient des cris de mort, mais la plupart, effrayés, restaient silencieux ou se contentaient de murmurer. Les mots de « sorcier », de « magicien » se formaient sur les lèvres. Très vite, on le poussa dans l'église.

Là, eut lieu une cérémonie par certains côtés extrêmement proche des dégradations militaires. Dreyfus devant les officiers supérieurs. A leur place, des prélats chamarrés, des dignitaires, des notables de l'Eglise, tous en grande tenue. Gaufridy est amené devant l'autel, auprès duquel on a placé une petite table : s'y trouvent posés un cierge éteint, un ciboire et un missel. Mgr Turricella s'avance, lui donne l'ordre de se mettre à genoux, puis de se relever aussitôt. D'une voix grave, sombre, un peu marquée d'accent italien, il énonce ses crimes : il a failli à tous ses devoirs de prêtre, il a rompu ses engagements, il a maléficié les femmes, il a donné son âme et celle de Madeleine au Diable, il a servi délibérément l'Esprit du mal, il s'est livré à toutes les débauches. Il est criminel et exécrable à jamais. Solennellement, l'évêque prend le calice sur la table, le met entre ses mains, puis le lui retire sur-le-champ en disant : « Nous t'ôtons ce calice où tu avais coutume de consacrer le sang du Seigneur. » Puis il fait la même chose pour le missel, tendu à Louis, aussitôt arraché : « Nous t'ôtons ce livre où tu lisais l'Evangile. » Ne reste plus que le vide, la nuit, le néant. Louis est dépossédé du sens de sa vie, de lui-même. Pour bien le lui faire entendre, on pose sur ses épaules un surplis, une chasuble, une soutane, puis on les retire d'un seul coup.

On jette ensuite sur ses hardes un sarrau de grosse toile brune, la tenue des condamnés. Puis, on lui ordonne de tendre les mains au-dessus d'une cuvette qu'on vient d'apporter. On les lui lave longuement, on les essuie dans une pièce de drap grossier et on lui racle les paumes avec une sorte d'instrument de menuisier. Cela veut dire qu'on sépare définitivement la souillure de ces mains de ce qu'elles ont reçu ou touché : l'onction sainte, l'hostie, le corps de Dieu. On déclare publiquement de surcroît que Louis est dépouillé non seulement de ses titres et prérogatives, mais de ses biens et bénéfices de toute nature. Fin du bénéficier. Exit l'abbé des Accoules. Il ne reste plus qu'à le livrer au bras séculier.

La foule était encore plus dense dehors. Le fer des hallebardes luisait dans le soleil. Les piques tintaient contre les jambières. Des bannières flottaient sur les cimiers. Des croix, des étendards étaient brandis un peu partout, au-dessus des têtes. L'uniforme jaune et rouge des archers, les fraises des gardes de la prévôté sentaient un peu le carnaval. Les cloches sonnaient, calmes maintenant, presque sereines. De bouche en bouche, on se passait des nouvelles, des informations. La plus répandue était qu'on était désormais sûr que le « sorcier » ne serait pas brûlé : les diables interviendraient au dernier moment pour l'enlever dans les airs et le soustraire au supplice. Ils n'abandonneraient pas un si bon serviteur, ils ne le laisseraient pas abattre sans réagir. On guettait l'événement qui surviendrait d'un moment à l'autre. On en frémissait d'avance.

En attendant, Louis était conduit de l'église des Jacobins au palais comtal où sa dernière visite ne devait pas être la moins cruelle. L'arrêt de sa condamnation prévoyait en effet qu'il devait être soumis, avant son exécution, à « la question ordinaire et extraordinaire ». La formule était en un sens de simple routine, car, dans tous les cas de ce genre, de telles dispositions jouaient automatiquement. Elle n'en était pas moins sinistre, car elle couvrait un dernier rituel aussi hypocrite que barbare. La motivation officielle en effet de la torture était l'obtention indispensable d'aveux complémentaires touchant l'existence d'éventuels complices du condamné : « pour avoir, de sa bouche, la vérité des complices », disait l'arrêt. Mais, quand on sait que dans nombre de cas il n'y avait pas de complices — c'était bien ce qui se passait dans l'affaire Gaufridy où les complices ne pouvaient être que les démons eux-mêmes ou les divers acteurs ou comparses du drame, tous connus, parfaitement identifiés, plusieurs fois entendus —, il faut bien admettre que la question trouvait sa fin en elle-même et qu'on ne l'administrait pour nulle autre raison que celle d'ajouter une cruauté dernière, plus directe, plus raffinée, à toutes celles qui avaient déjà été accumulées. Et cela, avant la délivrance de la mort. Ni les magistrats, ni les conseillers, ni les prêtres ne devaient être dupes de ce manège de mauvaise foi, mais ils appliquaient. En fait, il s'agissait très exactement de ce que Michel Foucault a appelé, dans *Surveiller et Punir,* la « liturgie punitive » : il n'y avait pas à s'interroger sur la validité du supplice accessoire, même s'il était justifié par des prétextes hypocrites, puisqu'il s'inscrivait tout naturellement dans un processus à la fois symbolique et terriblement concret « destiné, soit par la cicatrice qu'il laisse sur le corps, soit par l'éclat dont il est accompagné, à rendre infâme celui qui en est la victime », à « tracer autour du, ou mieux, sur le corps du condamné des signes qui ne doivent pas s'effacer », à montrer que, « si le coupable gémit et crie sous les coups, ce n'est pas un à-côté honteux, mais le cérémonial même de la justice se manifestant dans sa force ».

On conduit donc Louis dans une salle de secrétariat, proche de la chambre de l'Auditoire, et, après l'avoir fait mettre à genoux, on lui lit d'affilée la sentence qui le condamne au bûcher et une déclaration qui « l'admoneste de décharger sa conscience », de dénoncer ses complices et de « ne se laisser tourmenter ». Entend-il ? Est-il en état de comprendre ? Peu importe. On ne prête même pas attention à ses balbutiements, aux paroles entrecoupées par lesquelles il essaie de dire qu'il a tout avoué, qu'il n'a pas de complices, qu'il demande pardon à Dieu, à Madeleine, aux juges, aux hommes. On l'entraîne presque immédiatement dans la salle dite de l'*Estiro,* où se pratiquait le supplice de l'estrapade, en vigueur au Parlement d'Aix à cette époque. Il faut le pousser, les escaliers sont raides, les couloirs sombres. C'était une sorte d'affreuse pièce nue, haute, obscure, « ne recevant aucune clarté du soleil, que par une fenestre grillée de fer, laquelle estoit par-dessus le toit ». Dans ce lieu sinistre, il y avait une poulie et des anneaux fixés aux voûtes du plafond. On les montre à Louis, en le conjurant une dernière fois de « dire la vérité et ne se laisser tourmenter ». Pour toute réponse, il s'agenouille, joint les mains, pleure, marmonne d'haletantes prières à Dieu. Sont présents le commissaire Séguiran, le conseiller Olivier et le juge Thoron, quatre sergents (Hodout, Millo, Yvan et Ferrac : leurs noms peuvent être cités, pour le souvenir !) et le bourreau, un homme rude, vêtu d'une culotte de grosse toile et d'une chemise largement échancrée, aux manches retroussées. Comme pour les secousses du corps féminin, il s'agit d'un spectacle, fait pour être vu, pour s'inscrire dans le cercle des regards des hommes de la loi et de l'autorité. Ils sont là, attentifs, graves, un peu émus, mais intrépides. Ils ont fait apporter une petite table, une chaise et un écritoire, pour que l'un d'eux au moins puisse s'asseoir, prendre des notes, consigner les noms des complices s'ils sont révélés. Dernière adjuration. On commence.

Le premier épisode devait être celui de la question ordinaire, qui était l'acte initial de la question dite définitive dont la fonction supposée était d'obtenir ce complément d'aveux qu'on prétendait arracher avant la mort (et qui se distinguait elle-même de la question préparatoire, appliquée dans le seul cadre de l'instruction, quand cela semblait nécessaire). Il s'agissait simplement de réaliser une sorte de simulacre, douloureux mais rapide, du supplice, une sorte de répétition générale destinée à donner au condamné un avant-goût de ce qui l'attendait. On utilisait à cette fin, dans le cas de l'estrapade, de simples ficelles qui pouvaient se rompre assez vite sous le poids du patient. Rappelons que ce supplice consistait à hisser très haut au bout d'une corde, avec l'aide d'une poulie, le corps du malheureux dont on avait lié les mains derrière le dos : on le laissait ensuite retomber à plusieurs reprises dans le vide, ce qui disloquait ses membres. Les minces ficelles ou *grames* reliaient la corde à ses poignets attachés. On les choisissait délibérément peu résistantes, du moins pour cette première phase. Donc Louis fut « serré aux grames » par un des sergents pendant que le bourreau, grimpé sur une haute échelle, passait la corde dans la poulie. On lui demanda une dernière fois de parler. Il se tut, pria doucement. Sur un signe du conseiller Olivier, le bourreau, redescendu, tira alors sur la corde et le hissa vers la voûte. Ses bras, ses épaules se retournèrent en arrière. Il poussa un long gémissement et s'écria, selon les pièces officielles qui relatent cette séance de torture : « Mon Dieu, je ne sçay point de complices... *Ay, laisso, siou mouert* » (ah, laisse, je suis mort !). Les *grames* se rompirent presque aussitôt, et Louis fit une chute assez considérable sur le sol de terre battue, couvert de bottes de paille, de l'*Estiro* (ce qui suffisait déjà, semble-t-il, à le mettre sérieusement à mal). On recommença trois fois. Même élongation. Même arrachement. Même rupture des ficelles. Louis, peu à peu, perdait la tête sous l'effet de la douleur, disait n'importe quoi : qu'il n'arrivait pas à se souvenir de ses complices et priait Dieu de lui rendre la mémoire, que les diables paralysaient sa langue, qu'il avait bien connu Madeleine « à la synagogue », qu'il avait peur de renier Dieu, si l'on continuait à le tourmenter. Chaque fois que son corps tombait à terre, les ordonnateurs de son supplice l'entouraient, observaient ses traits crispés, son visage couvert de sueur, surveillaient les mouvements de ses lèvres.

On décida de passer à la question extraordinaire. C'était le deuxième épisode, où il ne s'agissait plus de préliminaires. Les poignets du patient toujours liés derrière son dos étaient cette fois directement attachés à la corde et, de plus, deux grosses pierres étaient suspendues à ses pieds. Très curieusement, le poids de ces pierres variait selon les usages et les coutumes, selon les villes où étaient administrée la question. A Mâcon, elles pesaient jusqu'à cinq cents livres. A Aix, de quarante à cent livres, selon le jour, selon l'humeur. Elles suffisaient à la dislocation des membres du condamné, en particulier la désarticulation de ses épaules. On leste donc Louis de ces terribles charges et on le hisse. Cette fois, la douleur est violente, intolérable, les membres éclatent, les os craquent : il perd connaissance. On le redescend. On lui jette un seau d'eau sur la figure. On le presse d'avouer, de dire pour la dernière fois « la vérité de ses complices ». On le remonte. Il hurle, pousse des cris affreux. La langue française le quitte définitivement, et il ne parle plus, ne gémit plus que dans le provençal de son enfance, de ses montagnes : « *Jésus Maria, descendé my, vous dirai leis complices* », ou « *voulès que iou my desespéry, noun saby que faire, m'y desespéras* » (vous voulez que je me désespère, je ne sais que faire, vous me désespérez). Au conseiller Olivier, qui semble diriger les opérations : « *Non, diray tout... Non saby de que me desespéras, non n'en sabys, ah ! Monsieur Olivier, sias un Diable !* » (non, je dirai tout... Je ne sais à propos de quoi vous me désespérez, je ne sais pas, ah ! Monsieur Olivier, vous êtes un Diable !). Olivier, froidement, commande une fois de plus qu'on « le tire en haut ». Puis, qu'on ne le redescende pas. Il s'évanouit. Reste pendu sous la voûte, son corps se balançant comme un paquet, ses épaules rompues touchant presque la poulie. Il rouvre un instant les yeux pour murmurer, entre deux gémissements : « *Ah ! mes Pères, men vou renega Dieu !* » (je m'en vais renier Dieu), puis demande à parler à Messire Olivier, tout seul. Il ajoute très bas : « *Ah ! Monsieur Olivier, sias christian, me fes damna !* » (ah ! Monsieur Olivier, je suis chrétien et vous me faites damner !). On le redescend jusqu'au sol. Il ne dit rien. On le remonte. On le laisse de nouveau « pendu au plus haut ». Il ne crie même plus. Olivier fait un signe. Le bourreau lâche la corde brusquement, la retient avant la chute au sol. Le corps entier se brise sous la secousse. Une lumière rouge traverse le cerveau de Louis, explose à travers tous ses membres.

On le détache. On le jette pantelant sur un grand matelas, préparé dans un coin, près de la cheminée. Un des sergents vient d'y allumer du feu. On se réchauffe devant les flammes. Le juge Thoron, penché sur la petite table, finit de rédiger le procès-verbal de séance. Le bourreau roule sa corde, range son échelle. Un beau tableau en clair-obscur.

Il ne restait plus qu'à se rendre au bûcher. Toutefois, une pause était nécessaire pour que chacun pût se restaurer. Ce ne fut donc que dans l'après-midi que Louis fut étendu sur une sorte de claie qui devait servir à le transporter au lieu de supplice. Il avait vaguement repris ses esprits, mais ne pouvait ni marcher ni se tenir debout. Il avait pourtant une assez longue et triste promenade à faire encore, puisque l'arrêt prévoyait qu'il devait être conduit « par tous les carrefours et lieux accoutumés » de la ville, pour faire amende honorable. C'était l'avant-dernière étape du rituel de l'exécution et il n'était pas question qu'il y échappât, en raison de l'extrême valeur d'exemplarité que l'on attachait à cette démonstration spectaculaire. On lia donc à la claie et on jeta sur quelques planches la loque humaine qu'il était devenu, on lui passa la corde au cou, on plaça tant bien que mal un énorme flambeau entre ses mains, selon la coutume, on échancra un peu plus son sarrau, pour bien montrer qu'il était nu, dépouillé, rasé, et on le tira ainsi par les rues étroites et tortueuses de la ville d'Aix.

Le viguier et son escorte allaient devant. Puis venaient les magistrats, les conseillers, avec leurs robes, leurs mortiers. Suivaient des prêtres, des dignitaires de l'Eglise. Arrivait enfin le patient, sur sa claie, entouré d'un peloton de sergents, avec auprès de lui le greffier criminel de la cour. Le prévôt fermait la marche avec ses archers. Des roulements de tambours accompagnaient le cortège. Les cloches sonnaient lugubrement. Les hallebardes frappaient le pavé. Les haltes prévues eurent lieu aux carrefours, devant les églises, devant les porches de certaines maisons. Chaque fois, on faisait semblant de mettre Louis à genoux, on relevait un peu son flambeau, on l'invitait à prononcer les paroles de l'amende honorable : en fait, on les disait à sa place, car il ne pouvait plus parler. Les gens se mettaient aux fenêtres dont on entendait claquer violemment les volets contre les murs, certains poussaient des cris hostiles, d'autres agitaient des pièces de linge, comme s'ils chassaient les démons. Les passants rasaient les façades des maisons pour laisser place libre au cortège, courbaient la tête, se signaient. La longue cohorte avançait dans un roulement bas de prières psalmodiées. La dernière halte eut lieu devant la cathédrale Saint-Sauveur même, On s'arrêta devant le haut portail sculpté. On invita une dernière fois Louis à s'agenouiller, à présenter son flambeau, à demander publiquement pardon à Dieu, au Roi, à l'Eglise, à la Justice. On remontait un peu la corde sur son cou, pour que tout le monde la voie bien. En fait, on le poussait, le soutenait, le manipulait, on bégayait à sa place.

Il était cinq heures du soir quand le cortège regagna la place des Prêcheurs. Le bûcher était prêt. L'usage était d'ailleurs de le préparer de la veille. Dans la nuit qui précédait l'exécution, des charrettes apportaient les derniers fagots. Ils étaient choisis avec soin : verts, pour brûler plus lentement, si le condamné méritait un châtiment exceptionnellement sévère, secs, s'il était admis qu'il devait mourir plus vite, très secs dans des cas voisins de la clémence. Des équipes de bûcherons, de fagotiers, de charpentiers, avec leurs tombereaux, leurs mules, s'affairaient. Quand tout était dressé, la foule arrivait. Les badauds regardaient avec fascination cet amoncellement de branches et de bûches d'où jaillirait le feu purificateur. Ce soir-là, ils étaient partout. Serrés, pressés, bousculés. Les enfants, pour mieux voir, grimpaient dans les arbres : la double rangée des huit platanes qui bordaient la place des Prêcheurs était comme vivante, grouillante, un repaire de regards avides. Derrière les croisées des maisons bourgeoises aux rideaux légèrement tirés, les yeux n'étaient pas moins tendus, attentifs. Aux balcons des belles demeures, des hôtels particuliers, ceux d'Honoré d'Agut et de la famille La Cépède par exemple qui se trouvaient sur la place même, plusieurs personnes s'installaient. Il n'est pas impossible que François Du Périer, le poète et amateur d'art, qui avait une maison à l'angle de la rue Rifle-Rafle, ait eu le loisir d'assister au spectacle. De tous les étages du palais comtal également, on observait. Peut-être Madeleine était-elle là, accompagnée discrètement de Catherine de Gaumer et de quelques ursulines : la jugeait-on encore assez consciente pour cette ultime édification ? Quant au peuple même, il profitait de l'occasion pour se répandre dans les rues avec une allégresse inaccoutumée : c'était la fête des mendiants, des estropiés de toute sorte, des scrofuleux, des galeux, qui venaient se sanctifier au grand sacrifice, et aussi celle des tire-laine, des voleurs, des joueurs de dague et de couteau, qui essayaient de se faire la main dans la foule.

Quand Louis approcha, on lui fit savoir que, par une indulgence spéciale, il aurait le privilège d'être étranglé par le bourreau avant d'être atteint par la morsure des flammes. Ainsi venait d'en décider une commission qui s'était réunie *in extremis* dans la Grande Chambre du palais et où juges et conseillers avaient consenti à cette grâce suprême, prévue par la coutume. Une dernière fois, on le fit mettre à genoux, on lui lut l'acte final de la sentence, on lui présenta la croix, on l'exhorta à demander pardon à Dieu. La foule s'était faite tout d'un coup silencieuse. Une sorte de long, obscur frisson révérenciel parcourait la place. Etrange place des Prêcheurs, au milieu de laquelle se trouvait un échafaud permanent, de solide pierre, que l'on entretenait avec soin comme un monument public, qu'on lavait à grande eau après chaque exécution, sur lequel on pendait, rompait, brûlait, au moins une fois par semaine, à grand spectacle. Charmante place des Prêcheurs où les Aixois viennent aujourd'hui, trois fois par semaine, le mardi, le jeudi et le samedi, faire leur marché, au milieu des fleurs, des herbes et des fruits, parmi les éventaires colorés des marchands et revendeurs de toutes sortes, les étalages sauvages des hippies et des antiquaires de fortune, le bruissement des touristes snobs. D'un côté les terrasses ensoleillées des cafés, de l'autre les grands escaliers blancs du Palais de justice, où se chauffent des travailleurs arabes, sous les yeux de quelques policiers, le kiosque où l'on vend des journaux anglais, allemands, italiens, américains. Au milieu : les cris des pendus, des rompus, des roués, de ceux qui, au fil des siècles, ont été écartelés, tenaillés, soumis au fer et au feu, ont hurlé sous les coups de barre qui brisaient leurs os, sous les cordes qui distendaient leurs membres, sous les flammes qui brûlaient leur chair. Interminable hurlement, dont il est difficile certains jours, sur l'élégante place, de se délivrer les oreilles.

Louis fut hissé sur le bûcher par une échelle. Solidement ligoté au poteau planté au milieu des fagots. Il n'était pas inanimé, ses yeux étaient largement ouverts, perdus dans le vide, et des larmes ne cessaient d'en couler. Ses lèvres bougeaient, murmuraient des bribes de prières. On lui donna encore le temps de réfléchir à sa mort, car l'usage voulait qu'avant d'approcher la torche on exorcisât le bois sur lequel le condamné devait périr. Un capucin fut chargé de cette tâche. Il fit le tour du bûcher en l'aspergeant d'eau bénite et en prononçant les formules de l'exorcisme. Cela signifiait qu'on chassait le Diable des fagots où il était censé accompagner le « sorcier » et qu'en même temps on prévenait une intervention possible de sa part tendant à empêcher le bois de s'enflammer. Puis le même capucin éleva un crucifix fixé sur une haute perche devant le visage de Louis. La torche arriva. Le bourreau qui la portait était revêtu d'une cagoule noire. Il avait enduit auparavant les fagots du bas de poix et de résine. Le feu prit très vite, violemment. Une fumée, d'abord légère, bleutée, bientôt sombre, monta. L'aide du bourreau sauta sur le bûcher pour étrangler Louis, avec une corde qu'il tenait prête, mais les flammes furent plus rapides que lui et consumèrent la corde entre ses mains. Louis eut pour dernière pensée qu'on l'avait trahi et qu'on n'avait pas tenu la promesse de le dérober vivant aux flammes : ce qui n'était peut-être pas faux (l'*Histoire admirable* dit : « Ça esté une chose admirable en cette affaire que le feu print si viste au bois et aux fagots, et que la corde toute neuve, dont le bourreau le vouloit estrangler, selon la grâce que les juges luy en avaient faite, se rompit, qui fut cause qu'il fut bruslé vif, selon qu'il avait été prédit. »). De toute façon, ses liens se rompirent très vite aussi et il tomba, la face en avant, dans les flammes. La fumée était déjà si épaisse que les yeux écarquillés de la foule ne voyaient pas grand-chose. Tout le monde priait, marmonnait, faisait des signes de croix. Certains levaient la tête en l'air, déçus de ne pas voir les diables emporter leur protégé. Les notables méditaient sur la mort et la justice, d'un front sévère. Ils étaient tous là, serrés les uns contre les autres. Un seul manquait à l'appel : Michaëlis. Il avait quitté Aix depuis plusieurs jours déjà et séjournait en Avignon où l'appelaient ses devoirs de grand inquisiteur de la foi et des affaires plus pressantes. Il n'avait pas pour habitude de s'attarder à celles qu'il avait réglées.

Un léger vent attisait maintenant le feu. Les flammes montaient, immenses. Le bois craquait, crépitait. Malgré l'heure tardive, le ciel était encore très bleu.

7

Les cendres de Louis furent dispersées et flottèrent sur la campagne aixoise. Guillaume Du Vair mettait la dernière main à son *Traité de la constance*. La constance des autres naturellement, devant le feu, la souffrance et la mort. Il était conscient de l'importance de cette affaire et, quelques jours après l'exécution, écrivait au chancelier qui l'avait chargé de l'en informer une longue lettre où il en clamait le caractère exceptionnel et exemplaire : « Et pour ce que vous me chargez de vous faire sçavoir le succès de cette affaire, qui est à la vérité une des plus estranges qui se soit présentée de notre mémoire en la justice... » Il racontait tout, il résumait tout, dans le plus grand détail. Et il ne laissait jamais paraître, dans ses propos, le moindre doute sur le bien-fondé de l'accusation et de la sentence. Pour lui, tout allait de soi : « Vous avez desjà sçeu l'origine de ce procez qui est que la fille qui avait esté par luy débauchée, faicte sorcière et menée au sabbat, s'estant voulu convertir, s'est trouvée possédée, l'esprit ayant déclaré qu'il ne sortirait poinct que le magicien qui l'avait mis en ce corps ne fust mort ou converty. Elle déclare en justice la vérité du faict, découvre tous les secrets du sabbat, indique les marques du prestre. Il est pris, visité, trouvé marqué. Ne le pouvant nier, il dict que c'est sans son consentement, nye tout le reste. Enfin confesse premièrement à des capucins qu'il avait luy mesme demandés pour luy assister. Et depuis à la Justice par devant les commissaires par plusieurs fois, et encore sur lescabolète et aux tourments »... *Lescabolète* : c'était le nom plaisant de l'estrapade dans le vocabulaire de Du Vair. A cette fioriture près, le langage est celui de l'objectivité, du pragmatisme presque, celui que parlent entre eux les hauts responsables et grands fonctionnaires quand ils discutent des affaires de l'Etat. Toutefois, comme le premier président ne voulait pas donner à son interlocuteur l'impression de manquer d'érudition sur les dessous des histoires sataniques, il ajoutait un certain nombre de considérations sur les cérémonies du sabbat, sur les incubes et les succubes, sur les *masqs* et les *sorciers,* et sur la classification hiérarchique des esprits malins : il glissait même, en confidence, que, si Gaufridy n'avait pas tout reconnu, c'est parce que les démons ont l'habitude d'oindre certains de leurs serviteurs d'une crème diabolique qui leur ôte la mémoire. Tout cela avec bon sens, réalisme, sérieux.

Le sérieux n'était pas le fort de Malherbe. Il avait beau faire des vers rigoureux, sa tendance naturelle, dès qu'il sortait de la poésie, était à la belle humeur et à la boutade. Sollicité, alors qu'il séjournait à Paris, par Marie de Médicis pour fournir quelques informations sur l'affaire, il écrit à son ami Peiresc, resté à Aix, et obtient de lui certaines lumières. Il l'en remercie : « Vous m'avez extrêmement obligé de m'écrire particulièrement de ce prêtre sorcier... Je fis voir votre lettre à Mme la princesse de Conti qui me dit qu'elle était d'avis que le soir même je la fisse voir à la reine, ce que je fis le soir même, et tout aussitôt Sa Majesté fit apporter un flambeau et donna charge à Monsieur de Paris [l'évêque de Paris] de la lire... Vous pouvez juger comme parmi ces choses sérieuses, il fut ri quand il fut question de la soufflerie ; on lit en effet dans la déposition de Gaufridy : Le Diable me dit que, par la vertu de mon souffle, j'enflammerais à mon tour toutes les filles et femmes dont j'avais envie de jouir, pourvu que mon souffle leur arrivât aux narines ; et dès lors je commençais à souffler toutes celles qui me venaient à gré. Cette affaire a été trouvée étrange de tout le monde et on a pris un plaisir extrême au soin que vous aviez apporté à vous ressouvenir de tant de choses... » On a bien lu : « Vous pouvez juger comme il *fut ri* », « on a pris *un plaisir extrême.* » On savait à ce moment-là comment l'affaire s'était conclue : la torture, le bûcher, le supplice. C'était peut-être beaucoup demander à Malherbe que d'avoir, à propos de la conversation de salon qu'il rapporte, un mouvement d'émotion. Ou simplement un accent humain, en face d'un si *misérable sujet.* Il termine en effet ainsi sa lettre à Peiresc : « Mais c'est assez d'un si misérable sujet. » Les deux hommes avaient des thèmes plus cultivés à débattre.

Peiresc pourtant n'était pas tout à fait insensible à certains aspects esthétiques de l'affaire. Correspondant en 1635 avec le P. Mersenne sur certain sorcier bourguignon, il lui disait : « J'ay admiré la largeur que vous dictes de la marque de vostre sorcier, comme d'un douzain, car celle de Gaufridy et de Madeleine n'estait pas plus large qu'une lentille, et claquait en la perçant comme le papier d'un châssis bien tendu. » On conçoit que l'image ait pu plaire à un artiste et que son sens poétique en fût alerté. Ainsi cheminait l'affaire parmi les beaux esprits. On était au seuil du classicisme et du siècle de la raison. Dans quelques années, Descartes allait publier le *Discours de la méthode*. L'ordre, la sagesse, la mesure, l'art de bien conduire ses pensées commençaient à régner partout. La poésie songeait à se donner des règles. La philosophie, des outils d'analyse. La science, des instruments d'expérimentation. Bref, oui, la Raison était là, dans sa gloire naissante. Les décennies à venir allaient se parer de ses prestiges, pour s'offrir à la révérence des écoliers et lycéens du futur.

Pendant ce temps, le bon peuple continuait à éprouver des terreurs salutaires. A trembler sous Dieu, l'Eglise et les diables. L'affaire Gaufridy avait été conduite de telle sorte que rien ne semblait laissé au hasard, dans les effets qu'elle devait produire. Le jour même de l'exécution, les « prodiges » s'étaient multipliés, attestant le caractère grandiose et surnaturel de l'événement. Un enfant était tombé d'un arbre de la place des Prêcheurs et s'était tué. Une jeune fille avait été blessée d'un coup de poignard par un chevalier jaloux. Un certain Lestang-Parades, personnage de haute lignée, venu d'Arles pour voir le supplice, avait été assassiné, frappé dans le dos, dans la foule. Tout cela fit beaucoup parler, remua beaucoup les esprits. Mais en quelques semaines, les remous s'amplifièrent encore au point qu'il n'était plus question, dans toute la Provence et bientôt dans une bonne partie de la France, que de cette histoire « abominable », « admirable », « véritable », « prodigieuse », « exécrable », « épouvantable ». Le nom du Serviteur de Belzébuth, du Prince des sorciers et des magiciens, du Maître de la synagogue, ainsi que celui de la Princesse des sorcières et des magiciennes, sa victime, étaient sur toutes les lèvres. On ne les prononçait pas sans effroi et sans recourir aux indispensables rites de la conjuration et de l'exorcisme. On disait aussi : le Sorcier des Accoules, le Sorcier de Marseille. Et cela faisait frémir le pays, du sud au nord. Il y eut des réactions en chaîne, incontrôlables, des phénomènes de contagion, de véritables épidémies de sorcellerie. Dans le Midi, où l'on brûla trois « sorcières », à Cassis, devant une foule déchaînée. Mais aussi jusque dans les zones septentrionales, dans la région de Lille, dans les Flandres, où Domptius était allé semer la graine : une certaine sœur Marie de Sains, religieuse devenue « magicienne », affirmait avoir rencontré Gaufridy au sabbat et avoir eu un enfant de lui, elle proclamait que ce fils serait l'Antéchrist, elle accusait et faisait brûler autour d'elle une demi-douzaine de personnes. Les bûchers s'allumaient partout, devenaient les lieux de nouveaux pèlerinages. On voyait des sabbats dans les moindres coins de campagne ; chaque lande, chaque forêt, chaque clairière était suspecte. Il n'était question dans les conversations intimes que d'onguents, de philtres, de maléfices. Et l'on disait que les choses de l'amour n'étaient pas étrangères à ces messes basses. Autour de la Sainte-Baume, à Saint-Maximin, à Aix, la folie érotique se répandait à la vitesse de l'orage. On se convulsait dans les couvents, on se tordait dans le secret des cellules, on se contorsionnait sur les places publiques, on rêvait de sodomie, de bestialité, d'accouplements contre nature, on se sentait le corps grouillant de diables. Tout cela portait un nom : Louis Gaufridy. Il hantait les mémoires. On le repoussait avec épouvante. On essayait de l'oublier. Mais il revenait, partout, toujours.

La malheureuse Madeleine, moins que personne, ne put se débarrasser de ce souvenir. Elle vécut. Il s'en était fallu de peu que le procès de Louis fût aussi le sien et qu'elle fût condamnée avec lui. Mais des instructions secrètes de la reine mère l'avaient peut-être protégée, et Du Vair et Michaëlis, de toute façon, ne souhaitaient pas sa perte.

Elle avait dû cependant, sous la pression hostile de l'opinion publique, fuir le couvent des Ursulines et se séparer de la plupart de ses compagnes (Louise Capeau, entre autres, qui, aigrie qu'on ne parlât plus d'elle, devait mal vieillir, au point d'accueillir, le jour de sa mort, le prêtre qui lui apportait l'extrême-onction « avec un soufflet et des flots d'ordure à la bouche »). Ses parents, portant leur croix jusqu'au bout, n'eurent d'autre recours que de la reprendre. Ils l'emmenèrent d'abord dans leur bastide. Puis l'éloignèrent à Carpentras, où elle s'ensevelit dans une piété démente et maniaque. Elle priait, jeûnait, portait des cilices, des chaînes. Elle prit de l'âge. Se rida. Blanchit. Erra bizarrement de ville en ville, couverte de chapelets, les yeux fous. Si on la reconnaissait, on la montrait du doigt, la rendait responsable de tous les maux. A Manosque, où elle séjourna un temps, on l'accusa d'avoir fait tomber la pluie et la grêle, d'avoir fait pourrir les récoltes, on menaça d'excommunication ceux qui la fréquentaient, les enfants lui jetèrent des pierres, on mit le feu à sa maison. A Marseille, où elle revint, on fit savoir qu'elle ensorcelait tout le monde, rendait les nouveau-nés sourds, aveugles ou boiteux. Elle faillit être lynchée plusieurs fois. Avec l'argent qui lui revenait de sa famille, elle bâtit une chapelle pour essayer de désarmer la haine populaire. Elle y réussit en partie, s'installa, acquit des terres, eut des servantes, un aumônier. Mais un jour une jeune paysanne déclara qu'elle avait été maléficiée par elle, et tout recommença. On la rechercha, une plainte fut déposée, on faillit l'arrêter, la traîner en justice. Elle repartit, s'installa près d'Aix, au pied du coteau des Trois Moulins, avec une de ses servantes et l'aumônier, essaya de vivre en paix. Le couvent des Trinitaires l'accueillit, ce qui l'aida passagèrement. Mais des informations contre elle étaient ouvertes dans les différentes villes où elle était passée. Elle finit par se retirer à Chateauvieux, un petit bourg du diocèse de Fréjus, où une lointaine cousine lui offrit l'hospitalité. Elle s'y débattit avec des problèmes d'argent, mais vécut paisiblement dans une petite maison qui dominait le village, près de l'église, en attendant la fin. Elle mourut en 1670 à soixante-dix-sept ans, au terme de cette tenace vie d'errance. Quelqu'un déclara dans le pays qu'il était sûr que le corps d'une « sorcière », deux cents ans après sa mort, devait être retrouvé intact dans son cercueil. On ouvrit la tombe en 1870 : on trouva les débris d'un squelette de femme.

Sans doute à ce moment-là, l' « affaire » était-elle sortie des mémoires. Mais les lieux où elle s'était déroulée existaient toujours. Ils existent toujours. Chacun peut aujourd'hui s'y promener à loisir. Vieux quartiers de Marseille, dont le pittoresque se réactive de jour en jour à l'usage des touristes. Rues et places d'Aix, dont les encombrements de la vie moderne n'arrivent pas à ruiner tout à fait le charme. Il faut savoir écouter le bruit des villes. Il est fait des rumeurs obscures, portées d'âge en âge, traversées du délire de la vie et de l'horreur de la mort, de l'éblouissement et de la folie du sexe, écrasé, piétiné, supplicié, haï, du tumulte des combats trop tôt livrés, trop vite perdus. Du poids de la nuit. De l'éclat du soleil.

OUVRAGES CONSULTÉS

J. Lorédan, *Un grand procès de sorcellerie au XVII*^e *siècle : l'abbé Gaufridy et Madeleine de Demandolx,* Paris, Librairie académique Perrin, 1912.

J. Caro Baroja, *Les Sorcières et leur monde*, Paris, Gallimard, « Bibliothèque des histoires », 1972.

M. de Certeau, *La Possession de Loudun*, Paris, Julliard, « Archives », 1970.

C.-B. Clément, « La coupable », *La Jeune Née,* Paris, 10/18, 1975.

Eymerich et Peña, *Le Manuel des inquisiteurs*, Paris, Ecole pratique des hautes études - Mouton, 1973 (introd., trad. fr. et notes de L. Sala-Molins).

S. Freud, « Une névrose démoniaque au XVIIe siècle », *Essais de psychanalyse appliquée*, Paris, Gallimard, 1952.

Freud et Breuer, *Etudes sur l'hystérie*, Paris, PUF, 1956.

R. Mandrou, *Magistrats et Sorciers : une analyse de psychologie historique*, Paris, Plon, 1968.

J. Michelet, *La Sorcière*, Paris, Garnier-Flammarion, [1862].

F. Ribadeau-Dumas, *Dossiers secrets de la sorcellerie et de la magie noire*, Paris, Belfond, 1971.

Les pièces, dossiers, dépositions, minutes du procès sont à la Bibliothèque nationale, à la Bibliothèque Méjanes d'Aix, à la Bibliothèque de Marseille.

REPÈRES GÉOGRAPHIQUES ET TOPOGRAPHIQUES

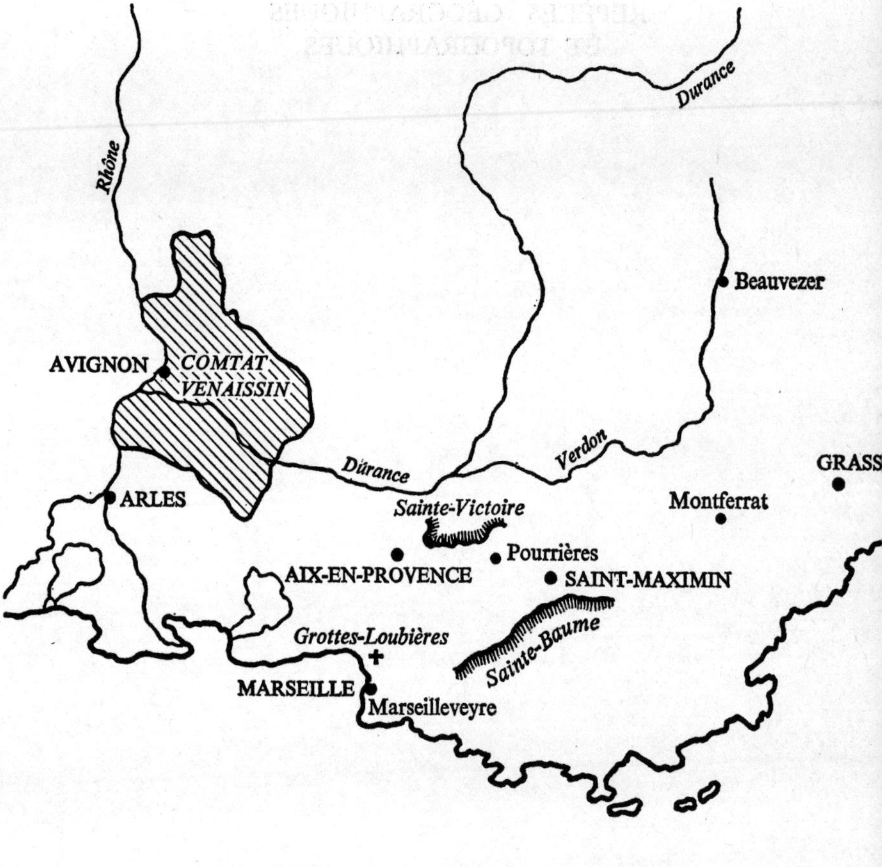

Durance
Rhône
Beauvezer
AVIGNON
COMTAT
VENAISSIN
Verdon
Durance
GRASS
ARLES
Montferrat
Sainte-Victoire
Pourrières
AIX-EN-PROVENCE
SAINT-MAXIMIN
Sainte-Baume
Grottes-Loubières
MARSEILLE
Marseilleveyre

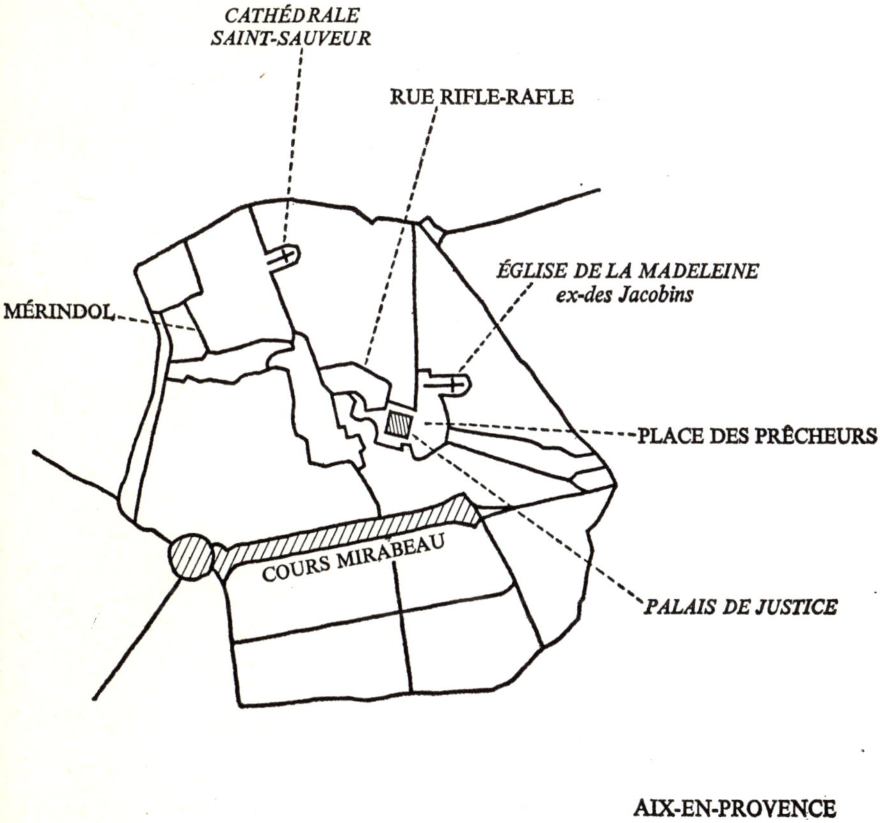

AIX-EN-PROVENCE

IMP. HÉRISSEY A ÉVREUX
D.L. 3e TRIM. 1976. N° 4460.2 (18756)